U0127667

企业营销管理

一种国际化的视角

Managing Business Marketing & Sales：An International Perspective

[丹] 言培文（Per V. Jenster）
[美] H•迈克尔•海斯（H. Michael Hayes）著
[美] 戴维• E•史密斯 （David E. Smith）
胥国红 李蒙 译

上海远东出版社

图书在版编目(CIP)数据

企业营销管理：一种国际化的视角/(丹)言培文，(美)海斯，(美)史密斯著；胥国红，李蒙译.—上海：上海远东出版社，2010

ISBN 978-7-5476-0150-1

Ⅰ. 企… Ⅱ. ①言…②海…③史…④胥…⑤李… Ⅲ. 企业管理—市场营销学 Ⅳ. F274

中国版本图书馆CIP数据核字(2010)第004998号

策　　划：胡峙峰
责任编辑：李　英
封面设计：李　愿
版式设计：李如琬
责任制作：李　昕

企业营销管理：一种国际化的视角

著者：[丹]言培文　[美]H·迈克尔·海斯
　　　[美]戴维·E·史密斯
译者：胥国红　李　蒙
出版：上海世纪出版股份有限公司远东出版社
地址：中国上海市仙霞路357号
邮编：200336
网址：www.ydbook.com
发行：新华书店上海发行所　上海远东出版社
制版：南京前锦排版服务有限公司
印刷：上海长阳印刷厂
装订：上海长阳印刷厂
版次：2010年4月第1版
印次：2010年4月第1次印刷
开本：710×1000　1/16
字数：304千字
印张：18　　插页1
印数：1—3250

ISBN 978-7-5476-0150-1/F·406　　定价：48.00元

前言

本书的写作目的

本书的写作目的是把有关企业市场营销和销售队伍管理的学术思考与全球化的管理实践相结合。本书区别于其他营销类书籍之处在于，我们坚持把营销管理和销售管理看做是一个硬币的两个面。因此，我们认为，企业营销是对市场盈利机会的识别和精心策划，而销售和分销管理则侧重于把这些机会转化成订单，并与有关公司建立长期的合作关系。我们相信，本书介绍的概念和实例将有助于读者对企业营销和销售管理形成一个全面的认识。

在商业流通中，没有哪个方面像市场营销这样复杂而富有挑战性。一个机构如何采购，该机构内的购买者如何与其他部门和供应商互动，以及由此造成的多重影响，这些本身都是人类行为学研究的有趣课题。买家和卖家各自怀着既相容又相互冲突的目的，而且都在针对不断变化的情况而调整战略，因此双方关系不仅复杂而且多变。

产品或服务定制是企业市场上规范化的做法。市场可以进行横向的、纵向的或双向的细分。除少数特例外，企业市场的商品和服务大多不局限在国内销售，这使得市场的选择更趋多元化，同时也需要更多地考虑定制的问题。

基于这种复杂性，本书的第二个、也是更广的写作目的是，培养学生制定市场营销战略的能力。我们认为这包括三方面的能力：首先是理解全球背景下企业营销复杂性的能力；其次是制定卓越战略的能力。学生们必须认识到，没有所谓“正确的”战略，战略决策的关键是从大量相互竞争的、可供选择项中选出最好的战略;第三种能力是正确判断需要对哪些因素进行管理,以确保已选战略得到最好的实施。

本书的写作范围

本书的结构反映了这样一个理念:上述目的的实现有赖于以某些基本概念为指导、以近年来有关市场营销的实证性和理论性文献为参考、对企业营销的各种情形进行缜密的分析。同时,我们也有所侧重。基于我们的研究、写作和教学经验,包括对研究生、本科生和企业主管的教学,我们认为对于那些没有实际分析经验的学生来说,案例分析是让他们熟悉企业营销的复杂性和挑战性的最好办法。

当然,任何数量有限的案例都不能全面涵盖市场营销所有可能出现的情形。此外,我们意识到,无论选择何种案例,都是已经发生了的,这有时会妨碍我们对当前情形的考虑。因此,本书不包括案例,而是把自主选择案例的权利留给授课教师,让他们在授课过程中加入最适合具体课程的案例。他们的研究将帮助学生提高分析技能,并将这种技能运用于诸多其他情形。案例研究将帮助学生总结发现具有普遍适用性的基本规律。

本书选材的宗旨是为学生提供基本的研究框架或研究方法,这些方法可以适用于各种企业营销情形。这其中包括经过时间检验的根本性的概念或方法,也涵盖了来自于这个领域的最新的范围广泛的研究,或其他一些基本的社会科学领域的研究。我们刻意回避将企业市场营销与消费者市场营销进行全面的对比,因为我们认为,企业市场营销本身就是一个值得单独分析的课题。正如任何教材都无法避免地那样,本书不可能涉及这个课题的方方面面,有些方面只是点到为止,希望授课教师和学生自己的经验可以做有益的补充。

企业营销的背景

过去,人们倾向于把企业营销和浓烟滚滚的重工业联系起来。早期的教材往往专注于规模大、资金雄厚的企业所生产的产品,而很少关注服务业。如今,企业市场营销的范围得到了极大的扩展。虽然钢铁公司还在购买重型轧钢机,电力公司也在采购涡轮发电机和大型变压器,但不断涌现的新产品和新产业已经成为企业营销的主要元素。计算机曾经只销售给大机构,而现在,成千上万家或大或小的机构都采购计算机。医疗行业已成为一个大买家,不仅购买医疗设备,还购买为保证一个大产业正常运行的其他所有产品和服务。以前,服务主要被看做是相关产品的附属物。而现在,人们日益关注服务,不仅因为服务本身的重要性,也因为服务正从相关产品中分离出来,成为一个独立的产业。随着新产品和新服务的不断开发,新行业的不断涌现,以及公司日益专注于核心竞争力,而把很多以前自己生产的产品或服务改由外部供应商提供,企业营销的范围仍将继续拓宽。因此,学生们必须认识到,通过本书学习企业营销只是一个开始,他们将要接触到的是一个非常有趣的领域。

企业营销全球化的特点使之更为激动人心也更具挑战性。企业市场的产品和服务往往很轻易地就跨越了国界。美国巨额的贸易逆差(2004年为8 045.96亿美元)往往让人忽略了这样一个事实:美国当年的生产资料和工业品出口额也达5 354.35亿美元,超过了总出口量的66%。同样,大多数其他工业化国家的出口,除汽车和家用电器外,也都主要倾向于企业市场。当然,并非所有的公司都寻求拓展海外市场,但是没有几个企业产品的生产商或服务商可以忽略海外客户的需求。本书试图举例说明企业考虑海外需求的重要性,并提供必要的解释说明。对有志于从事企业营销的学生们,我们希望本书能帮助他们收获一份满意的职业。对从事其他职业的人来说,我们相信在学习本书过程中学到的分析技巧和概念,能广泛地运用到其他的市场营销领域。无论是哪种情况,我们都希望你能像我们一样,从这个话题的学习中获得乐趣。

本书特色

本书有几大特色值得关注:

- 本书专门用一章的篇幅介绍主要概念,这在企业营销类书籍中绝无仅有。
- 全球化的视角贯穿全书。我们的基本假设是市场营销的概念是国际化的。因此,本书尽可能地把市场营销的国际化特点看做是基本概念的延伸,所以没有设立单独的章节来讨论国际性问题。
- 本书具有较强的战略和管理针对性。前五章介绍了建立市场营销规划的背景，包括企业和业务规划，还有专门的一章讲述行业分析。后几章涉及有关市场细分、产品、定价、推广和营销的决策。

致谢

没有多少教材是作者凭一己之力完成的，本书也不例外。首先，我们诚挚地感谢那些让我们有机会从一个不同的角度来写一本企业市场营销教材的人，以及那些在本书写作过程中提出宝贵意见和建议的人。

我们尤其要感谢哥本哈根商学院出版社(CBS press)的执行主任奥利·威伯格(Ole Wieberg)及汉内·索明格·伊普森(Hanne Thorminger Ipsen)和丹尼丝·罗斯(Denise Ross)，感谢他们对本书出色的编辑和润色，也感谢他们为保证本书按时按质完成(有时这看似是不可能完成的任务)所作出的努力。

感谢科罗拉多大学丹佛分校(University of Colorado at Denver)对迈克尔·海斯(Michael Hayes)参加本书写作所提供的支持，感谢哥本哈根商学院(Copenhagen Business School)和美国国立大学(National University)及其优秀的教师队伍为言培文(Per V. Jenster)和戴维·E·史密斯(David E. Smith)的写作提供的慷慨帮助。没有他们的支持本书不可能完成。

最后，也是最重要的，我们要感谢我们的家人在整个写作过程中对我们的支持。

言培文

H·迈克尔·海斯

戴维·E·史密斯

于上海2006年

目　录

第一章

企业营销概述

世界上超过半数的经济活动涉及机构间的交易。这些机构大多数是商业性企业，为其他机构或终端客户提供产品或服务。其余为政府实体或诸如学校医院那样的非营利性机构，也都涉及为他人提供产品或服务。"企业营销"一词指的是向一个涉及为他人生产产品或提供服务的机构提供产品或服务的营销，无论该机构归谁所有。我们把企业营销更为正式地定义为，对商业企业、政府和其他非营利机构在生产或服务过程中所需产品或服务进行的市场营销。

本书讲述的是企业市场战略的制定和实施。对于初涉这个话题的学生，我们认为有必要对企业营销进行概述，或提供一个路径图，表明我们计划探讨的领域，并揭示基本的前提、逻辑和本书的结构。

企业营销的性质

企业营销者面临的问题和消费者市场营销者面临的问题有很大不同。当然其中的基本原理是相似的。那就是，所有营销者都必须考虑目标市场的选择，对这些市场的细分，对产品、促销、定价和分销作出决策。不同的是这些决策的背景有时相去甚远，所以需要分别对待。

机构采购受到多重影响，购买者为专业人士且多为有着长期合作关系的人，这些性质与消费者购买有很大区别。因为机构采购是为了实现该机构的目的，所以会更看重产品或服务的功能性。因此，大多数为满足机构需求而生产的产品或服务都具有国际性市场。市场选择这个关键性的决策既具有消费者市场的横向性又具有纵向性。横向选择，比如说，我们可以根据行业、机构的大小或购买的性质来进行。纵向选择，我们可以锁定部件生产商、设备生产商或终端用户。产品通常都是为客户定制的，而且在很多实例中，新产品的想法本身就来源于客户（为了避免措辞的麻烦，我们用“产品”一词来涵盖商品和服务）。因此，把对销售队伍的管理作为为满足客户需求而进行的机构资源的合理调配，也就成为了首要考虑的问题。影响定价的因素主要包括普遍的投标采用和与熟练的专业人士的协商。在做分销决策时，我们必须考虑分销商的高度专业化，分销商和客户的关系，以及工业分销商承担的非常复杂的任务组合。

企业营销战略

企业营销的核心是战略的制定，该战略要考虑对特定产品或服务的需求特性、公司所在行业的竞争、外部环境的发展趋势。市场营销战略不是在一个真空的机构内孕育的。制定战略的目的是帮助公司实现其目标，故必须考虑到该公司的能力和抱负，必须和其他功能性的战略做到和谐统一。因此，在第二章中，当我们讨论市场营销战略的概念和分析框架时，我们会着重探讨市场营销战略与业务和企业战略的关系。

如果执行不力，即使是最出色的市场营销战略也会失败。因此在制定市场营销战略时，必须考虑该机构的战略执行能力。正如我们通篇强调的那样，尤其是在讨论如何与客户沟通的章节里，我们认为负责执行市场营销战略的人应该参与战略的制定，这样他们可以为战略制定贡献他们的知识，也能使他们在战略执行时更具主人翁感。

企业市场

据估计，半数以上的制成品是销售给机构性买家的，卖给企业买家的商品和服务总量多于卖给个人客户的总量。仅在美国，购买商品或服务的机构就有大约 1 300 万家，其购买的产品从原材料到成品覆盖整个产品链。比如在汽车行业，设备生产商为钢铁工业提供煤和铁矿石的开采设备以及把铁矿石炼成钢的设备。钢材供应商直接向汽车生产商和很多汽车部件生产商提供钢材。各种服务的提供者，从财会到医疗保险到专业咨询，为这一产业链上的各个企业提供服务。在这个全球化经济里，企业级产品和服务的市场无疑是巨大的。

如果说企业市场的规模决定其重要性，那么企业市场的多样性则决定了制定合适的营销战略的复杂性。各机构之间买卖的商品和服务千差万别，有些是我们熟悉的，如电脑或建筑服务，另一些则不为我们所熟知，如宇宙飞船的绝缘材料，或精密机器仪器维修的远程诊断。

经常会将企业市场与消费者市场作比较，以说明企业市场上买方也存在少数买家、大买家和地理位置上集中的买家，都和供销商及客户保持着密切的关系。但是这种划分往往把企业市场的性质过于简单化了。的确，有些行业几乎全是由大买家组成的，比如轮胎生产业主要由美国的固特异(Goodyear)、法国的米其林(Michelin)和日本的普利司通(Bridgestone)所统治；飞机制造业主要由美国的波音和欧洲的空客所统治；计算机主机业主要由世界各地的IBM统治。而其他行业，如家具生产业，则由上千家小公司组成，每家公司的市场份额都很小。还有些行业则大、小玩家并存。像财会行业，五大公司统治了全球各地的大企业市场，而无数的小公司甚至个人则为中小客户服务。通用汽车的采购部每年用于购买工业产品和服务的费用超过850亿美元——超过了爱尔兰、葡萄牙、土耳其或希腊的国民生产总值。通用汽车的1 350位专业买家每人每年花掉5 000万美元。① 其他大公司，如通用电气、杜邦、IBM，每天用来维持运行的采购费用就超过6 000万美元。②

在有些行业，客户可能集中在某一区域。例如钢铁工业，美国的主要客户群集中在匹兹堡(Pittsburgh)附近，而德国则在鲁尔区(Ruhr)。有些行业尤其是服务业和地方政府的客户则分散得很广。

这种存在于行业构成、客户群大小和客户的地理位置上的差异决定了公司在选择目标市场或选择为多种市场服务时，面临大量的选择。

同样，供应商和客户之间的关系以及采购活动本身的性质也存在巨大的差异。有些客户希望和供应商保持长期的关系，并乐于培养这种关系，寄希望于供应商除了价格优惠和供货及时外，还能提供其他的服务。另一些客户使用各种采购策略，包括频繁地更换供应商来尽其所能地追求最低价格。同样，这种差异也意味着供应商应作出不同的选择。有些会选择只为长期客户服务；另一些则出于销售量的考虑或建立有利的成本结构的考虑，而锁定追

---

① Gregory L. White, "How GM, Ford Think Web Can Make Splash on the Factory Floor", *Wall Street Journal* 3 (December 1999), p. A1.

② Ann Millen Porter, "Big Spenders: The Top 250", *Purchasing* 6 (November 1997), 40-51.

求低价位的客户；还有些公司则把这两类客户都定为目标群体，尽管这会带来额外的麻烦。

合同性质和付款方式也存在不同。企业市场上的大多数交易都是采用货到付款的方式，但租借和租用也很普遍。例如，通用电气是客用飞机最大的拥有者，它把这些飞机租借给航空公司。在很多情况下，交易中涉及某种形式的以货易货（用商品来支付），或是补抵（用现金购买，但供应商也保证在未来的一段时间内购买一定数量的其他商品）。虽然租借、租用、以货易货，或补抵可以让公司有更多的选择，但是这些方式的使用对公司的能力也有特殊的要求。

尽管存在诸多差异，企业市场也有一个共同的主题。无论购买机构的大小、位置或所处行业如何，一个机构进行采购都是为了实现它的目标或战略。这对企业市场的需求本质有重大影响。首先，需求是衍生的。也就是说，对企业级产品和服务的需求衍生于对消费者商品的需求。如果对消费者商品的需求发生改变，那么对企业级产品和服务的需求也会随之改变。例如，汽车生产厂商购买消音器的数量由他们生产的汽车数量所决定。其次，对很多产品来说，需求和价格的关联相对不大。大幅降低消音器的价格并不会促使汽车生产商购买超过生产汽车所需的消音器。虽然消音器是如此，但是当部件或原材料成本在成品成本中所占比重很大时，情况就不同了。例如，如果钢材的价格大幅下降最终导致销售给消费者的整车价格也随之下降，那么就有可能促进汽车的销售，从而也会促进钢材的销售。再次，需求和价格具有交叉弹性。即使汽车行业不会购买超过它需求的消音器，但是在同等条件下，出价较低的供应商能获得更大的市场份额。最后，很多销售给机构的产品和服务都是不断变化的。这对于交付周期长的设备生产商或容量大幅增加的行业尤其如此。例如，在一个商业周期的谷底，涡轮发动机或重型钢厂的机器设备的订单通常会蒸发不少，而经济前景看好时订单就会纷至沓来。因此，正如我们将在第四章进一步讨论的那样，从广义上说，企业营销不光要考虑眼前的客户，也要考虑客户的客户。

从历史上来看，也许除旅游业外，国际市场对于工业、企业产品和服务比对消费者产品更为重要。虽然也有例外，但是总体来说，技术性操作使产品和服务更容易跨过国界而不仅仅是满足当地消费者的喜好。例如，爱迪生的第一座商业电厂于1882年在伦敦建成，比在美国建成的电厂早6个月。很多年后，康柏计算机还没有在美国卖出第一台电脑，但它已经在苏格兰建厂为欧洲市场服务了。

近年来,世界贸易的发展速度大大超过了世界经济产量的增长速度。在这种贸易大发展的背景下,美国近几年的贸易逆差往往让人看不到资本商品、工业供应品和服务对于贸易平衡所作的贡献,也容易让人忽略了这些产品和服务作为国际贸易的组成部分的相对重要性。

即便如此,很多公司以前一直把国际企业市场看做是机构活动主流之外的一个市场。但是最近20年见证了世界贸易史无前例的发展,其速度大大超过了世界产品的增长速度。人们日益认识到,对很多公司来说,应对国际市场机会和国内市场机会予以同等的重视。

正如我们将在第二、第三、第四和第五章讨论的那样,理解企业市场之前,需要很好地理解市场营销概念、好的形势分析和好的市场营销智能系统。本书的观点是,有关市场营销决策的基本理论和原则不受国界的限制。尽管不是每个公司都必须瞄准国际市场,但是我们认为有关市场选择的决策必须建立在对市场机会的全面理解基础之上,并且这种理解只能来自于跨越国界的、对客户和竞争者,以及行业趋势和特性的全面的分析。

针对企业的产品和服务

在前一节,我们介绍了在制定市场营销战略时必须考虑的企业市场的特点。不论目标市场是什么,企业营销战略都受到产品或服务本身特点的影响。为了进一步认识这些商品和服务的性质,人们进行了很多的分类,以更好地理解这些商品和服务的购买流程,从而制定市场营销的战略。大多数的分类方法包括以下几大类。

原材料

原材料包括农产品、矿产品、煤和铁矿石。这些产品往往都是商品,单个产品之间一般不能依据其产品性质进行区分。供应是关键环节,在很多情况下,企业之间签订的都是长期合同,这样既保障了供应又可避免商品价格的大幅波动。

制成材料

和原材料一样,这一类产品包括一些基本上属于商品的制成品,比如硫酸或食品半成品,如卖给面包房的生面团。也包括专利生产的材料,如杜邦的尼龙(Nylon®),通用电气的热塑聚碳酸酯(Lexan®)或利乐的牛奶和果汁包装盒(Pure-Pak®)。对于专利材料来说,产品间差异很大,很容易进行区分。在很多情况下,对购买者和终端客户的市场开发是企业主要关注的事情,品牌的建立是市场营销战略的重要部分。

部件

部件包括用在电器上的小马达和用在个人电脑上的微处理器这样的产品。在有些情况下,部件在成品中丧失了身份。例如,没有几个电器的购买者会注意电器上所用的电动马达的牌子。在这种情况下,部件的性能尽管很重要,但是对某个部件的喜好完全取决于电器的生产者。在另一些情况下,部件可能非常有名,如在个人电脑上,英特尔向终端客户做了广泛的宣传,希望终端客户对英特尔产品的喜爱会影响到电脑厂商对其产品的使用。无论哪种情况,供应的连续性和质量是关键。相对竞争对手的价格优势也很重要,但是如果可以培养终端客户的喜好,那么价格的影响就不那么明显。而如果在价格敏感的市场上,该部件对最终产品的价格影响较大,那么绝对价格也是非常重要的。

建筑

这一类包括建筑物和像石油钻井台、加工厂或运输管道之类的建筑。这些通常都是重型工程承包商根据建筑师、顾问工程师或承包商的设计提供的。承包商当然也是各种建筑产品的购买者。这种情况下,主要考虑的因素是承包商是否有能力在预算内按时交付一个功能完善的设施。

生产资料

这一类产品的范围很广,包括涡轮发动机或电脑主机这样的重型设备或固定设备,像随车吊、手动仪器这样的工厂设备,也包括打字机或个人电脑这样的办公设备。重型或固定设备以及部分工厂设备一般通称为厂房设备,其折旧期很长,所以价格是重要因素,但是随着这些产品成为生产过程的核心,其长期的性能和服务更为关键。价格相对低廉或便携式的产品一般在购买的当年就支出了费用,这反映了其短暂的使用寿命。对这些产品来说,性能仍很重要,但是价格和实用性往往左右人们作出购买决策。

维护、维修和运营产品(MRO)

这一类包括了保障办公室和工厂运行的各种各样的产品。产品涉及生产资料的部件、生产设施的小工具、建筑物的油漆、办公室的文具,等等。这个单子可以一直列下去。尽管每件产品价格都很便宜,但是总的花费巨大。因此,价格以及实用性是最主要的考虑因素。

服务

各个机构购买的服务范围很广。有些服务直接和产品有关,有些是在售前或售后提供。有些服务非常复杂,如为精密机器设备或计算机提供的服务;有些相对简单,例如修理打字机。当产品刚刚进入市场时,服务通常都是和产品一起打包销售的。而随着产品的日渐成熟,服务可能和产品分离,不再由产品的生产商家提供,而是由专门的服务商提供。还有一些服务基本上是和产品独立的。这可以像法律、建筑或咨询服务那样非常复杂,也可以像看门服务那样简单。选择相对普通的服务时,一般都是从潜在的服务商中进行挑选,价格是主要的挑选标准。而对于更为精密的服务,选择的过程通常十分复杂,往往由机构的高层通过对大量的标准权衡之后作出决策。

本书的内容构成

本书针对的是已经对市场营销的基本概念和原则有所了解的读者,无论这种了解是基于阅读以前的教材还是丰富的工作经验。因此,本书的重点是提高学生对企业营销形势的分析能力和制定合理规划或行动方案的能力。学习企业营销可以有不同的途径,本书侧重于对主要概念的介绍和对延伸阅读的推荐。

授课内容

本书涉及的内容旨在保证涵盖企业营销的基本概念而不给学生过多的细节介绍。如图 1.1 所示,本书主要包括三大部分:第一、第二章提供企业营销的分析和决策的概念框架。第三、第四、第五章为形势分析提供必要的背景知识,重点在对行业、客户和获取信息流程的理解。第六章到第十一章分别介绍市场营销决策的五个关键领域。虽然我们重点讨论的是战略制定的决策过程，但是战略实施是贯穿这些章节的关键主题。

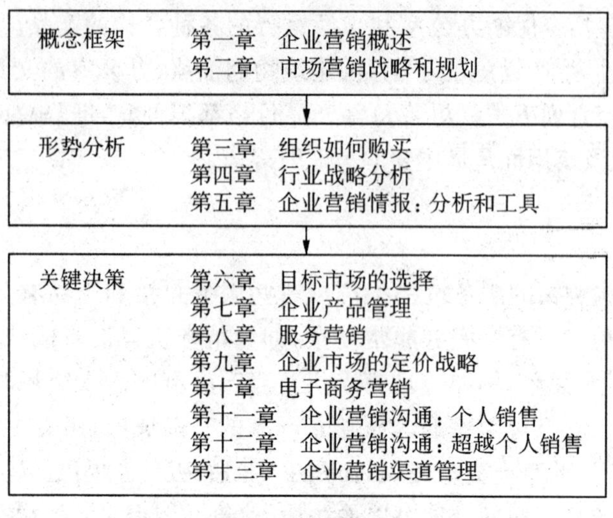

图 1.1 教材规划

小结

所有从事市场营销的人都面临某些基本的问题，包括目标市场的选择，市场细分，与有关产品、价格、促销和分销相关的决策。但是企业营销因其主要针对机构而不是个人客户的特点，企业市场的规模以及企业营销人员面临的战略选择的多样性是值得专门考虑的方面。机构购买只是为了实现其自身的目标和战略，购买的过程受到多重因素的影响。企业营销人员必须理解促使机构产生需求的力量，也必须有能力分析机构购买的复杂过程。企业市场规模巨大，占了世界经济活动的半数以上。这些市场的多样性给营销人员提供了广泛的战略选择，包括对国际、国内市场机会的横向和纵向的选择。

人们开发了各种分类机制来帮助进行企业市场分析。其中一种分类把企业产品分为原材料，生产材料，部件，建筑材料，生产资料，维护、维修和运营产品及服务。每一类的营销战略和实施都有所不同。本书还将介绍其他形式的分类，这些分类也同样意味着市场营销战略的不同。但是，市场营销战略的制定和实施最终还是要考虑公司的自身情况，包括公司的能力、机会和管理理念。

延伸阅读

我们列出延伸阅读书目的目的是为了帮助学生加强和深化对重要概念的理解，并让学生接触企业营销的最新文献。在这两个目的之上，我们还希望通过阅读这些文献鼓励学生们把阅读作为一个终生受用的学习方法，以便更好地学习企业营销这个复杂而不断变化的课题。

B. Charles Ames，“Trappings vs. Substance in Industrial Marketing”，*Harvard Business Review* (July-August 1970)：93－102.

Frank V. Cespedes，“Industrial Marketing：Managing New Requirements”，*Sloan Management Review* 35 (spring 1994)：45－60.

James Carbone，“Reinventing Purchasing Wins the Medal for Big Blue”，*Purchasing* (16 September 1999)：38－60.

George S. Day，“The Capabilities of Market-Driven Organizations”，*Journal of Marketing* 58 (October 1994)：37－52.

Ajay K. Kohli and Bernard J. Jaworski，“Market Orientation：The Construct，Research Propositions，and Managerial Implications”，*Journal of Marketing* 54 (April 1990)：1－18.

John C. Narver and Stanley F. Slater，“The Effect of a Market Orientation on Business Profitability”，*Journal of Marketing* 54 (October 1990)：20－35.

第二章

市场营销战略和规划

“做生意的目的只有一个：创造客户。市场不是由上帝、自然或各种经济力量创造的，而是由管理生意的人创造的。某项生意所满足的欲求可能在客户获得满足手段之前就已被感知……但是在商业人士把这种欲求转化成有效需求之前，它只是一个潜在的欲求。”①

根据市场营销的概念，做生意的目的就是，或应该是比它的竞争对手更好地满足客户的欲求和需求并获取利润。这需要组织内部所有人的共同努力。企业战略的作用就是为这种共同的努力提供指导。市场营销战略可以指导企业战略的开发，但是也必须为企业战略提供支持并与其他功能性的战略做到和谐一致。

通常企业战略制定大的商业目标，明确产品和市场方面的经营范围，并确认主要技术和竞争优势的来源。企业战略通常都是由很多功能性战略组成的。这包括市场营销战略、生产战略、研发或工程战略、财务战略和人力资源战略。市场营销战略涉及目标市场的确立和有效占有目标市场的行动方案；生产战略涉及生产和采购决策、工厂的规模和生产流程；研发或工程战略处理如基础研究或应用研究以及技术领域内的事务；财务战略处理财务方法、财务条款、信用风险或资本需求等问题；人力资源战略处理技能需求、劳动力的人数和性质，以及人员管理机制。

企业战略依据业务性质的不同也包括其他方面。但是，市场营销战略是企业战略的核心。与其他战略相比，市场营销战略更多地涉及外部环境，

① Peter F. Drucker, *People and Performance: The Best of Peter Drucker on Management* (New York: Harper & Row, Publishers, Inc., 1977), 89-90.

因此被视为市场服务、产品生产和基本企业决策的指导。这些企业决策一定要在公司资源、集体技能和能力的背景下制定。因此，市场营销战略必须在考虑客户、竞争对手和外部环境等其他因素的同时充分考虑公司自身的能力。

本章主要涉及市场营销战略。鉴于它和企业战略/业务战略的关系，我们首先介绍一些关键的战略概念，然后详细阐述市场营销战略和企业战略/业务战略的关系。然后，我们将描述主要的规划概念和工具，它们对企业战略/业务战略的制定以及市场营销战略的制定起着指导性的作用。最后，我们将重点介绍制定市场营销战略的具体细节和制定市场营销规划的流程。

关键的战略概念

战略是一个松散的术语，广泛用于各个方面，如企业战略、业务战略和功能性战略，或者是成长战略、多元化战略、收获战略、转变战略，等等。无论有何用途，我们必须牢记三个关键的概念。首先，战略的概念意味着把外部环境的机会和风险与公司的竞争力相匹配。不幸的是，很多公司都没有意识到匹配的重要性，这样的例子不胜枚举。例如，欧洲一个生产高级抽水马桶的大厂家决定引入一条低价马桶的生产线，以提升它在南欧市场上的竞争力。但是引入这条新生产线付出的成本丝毫不逊于已有的产品。结果，在事实面前他们不得不承认，这种低价产品所要求的设计和生产技能完全不同于他们已取得成功的高价产品的设计和生产技能。因此市场营销战略不能只考虑客户的愿望和需求、竞争对手的行为和外部环境的其他因素，还必须考虑公司在所有职能领域的能力和资源。

其次，在某些情况下，战略这个术语广义上既指目标又指行动方案。安德鲁斯(Andrews)在他有关战略的经典论著中把战略定义为："一种决策模式，它决定和揭示企业的目的和长远目标，提出实现这些目标的基本政策和计划，确定企业已经从事和将要从事的经营业务，明确企业现在和将来的发展类型。"①其他人则把行动方案和目标分开来。例如，科里(Corey)把目标定义为一个想要的结果，而战略是实现目标的规划。② 我们这里采用的是广义

---

① Kenneth R. Andrews, *The Concept of Corporate Strategy* (Homewood, IL: Dow Jones-Irwin, Inc. 1971), 28.

② E. Raymond Corey, *Industrial Marketing: Cases and Concepts* (Englewood Cliffs, NJ: Prentice-Hall, Inc., 1983), 2.

的定义，但无论哪种定义，我们都必须认识到目标和行动总是联系在一起的。通常，公司在制定目标时都不会具体考虑实现目标所需的行动。例如，美国一个化学分析设备的主要生产商，在市场增长率为10%的情况下制定了一个15%的销售增长计划，但却没有为推广费用的增长提供任何保障，也没有为销售队伍如何实现这种增长指明方向。因此，毫不奇怪，目标没有实现。除了认识到目标和行动联系在一起外，我们还须认识到市场营销目标必须支持业务目标。例如，如果制定的销售增长目标只有在牺牲利润目标的情况下才能实现，那就没什么意义。[①]

战略规划

市场营销战略的制定一般都和公司的战略规划流程密切相关。每个机构的战略规划流程都不尽相同。在某些机构里，战略的制定是一个非常正规的过程，具有完善的规划机制和程序，并保留了大量的规划文件。在另一些机构里，战略的制定可能是一个非常随便的过程，甚至没有留下多少记录战略规划的书面文件。战略规划流程在某种程度上具有一个共同的特点，那就是经常会有变动或修改。当战略规划在20世纪70年代早期刚刚流行时，当时的做法是成立单独的规划部门，负责制定完整的战略规划，然后把这些规划交付运行部门来执行。很多规划部门发展成较大的官僚机构，和执行部门各司其职。当时还有每年制定一个规划的做法，其制定的根据是每年的预算情况而不是公司的战略要求。这些规划往往不具有灵活性，只有在下一年规划周期时，才有机会进行修改。

到20世纪80年代，对战略规划的日益不满使得这种设定专门规划部门的做法有了重大的改变。人们认识到最好由执行规划的一线经理们负责规划的制定。专门制定规划的部门有的被废除，有的被改造。例如，在英特尔公司，主管战略规划的副总裁的主要职责并不是制定战略规划，而是协助一线经理们执行规划流程并确保企业进行适宜的检查。规划的时间周期也有所改变。在充满活力的行业，尤其是高科技行业，企业每季度或每半年或根据具体情况随时对战略进行回顾。在不那么有活力的行业，企业的战略规划可能要执行很长时间。无论在哪种情况下，这些计划都更灵活。战略的改变

① William A. Sahlman, "How to Write a Great Business Plan", *Harvard Business Review* (July-August, 1997): 98-108.

不必再等到某个正式的复审日进行，而是依据情况随时改变。

随着战略规划性质的改变，市场营销规划及其流程也日益得到重视。根据世界大型企业联合会(Conference Board)所作的调查，超过 60%的受访者表示在未来会更加重视市场营销规划。事实上，大约 10%的受访者坦言，正规的市场营销规划在他们所在机构是最近五年才开展的。调查还发现规划流程中一个重大的改变是，人们越来越有意识地把营销规划和整个企业规划相匹配。

三个层面上的战略

大多数公司最初都只有一个产品或一项服务，也只针对一个目标市场。有些公司一直都专注于最初的产品或服务。例如，林肯电气公司(Lincoln Electric)专注于生产焊接设备和焊接耗材已经长达 100 多年。在这种情况下，业务战略和企业战略是一样的。市场营销战略主要为商业战略提供支持。其他公司通过内部增长、合并或购买等途径扩大了经营范围，提供新产品或追求新市场。结果一个企业横跨多个商业领域，一般称为战略事业单元(Strategic Business Unit，简称 SBU)。通过设立 SBU 和实施投资优先矩阵，通用电气的主席和执行总裁小约翰·韦尔奇(John F. Welch Jr.)对通用电气进行了战略调整，使得通用电气在所有涉足的主要商业领域里具有世界领先的市场份额。① 在跨行业的企业里，市场营销战略还需考虑企业战略。

从广义上来看，企业战略、业务战略和市场营销战略之间的关系如下表 2.1 所示。② 企业战略要回答的关键问题是："我们应该进入哪些商业领域?"20 世纪六七十年代的趋势是企业经营多样化，企业涉足尽可能广的领域。隐含在这种趋势背后的理念是：管理技巧是通用的，可以很容易地从一个行业迁移到另一个行业。到了 80 年代，这个趋势发生了逆转。很多人发现把业务拓展到其他不相关行业并不能获利。很多新增的业务被剥离出来。对管理技能的新看法是，企业应该"坚持走自己的路"。在经营非常多样化的公司里，企业层面的营销作用非常有限，往往限于识别新出现的市场机会。

① John a Byrne, "How Jack Welch Runs GE", *Business Week* (8 June 1998): 88 - 95.

② Ferderich E. Webster Jr., "The Changing Role of Marketing in the Corporation", *Journal of Marketing* 56 (October 1992): 1 - 17.

表 2.1　企业战略、业务战略和市场营销战略的关系

	企业战略	业务战略	市场营销战略
范围	企业的最终命运	策划战争	策划战役
基本问题	应该进入哪些行业？怎样分配责任？怎样分配资源？怎样组织？	生产什么产品？针对什么市场？具有什么样的竞争优势？	有什么样的产品差异？针对什么细分市场？以何种形式宣传？以何种形式分销？
目标	当前和未来的投资回报率和净资产收益率、每股收益、股票价格、其他利益相关者的收益。	在整个行业中的大目标，以及具体的现金收益或投资回报目标。	在细分市场上的具体目标，包括具体的贡献量和贡献目标。
规划前景	最长期。	长期。	中期。
分配的资源	业务单元。	工程、生产和市场营销部门。	生产规划部门、促销和分销部门。
外部重点	全面的、宏观的。	对行业而言是全面的、比较宏观的。	完全针对客户、竞争对手、渠道和影响营销的有关法律。
主要关注	协同效应、增值。	全面战略的制定、功能整合。	市场营销行为和职能关系的确定、实施和管理。

资料来源：转引自 *Journal of Marketing*, published by the American Marketing Association, Frederich E. Webster Jr., vol 56 (October 1992), 1-17.

在涉足相近业务的企业里，企业层面的市场营销作用有所加强，重点在于协调各业务之间营销攻关和企业的定位。例如，在霍尼韦尔公司(Honeywell)，针对几支销售队伍拜访的是相同客户的情况，市场营销部门对这些销售队伍的工作进行了协调，并为所有的业务制定了一个总的定位战略，强调与客户的伙伴关系，推出了广告主题："我们一起可以找到答案。"

业务战略的关键问题是"生产什么产品，面向什么市场，有何种竞争优势?"这些决策须根据所有职能领域的信息输入在各业务层面上作出。虽然市场营销战略位于业务战略的核心，但是从运作上来看，它必须支持业务战略并引导这个业务的市场营销努力来实现业务目标。在多业务公司里，市场营销战略也必须支持企业的市场营销努力。

随着市场营销战略与企业战略和业务战略更紧密地结合，市场营销战略必须考虑在这两种战略制定过程中起到辅助作用的规划工具和规划概念。这些工具和概念对于市场营销战略本身的制定也非常有用。在下面的章节里，我们将介绍这样的一些规划工具和概念。

企业战略

随着跨行业企业的出现和发展，企业经理们面临着如何理解多种行业并作出相关决策的问题。ROI(投资回报率)和ROS(销售回报率)这样的传统衡量方式可以很好地显示过去的绩效，但不一定能很好地显示未来的潜力。例如，ROI和ROS不能帮助人们对未来的结果达成一致的判断。它们尤其不能显示对哪些行业企业应该继续投资，而对哪些行业企业到了从过去的投资中进行收获的时候。我们所需的是为企业经理们提供一种更好的方法，以理解每个行业的战略形势，评估该行业在多方面的未来潜力而不是过去的盈利率，并让他们对自己不是非常熟悉的行业采取何种策略有总体的认识。这种需求促使了大量规划方法的发展，其基本理念是把所有涉及的行业当做一个投资组合来管理，以谋取企业利益的最大化。

增长份额矩阵

该方法是由波士顿咨询集团(BCG)开发的，其核心是企业应该以投资组合的方式管理各项业务以便使公司的现金流达到最佳状态。[①] 图2.1是这种方法的图表示意。各项业务被标在由销售增长和市场份额组成的矩阵中。其基本理念是位于高增长范畴的业务属于产品生命周期的成长期，而位于低增长范畴的业务则已成熟。但是两个范畴之间没有明显的分界线。在图2.1中，我们把GDP(国内生产总值)的增长作为分界线，我们认为如果市场的增长快于GDP的增长，则市场尚未饱和，因此可以被看成是正在成长的市场。以前的一些案例把分界线定在10%，这大约是当时通货膨胀和GDP增长的总和。但是很多公司制定了自己的分界线，或不用分界线而只是把它们的业务用一个持续的尺度来衡量。关键在于，增长率是一个表明某项业务需要现金投入以持续增长的指标。

① Barry D. Hedley, "Strategy and the Business Portfolio", *Long Range Planning* (February 1977): 12.

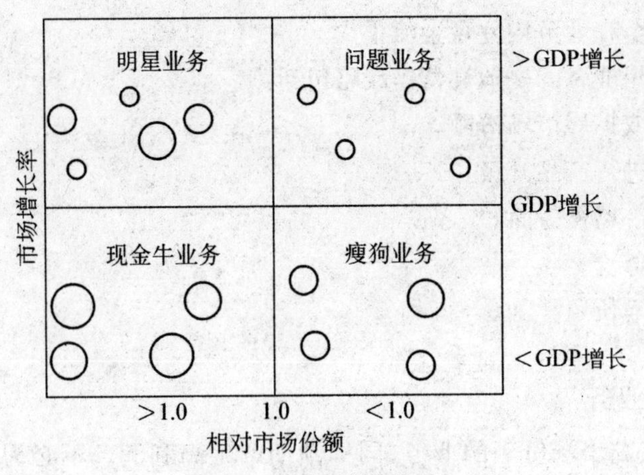

图 2.1　增长份额矩阵

资料来源：Long Range Planning，February 1977，Barry H. Hedley，Strategy and the Business Portforlio，12，Copyright 1977，with permission from Elsevier.

市场份额通常被认为与公司最大的竞争对手有关。区分公司市场份额高和低的界限一般在1.0或1.5，但同样，这个值并非一成不变，在很多情况下对高增长或低增长的业务来说，这个分界线可以有不同的值。当一个业务已经成熟时，相对市场份额就不那么重要了。关键是要认识到市场份额在多大程度上影响了累积量，从而影响成本。最后，每个圆圈的大小表示业务的相对收益，这样可以形象地显示单个业务对公司现金流的影响。

增长份额矩阵有两个基本前提。第一，高相对市场份额是低相对成本的关键，因此也是竞争优势的来源。这是建立在经验曲线或学习曲线的概念之上的。这个概念的意思是量的累积会使成本可预见的下降。因此，一个占有最大市场份额的公司具有最大的累积量和最低的成本。第二，业务组合的管理应实现现金流的最佳化，用成熟的业务来为新的业务提供资金，而后者有潜力在未来的某个时日产生更多的现金。

增长份额法的广泛使用赋予了它众多诱人的特点。使用现金流来作为管理投资组合的想法本身就很有诱惑力。这种两维的区分方法易学又易于使用。它使一项业务的战略形势一目了然，清晰地揭示了这项业务的目标和实现目标的方法，有助于企业和业务管理层更好地作出战略决策。我们将简要地描述这四种类型的业务组合以及相关的营销战略。

明星业务

高增长、高市场份额产生高额利润的业务。该业务需要再投入现金以维持增长，因此，在业务内外现金流很少。

对于明星业务的一般性营销战略包括：

- 保护或扩展市场份额。
- 不断进行产品升级。
- 提高市场覆盖面。
- 考虑降价。
- 关注增长源。

现金牛业务

低增长、高市场份额的业务，同样预期产生高利润。不必为增长进行投资，因此该项业务可以有大量结余的现金流，可用于投资问题业务、研发、收购、分红，或其他目的。

现金牛业务的一般性营销战略包括：

- 维持市场份额或市场统治。
- 维持价格的领导地位。

问题业务

低份额、高增长业务，利润率低，需要外部资金以供其增长。未来潜力巨大，投入现金以维持其增长可能物有所值。

问题业务的一般性营销战略包括：

- 投资以获得份额。
- 瞄准机会扩大份额的同时关注整个市场。
- 如果潜在的回报不够诱人则放弃该项业务。

瘦狗业务

低份额、低增长、低利润率的业务。因为没有增长预期，所以不需要投入现金，也不太可能为了其他目的而为该业务提供现金。

瘦狗业务的一般性营销战略包括：

- 继续关注某个特定的机会。
- 寻找改善价格的机会。
- 把业务定位于出售或清算。

虽然增长份额法得以广泛使用，但是它也存在很多问题。区分四种业务的分界线值有点随意，因此可能造成使用不当。此外，市场份额通常很难计算，而且受到市场性质的影响。经验并不能统一地适用于所有的行业。在很多情况下，生产者的成本大部分取决于供应商，而生产者自己的经验对总成本只有轻微的影响。此外，实践表明，各个种类的业务在业绩上也存在相当大的差异。例如，很多被归为瘦狗类的业务运行得非常好。这与分析单位有关。事实上，很多业务单位都是由更小的单位组成。增长份额法只考虑现金流而没有考虑到各业务之间的协力作用。最后，这种方法没有考虑到经理们的感受，把有些业务贴上瘦狗或问题业务的标签可能会使经理失去努力的动力。

总而言之，人们普遍认为这种方法过于简单化，没有完全考虑公司战略状况的总体性。这促使麦肯锡和通用电气开发出另一种方法，被称为“红绿灯矩阵”，又称行业吸引力-业务地位矩阵，或用通用电气的术语，称为投资优先矩阵。①

投资优先矩阵

这种方法主要是在组成公司的投资组合的所有业务中确立投资的优先业务。该方法可以由图 2.2 来表示。按照业务地位和行业吸引力两个维度评估各项业务。

行业吸引力

业务地位	强	中	弱
强	为市场地位、规模和利润的增长大力投资	为保护市场地位、改善盈利能力而投资	为开发市场地位和增加利润而投资
中	为提高市场地位和盈利而投资	为保持地位和提高盈利能力而投资	只是为获取地位、控制风险和减少累赘而投资
弱	为提高利润而不是改善市场地位投资	最低限度的投资以控制风险，减少公司的累赘	为可能的退出、多样化经营，清算或低荡做准备

图 2.2　投资优先矩阵

资料来源：转引自 *Analysis for Strategic Marketing Decisions* 1st edition by DAY. © 1986. Reprinted with permission of South-Western, a division of Thomson Learning: www.thomsonrights.com.

业务地位是一项综合评估，既考虑市场份额，又考虑其他因素，如规模、盈利能力、公司技能、客户关系、分销商关系，或专利地位。行业吸引

① George S. Day, *Analysis for Strategies Marketing Decisions* (Mason, OH: Southwestern College Publishing, a division of International Thompson Publishing, 1986), 204.

力是一项主要考虑行业增长的综合评估，也考虑其他因素，如行业的盈利能力、竞争强度，该行业把成本增长转嫁给客户的能力或政府对该行业的控制程度。

为了对某一业务进行分类，有些公司给相关因素赋予一定的权重，然后使用李克特量表(Likert Scale) 1—5 评价某一特定的业务。5 表示非常满意，1 表示非常不满意。该方法的示例如下，但是示例中只列举了一组示范性的因素。在实际中，可能涉及更多的因素。如表 2.2 所示，这些分值可用于把某一特定业务归类到矩阵的某一格。

表 2.2　通用电气多因素投资组合模型中影响市场吸引力和竞争地位的因素：液压泵市场

	权重	等级＝(1—5)	分值
市场吸引力			
市场总体规模	0.20	4	0.80
市场年增长率	0.20	5	1.00
历史利润额	0.15	4	0.60
竞争强度	0.15	2	0.30
技术要求	0.15	4	0.60
抗通胀力	0.05	3	0.15
能源要求	0.05	2	0.10
环境影响	0.05	3	0.15
社会-政治-法律效应	必须是可接受的		
总分	**1.00**		**3.70**
行业吸引力			
市场份额	0.10	4	0.40
份额增长	0.15	2	0.30
产品质量	0.10	4	0.40
品牌声誉	0.10	5	0.50
分销网络	0.05	4	0.20
推广的有效性	0.05	3	0.15
生产能力	0.05	3	0.15
生产效率	0.05	2	0.10
单位成本	0.15	3	0.45
材料供应	0.05	5	0.25
研发表现	0.10	3	0.30
管理人员	0.05	4	0.20
总分	**1.00**		**3.40**

资料来源：Hosmer, Larue T., *Strategic Management: Text & Cases on Business Policy*, p. 310, 1st Edition, © 1982. Adapted by permission of Pearson Education, Inc., Upper Saddle River, NJ.

如表 2.2 所示，在投资优先矩阵里，战略的影响主要体现为投资目标。投资目标虽然不像增长份额方法里影响那么大，但是也为营销战略提供了一个总的方向。

与增长份额法一样，投资优先法的广泛运用也证明它具有众多诱人的特性。它克服了市场份额和增长法没有充分考虑一项业务的战略情形的弱点，可以用来评估一个行业未来的吸引力。因为这种方法不只集中在增长和市场份额上，所以对于分析单位而言更具灵活性。它没有使用令人泄气的标签。一旦一项业务得以划分，公司管理层和员工可以追踪这项业务的投资，以判断是否如分类时所诊断的那样。

虽然有众多诱人的特点，但人们对于投资优先法也有担忧。该方法对于评估行业吸引力和业务地位的维度的选择，以及评估本身都是出于主观的决策。在关于某项业务的划分问题上，业务单位和公司之间不可避免地存在争论。尽管总体的投资目标得以详尽制定，但是战略的界定性影响没有得到多少发挥。而且，分析单位也可能成为一个问题。例如，在通用电气公司，当销售额接近 250 亿美元时，有 39 个战略事业单元。而当 EG & G(一家美国的技术产品生产商)的销售额达到 6 亿美元时，该公司已经委派了 101 个事业单元负责战略规划。

对市场营销的启示

我们并不打算通过前文对投资组合方法做一个全面的介绍，而是旨在介绍市场营销人员在制定和实施营销战略时必须考虑的一个关键的情景。我们必须指出不是所有的公司都在使用投资组合的方法。有些公司尝试后又放弃了，出于某些原因对该方法很失望。另外，大量的战略规划人员被裁减，造成管理投资组合方法所需的专业知识有所流失。关键的原因在于，在大多数公司里，各个业务单位不能抛开公司而独立地选择它们的战略。从事某一项业务的人会觉得有很多的机会等着他们去开发，只要公司经理卸去他们现在的盈利责任的包袱。从事另一项业务的人则觉得虽然几年来盈利结果令人失望，他们还是需要再给一次机会扭转局势。最后，即使一项业务被分为明星业务或位于投资优先矩阵的左上方，对其制定的战略也只是一些指导方针。仍然由公司高层在考虑了其他情况后来决定投资或再投资的水平。简而言之，公司对一项业务制定的目标成为市场营销的战略现实。

虽然投资组合方法主要是为公司层面的使用开发的，但是在产品层面上也适用。因此，也可直接用于营销规划。正如在产品生命周期(PLC)一节将要介绍的那样，增长份额矩阵和产品生命周期有很多共同之处。使用增长份额矩阵来形象地展示产品可以使营销组合中产品的组合情况一目了然，并显示各种类型之间的平衡是否恰当。投资优先矩阵可用来评估一个产品的地位及其未来的市场吸引力，从而便于管理人员对营销资源的分配做决策。

业务战略

对战略规划的兴趣使得大量用于业务层面以及公司层面的规划工具得以开发。营销人员对其中三个工具尤为感兴趣。

产品市场扩张矩阵

对大多数公司来说，销售和利润的双增长是基本目标。为实现这一目标最根本的决策是决定为什么样的市场服务、生产何种产品。这些决策必须在考虑公司的强项、弱点和竞争优势的背景下作出。在第一位提出产品市场扩张矩阵的管理专家安索夫(Ansoff)看来，决策中存在四个基本选择(见图2.3)。①

		产品	
		现有的	新的
市场	现有的	市场份额战略	产品开发战略
	新的	市场开发战略	多样化战略

图 2.3 产品-市场扩展矩阵：增长的战略选择

资料来源：经允许转引自 *Harvard Business Review*. From “Strategies for Diversification” by Igor Ansoff, *Harvard Business Review* (September - October 1957): 113 - 124. Copyright © 1957 by the Harvard Business School Publishing Corporation; all rights reserved.

公司可以用现有产品继续为现有市场服务。如果市场的增长可以满足公司的增长目标，那么通过维持市场份额就能实现增长目标。如果市场增长率低于公司的增长目标，则要求公司提高它的市场份额。相对于成本、产品性能，竞争地位是取得成功的关键。最重要的行动就是监控公司相对于竞争

---

① Igor Ansoff, “Strategies for Diversification”, *Harvard Business Review* (September - October 1957): 113 - 124.

对手的地位。

当竞争对手的情况排除了市场份额战略时，产品开发或市场开发战略就是合理的替代品。这项选择的基础是运用公司的各项技巧，尤其是公司能够在多大程度上对变化进行管理。产品开发战略立足于现有市场，要求对现有市场需求有很好的了解，并熟悉有效连接营销、研发和生产的产品开发流程。市场开发战略可能会使公司进入全新的市场，这就要求一个组织具有相当强的应变能力。新的市场需要学习新的采购方法、新的产品用途，并与新的分销商和客户建立关系。当中国最大的家电生产商青岛海尔试图进入北美市场时，遇到的最大问题就是这个。①

某些市场开发战略只需公司对地区销售队伍稍作调整。当一个美国化学品生产商的欧洲子公司把市场重点从以价格为主的大客户转向更注重服务的小客户时，它所面临的情况就是如此。在另一些情况下，如瑞典一家水测量设备的生产商 MacTec，当它考虑把市场从欧洲扩展到美国时，就需要做很大的改变。

多样化是难度最大的增长战略，既需要开发新产品又必须同时了解新市场。像德州仪器公司（Texas Instruments）开始生产个人电脑时那样，通过开发与现有产品和市场相近的产品和市场，多样化的难度会有所降低。但是大多数多样化战略基本上都是开始新的业务，因此必须从这个角度来看待多样化战略。

战略与绩效分析（PIMS）

虽然在投资组合矩阵处于相似的位置或作出相似的增长战略选择，但不同公司的盈利能力大不相同。20 世纪 90 年代，通用电气展开了一项调查，探讨它下属 150 项业务的表现差异是由于业务经理的能力，还是部分地由情景变量或管理决策的特定模式造成的。后来这项调查移交给了市场营销科学研究院（Marketing Science Institute），然后由战略规划研究院（Strategic Planning Institute）继续进行。最初的研究由西德尼·肖福勒（Sidney Schoeffler）领导，研究发现某些因素可以解释主要测量业务表现的投资回报（ROI）70％的差异。这些因素可大致分为下列三类：

- 市场环境（如：市场增长率、产品对终端用户的重要性、市场营销花费）。
- 竞争地位（如：相对品质、市场份额、专利保护）。

---

① 参见 cn. biz. yahoo. com/050720/124/bbuh. html (accessed December 2004)。

• 资金和生产结构(如：投资强度、能力运用、垂直整合)。

实际参与的业务为战略与绩效分析数据库提供数据，并把它们的表现和其他业务进行对比，除此之外，这个数据库还被学术研究人员广泛使用。他们的研究成果见诸各期刊，为很多战略决策提供了总的指导方针，并成为很多战略规划模型制定的基础。战略与绩效分析原则上是对该研究的一个总结。①

尽管战略与绩效分析得到了广泛的使用，但也受到了相当多的批评，包括它的方法论和使用。数据库中的业务都是规模大、相对成熟的业务。虽然有些产品是新的，但是总的产品组成超过了产品生命周期的引入阶段。这使得人们对研究成果的通用性提出质疑。数据都是自报的，有些数据需要主管评估，这也可能导致数据的偏差。有人指出有些统计分析也有问题。战略与绩效分析的使用者被指责为试图用简单化的答案来解答其所负责的问题，或是天真地认为战略与绩效分析能够以某种方式开发一个全面的业务战略。

尽管战略与绩效分析的方法和使用都遭到批评，但是战略与绩效分析数据库是经理们或研究者们能得到的单个最大的战略数据库。和其他帮助战略制定的工具一样，如果使用得当，该数据库可以对业务战略和营销战略的开发提供宝贵的意见。

产品生命周期

大多数做市场的人都熟悉产品生命周期的概念。简言之，它认为大多数产品都要经过四个阶段。第一个为产品引入阶段。如果引入成功，则进入销售快速增长的第二阶段，直至市场开始饱和。一旦饱和出现，产品进入成熟阶段，增长放慢，与总的经济增长平行。最后在第四阶段，随着更能满足客户需求的新产品或不同产品的引入，该产品进入衰退期。②

适用于产品生命周期某一阶段的营销战略也许不适合另一阶段。在表2.3中，我们列举了对产品生命周期各阶段营销战略的一些传统的表述。我们可以注意到产品生命周期的各个阶段与增长份额矩阵的小格子很相似，对

---

① 对战略与绩效分析研究的详尽论述参见 Robert D. Buzzell and Bradley T. Gale, *The PIMS Principles* (New York: The Free Press, 1987).

② George S. Day, "The Product Life Cycle: Analysis and Applications Issues", *Journal of Marketing* (fall 1981): 60 - 67.

表 2.3 产品生命周期的市场(营销)要素

要素	产品生命周期的四个阶段			
	引入	增长	成熟	下降
目标	确立	渗透	保卫	收获
客户	发明者	早期采用者	大众市场	落后者、特殊需求者
竞争者	很少	很多	一些	很少
利润	负的	高峰	下降	低
价格	高	高/中等	中等	低
分销	专营	选择性的	强的	选择性的
推广重点	概念/尝试	品牌/特色	价值/差异性	特殊运用
推广成本	中等	大	适中	小
服务	低	高	中等	低

资料来源：经允许转引自 *Journal of Marketing*, published by the American Marketing Association, George S. Day, Fall 1981, 60 - 67.

处于其中的营销战略的表述也很相似。这些表述代表了很多公司的一般做法,因此可以作为战略指导。但值得注意的是,这些表述都是一般性的。在某种意义上,这些是针对对具体情况一无所知的人的做法。

例如,我们可以考虑一下对于产品生命周期增长阶段的高价位的标准表述。正如我们将在第七章讲述的那样,这是对价格战略的标准回顾,在某些情况下适用。但在另外一种情况下,低价位战略或渗透战略可能更合适。同样,标准的表述是在下降阶段减少推广的费用。但是在很多情况下,提高推广的费用会延长产品生命周期,而减少费用只会加速销售量的下降。简而言之,与增长份额矩阵的战略表述一样,产品生命周期对营销战略的表述也只是战略制定的起点。与其他任何规划工具一样,产品生命周期应该用来帮助制定战略,而不是具体制定战略。

国际产品周期

在 20 世纪 60 年代中期,国际产品周期(IPC)被用来解释公司的出口活动。[1]根据国际产品周期,新产品在拥有众多科学家、工程师(如发明家)和充足的客户的国家度过产品生命周期的引入和增长阶段。因为美国在当时是科学家和工程师最多的以及人均收入最高的国家,所以国际产品周期显示,大部

① Raymond Vernon, "International Investment and International Trade in the Product Cycle", *Quarterly Journal of Economics* (May 1966), 191 - 202.

分新产品都会在美国引入。按照国际产品周期，在引入和增长阶段后，成熟的产品会出口到别国；首先到其他发达国家，然后到欠发达国家。最终产品的生产会转移到欠发达国家。如图 2.4 所示。

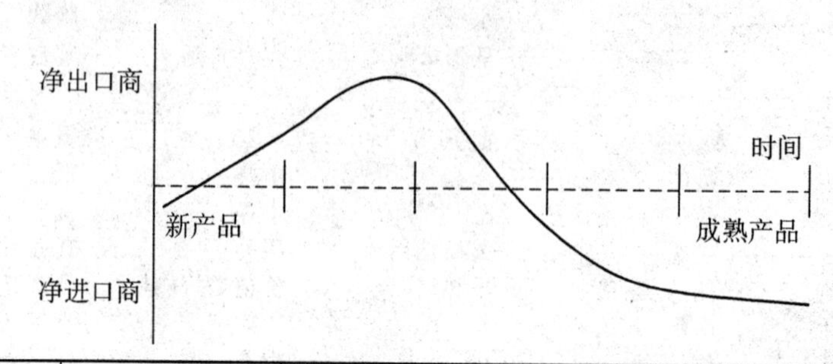

第一阶段	第二阶段	第三阶段	第四阶段	第五阶段
在美国进行所有生产	开始在欧洲生产	从欧洲出口到发展中国家	从欧洲出口到美国	从发展中国家出口到美国
美国出口到很多国家	以高昂的价格从美国出口到发展中国家	美国到发展中国家的出口被替代		

图 2.4 运用于国际市场的产品生命周期框架：美国的视角

资料来源：经允许转引自 *Quarterly Journal of Economics*，80：2（May 1966），Raymond Vernon，"International Investment and International Trade in the Product Cycle"，pp. 199－207. © 1966 by the President and Fellows of Harvard College.

国际产品周期指出营销战略必须考虑到产品生命周期在某个特定市场的阶段。但是，在很多情况下，企业产品的生产者不可能做到先在国内市场引入产品，过一段时间后再出口到其他市场。国际竞争和全球性的客户越来越多地要求新产品在很多市场同时推出。此外，就地生产而不是在一个欠发达的国家以较低的劳动成本来生产更能满足客户不断提高的要求。

营销战略

营销战略应该有两个目的：首先，为业务战略的开发提供总的指导。其次，指导和指挥营销活动。我们把营销战略定义为以客户为主、为业务战略提供指导和支持的目标，以及与实现目标相关的目标客户、价格、产品、促销和分销的决策和行动。从更全面的意义上来说，营销战略应回答下列问题：

- 我们的目标是什么？即我们想要实现什么？
- 我们应针对什么样的客户？
- 从客户的角度来看我们的产品是什么？起到什么样的作用？如何定位？
- 我们应该怎样定价？
- 我们应该如何向目标客户宣传我们的产品？
- 我们应该如何经销产品？
- 我们对外部环境和对我们的营销努力的反馈需要何种信息？
- 我们在制定营销战略时应该考虑什么观点？
- 什么关键性的行动是我们实现战略所必需的？
- 我们的战略建立在何种关键性的假设上？
- 我们如何使其他部门相互协调？

这些问题都应在营销计划中找到答案。好的营销计划是对某一时期营销战略的简要的表述。营销计划的形式可以千差万别。有些计划很全面，涵盖了公司所有的产品和服务的市场。另一些则更有重点，要么侧重有限的一组产品，要么侧重于某个特定的市场。无论是哪种情况，计划通常都会包括形势分析，这是制定计划的基础。

无论何种形式，某些要素是大多数计划共有的（见表 2.4）。营销计划应该毫无例外地指明要实现的目标和实现目标的方法。如果包括在进行某种选择前所考虑的各种可供选择项，无疑会增加计划的可信度。对关键性的假设和行动进行说明，也会增加计划的可信度。

表 2.4　综合营销计划的内容

目标
预定销售量（按美元计和/或按件计）和市场份额。
利润贡献（按美元计的总利润或纯利润）。
非经济目标（如：形象、关键关系、新账户等）。
目标客户
他们是谁？
他们在哪？
他们有何特点？
哪部分已经得到服务？
产品
对基本产品及服务、包装、保修等的描述。
地位。希望产品为客户做什么；和竞争产品关系如何。

续 表

角色。除了提供利润之外,还希望产品为公司做什么(如:现金流、进入新市场、抵御竞争对手的攻击)。 品牌战略。 **分销** 直销还是分销。 代理或批发商的使用和角色。 批发商的类型。 渠道长度或层级数量。 独家还是有选择性的。 每种类型或每级批发商的角色。 主要职能或活动。 利润边际和其他激励机制。 **产品推广** 推广活动的性质,尤其关注销售队伍的角色。 推广活动的目标。 推广组合:个人销售、广告、促销和宣传的关系。 分销在推广中的角色。 推广目标。 **价格** 总的价格政策(包括与竞争的关系、价格差异、制定价格的责任等)。 给终端用户的具体价格。 给终端用户和中间商的折扣体系。 **意外** 可能发生的意外。 将要采取的行动。 可能引发意外行动的事件。 **市场调研** 计划执行前所需的市场调研。 计划执行后所需的研究,以确保计划步入正轨。 **其他需考虑的选择** 计划应该识别哪些假设和行动对成功具有关键性作用。

注:很多计划也包括了其制定的基础——形势分析。我们在这里只是列举了计划的目标和主要的实现手段。

营销规划过程

我们把营销规划定义为以开发或修改营销战略为目的的一个灵活的过程,这个过程和业务战略以及其他功能性战略的开发过程互相作用或融入其中。

对外部和内部的形势进行分析是营销规划过程中必不可少的一个环节。客户是关键,但是竞争者、所处行业及其结构、分销渠道的性质、大环境的趋势都构成了营销战略开发的背景。把外部环境和公司的能力相匹配的战略概念强调了内部分析的必要。在表 2.5 中,我们将更广泛地涉及这些领域。但是形势分析的关键在于要不断地探究分析形势对营销计划有何启示。例如,如果采购的决策是由一个团体作出的,那么推广活动如何能影响所有的采购者呢?同样,如果客户的采购行为千差万别,是否有必要制定营销计划呢?

表 2.5　营销规划的形势分析:调查领域

外部分析

客户
必须清晰地了解客户的动机、对所调查的商品和服务的购买决策的性质,以及这些随不同客户或客户群的差异程度。同时把分析延伸到客户的客户也很重要。

市场
我们关注的是市场当前和未来的总体规模,以及因不同的动机、购买性质或其他维度而变化的部分市场的规模,这些都会排除掉一些客户或需要对营销战略进行调整。

行业
营销战略必须考虑到公司所处行业的突出特点。例如,它必须考虑竞争的程度、竞争者的地位、当前的战略和可能的措施,以及竞争者对本公司战略战术举动可能作出的反应。同时应该考虑该行业和公司的业务系统如何匹配以增加价值,以及行业的发展趋势。

分销结构
好的分销对于营销计划的成功至关重要。分析必须考虑分销渠道的结构、公司找到分销商的可能性以及与分销商的关系,等等。

产品生命周期
营销战略在整个产品生命周期会有所变化。虽然不能准确地估计产品生命周期的具体状况,但是把战略中修订建议和产品生命周期不同阶段的一般性描述进行比较,会有所帮助。

环境氛围
很多外部事件会影响客户或竞争对手的行为,或公司自身的状况。用于分析的类别包括技术、政治形势、经济形势和社会趋势。事件可以分为有利的,从而提供额外的机会;或不利的,从而注意到需要防范的威胁。

内部分析

公司的能力
营销战略必须考虑公司实现已选战略以防卫竞争对手采取主动的能力。这不仅局限于公司的营销能力,还包括工程能力、生产能力、总体管理能力和其他组织能力。

公司的财务资源
营销战略需要资金投入。通常,在获得收益之前必须投入一定的资金进行营销活动。营销战略必须评估资源的规模,以及在多大程度上能用于营销的开销。

续 表

企业战略或业务战略 营销战略必须考虑并支持总的业务战略。反过来，业务战略必须考虑并支持企业战略。公司的总体目标、竞争优势的来源，某项业务在公司投资组合中被赋予的角色都会对营销战略产生巨大的影响。

注：本表格主要参考詹姆斯·R·泰勒(James R. Taylor)教授以及他在密执安大学商学院的同事们开发的“营销规划大纲”。我们对他在这个领域的工作深表敬意。

形势分析应该帮助确认公司面临哪些管理上的关键问题和机会。这必须和公司的能力结合起来考虑。例如，企业个人电脑市场的兴起对 IBM 来说是很好的机会，而对主要通过分销商经销的惠普或主要致力于直销的戴尔来说却没有那么好。这种分析可以对整个局势进行评估(如：是非常有利、比较有利、中立的、比较不利，还是非常不利?)，并且帮助识别哪些是营销计划需要涉及的关键问题。

规划流程的设计必须考虑很多问题，尤其是：

- 谁负责计划?
- 谁负责计划的审查和批准?
- 营销规划如何和战略规划流程相结合?
- 营销计划的主要缺陷是什么?

在大多数工业化企业里，营销规划是由团队集体完成的。负责营销计划的主要责任一般由一个人承担，大多数情况下是营销经理、营销副总裁或产品经理。计划的制定可以由一人完成，其他人提供意见。或者，可以由一个任务组或一个独立的计划委员会完成。

规划流程中一个有趣的问题是确认规划信息的责任归属。信息可以通过正式的市场研究或营销管理信息系统(MMIS)集中收集管理，也可以由各个产品或市场经理们分别负责。随着业务扩大，管理大型数据库和信息系统所需的技能倾向于集中化。另一方面，负责集中管理信息的经理往往不了解产品或市场经理们的日常信息需求，而且和现场销售队伍也有一定距离，营销人员恰恰是信息的主要来源。因此，这些经理们开发的信息收集过程和对数据的分析也许不能充分地反映市场的真实状况。

营销计划的批准权越来越上升到由战略事业单元的总经理或更高层来行使。在有些情况下，营销计划作为战略事业单元计划的一部分由好几级管理层讨论。在另一些情况下，在送交审批之前，营销计划由一个对目标市场有专业化了解的顾问委员会讨论。营销规划在多大程度上是业务规划流程的一部分，每个公司相差很大。示例 2.1 显示了营销规划广泛参与业务规划的例子。

示例 2.1 通用电气的战略规划

营销经理是营销规划流程中最重要的参与者和领导者，负责制定领导业务使命，分析环境的、竞争的和业务的形势，制定目标、目的和战略，界定实施该业务各项战略的产品、市场、分销和质量计划。甚至还参与制定与战略计划紧密相关的企业计划和具体运作计划。

资料来源：通用电气战略规划经理斯蒂夫·哈罗尔(Steve Harrell)在美国芝加哥营销协会夏日教育者会议上的一次演讲，1980 年 8 月 5 日。

之所以会有这种程度的参与通常都是因为该公司采用的由上至下、由下至上的规划流程。这种规划一般每年制定一次，当然也有很多例外。在规划年的早期，各业务单位或职能部门得到了规划假设和宽泛的目标。规划假设可能包括经济预测、汇率预测、政治风险评估。对有些业务，这些假设可能更具体些。目标一般包括利润预期，也可能包括生产率目标或其他的衡量方法。让市场营销尤为感兴趣的可能是对新的潜在的目标市场的确认。

当企业目标和规划假设得以确定后，业务目标和假设由战略事业单元经理确定。随后依据战略事业单元的组织结构，各职能部门经理或其他经理启动其部门内的规划流程。其中的关键是制定支持业务目标并与其他部门协调一致的计划。

在每年进行一次规划的公司里，部门计划通常在年中融入业务计划。剩下的步骤包括递交高一层讨论，要么批准，要么修改。得到批准的战略计划就成为该项业务财务计划制定的基础。每个战略事业单元的财务目标也会得到批准或进行修改，这取决于所有战略事业单元的财务计划在多大程度上契合公司目标。最终的总的财务计划成为公司下一年度的预算。

小结

在组织内部，营销计划不是独立于其他活动的。相反，它是在公司和业务计划及目标的背景下制定的。从广义上说，营销计划需要确认三个关键概念：使机会和组织的能力相匹配的重要性，把行动和目标相连的重要性，以及营销目标支持业务目标的必要性。

大量的工具或分析框架被开发出来为公司规划提供帮助。两个常用的工具是增长份额矩阵和投资优先矩阵。营销人员应该了解这些和其他规划工具是如何使用的，以及它们的使用如何影响营销计划。其他业务规划和营销规划中使用的工具包括产品市场扩展矩阵、战略与绩效分析、产品生命周期和国际产品周期。营销人员可以运用这些工具来指导规划流程，当然同时也必须考虑公司的特殊情况。

虽然营销规划必须考虑公司和业务规划及目标，但是营销规划的重点在于考虑外部情况——客户、竞争者以及公司所在的行业。好的形势分析是必要的，首先从分析客户如何采购以及为什么采购开始。营销计划可以有多种形式，但是所有的计划都必须清晰地传达营销目标、目标市场，以及关于产品、价格、推广和分销的重要决策与政策，还有关键的假设和预期的突发事件。

我们将在接下来的几章里更广泛地介绍分析领域和选择市场、价格、推广、产品和分销战略的各种选择。

延伸阅读

George S. Day, "The Capabilities of Market-Driven Organizations", *Journal of Marketing* 58 (October 1994): 37 - 52.

George S. Day, *Market Driven Strategy: Processes for Creating Value* (New York: The Free Press, 1990).

Rohit Deshpande, John U. Farley and Frederick E. Webster Jr. "Corporate Culture, Customer Orientation, and Innovativeness in Japanese Firms: A Quadrad Analysis", *Journal of Marketing* 57 (January 1993): 23 - 37.

Kathleen M. Eisenhardt and Shona L. Brown, "Time Pacing: Competing in Markets that Won't Stand Still", *Harvard Business Review* 76 (March/April 1998): 59 - 69.

Gary Hamel, "Bring Silicon Valley Inside", *Harvard Business Review* 77 (September/October 1999): 70 - 84.

Eric von Hippel, Stefan Thomke and Mary Sonnack, "Creating Breakthroughs at 3M", *Harvard Business Review* 77 (September/October 1999): 47 - 57.

Robert S. Kaplan and David P. Norton, "Using the Balanced Scorecard as a Strategic Management System", *Harvard Business Review* 74 (January/February 1996): 75 - 85.

Soren M. Kaplan, "Discontinuous Innovation and the Growth Paradox", *Strategy & Leadership* 28 (March-April 1999): 16 - 21.

David L. McCabe and V. K. Narayanan, "The Life Cycle of the PIMS and BCG Models", *Industrial Marketing Management* 20(1991): 347 - 352.

第三章

组织如何购买

组织为什么购买以及如何购买？回答这些问题是选择市场以及制定和执行营销战略的基本前提。在本章，我们将确认组织购买有哪些关键的方面，并描述职业采购的性质。我们还会讨论用来分析组织购买的各种方法。最后，我们将总结对营销战略的启示。

购买者行为综述

在大多数组织中，签署采购订单要经过一个复杂的过程。该过程一般涉及很多个人。他们单独或集体作出的决策受到很多组织因素和个人因素的影响，组织因素包括组织的性质、目的、政策和结构；个人因素包括个人的价值观、情感、能力和组织内外的人际关系。制定营销战略必须考虑到企业采购流程的以下关键特点。

衍生需求

理解组织购买必须首先认识到一个组织对产品和服务的需求来源于它自身对客户的供应活动。也就是说，各个公司之所以购买产品和服务，只是为了满足它的客户的需求。对于直接投入产品生产的原材料或部件来说，需求和最终市场的需求是平行的。对于维护、维修和运营产品和服务的需求，尤其是那些和生产流程密切相关的产品和服务，也会清晰地反映最终市场的需求。供应商必须能预测对其客户的产品或服务的短期需求，这主要由短期的经济活动和竞争地位所决定。在有些情况下，供应商有机会和它们的客户一起刺激对终端市场的需求。例如，铝生产商和饮料生产商共同向顾客推介铝作为饮料罐材料的好处。在另一些情况下，一个供应商可能只和一个客户合作，从而使这个客户具备超过竞争对手的优势。

对于生产资料和更为复杂的服务的需求更可能基于客户的要求，这是由长期需求、置换需要或与当前经济活动无直接关系的其他情况所决定的。例如，对机器仪器或工程咨询服务的需求与工厂的扩张或现代化有关。在很多情况下，生产能力的扩张规模很大，使得采购相关商品和服务的时期延长。因此供应商应重视对长期需求的预测，以保持供应的随时性，或在没有订单的较长的一段期间内注重维持和客户的关系。对于某些服务的需求，例如与合并收购有关的投资业务和咨询服务，可能取决于公司的战略行动，而和经济活动没有直接关系。尽管很难预测，但是这些服务的提供者仍然需要与客户维持必要的关系，以便在机会出现时能从容地把握。

尽管对产品和服务需求的程度取决于对客户产品的需求，但是需求的性质则由客户总的经济战略所决定。例如，如果一个客户决定进入国外市场，它可能会极大地改变对供应商产品的要求。当美国大型制冷压缩机的生产商在欧洲建厂时，为压缩机提供电子马达部件的美国企业 A. O. 史密斯也在爱尔兰建厂以缩短供应链，便于增进与客户的联系，并更好地满足欧洲的电压和频率标准。同样，客户有关改变产品的技术基础的决定也会对部件供应商产生深远的影响。通用电气决定将其雷达业务由模拟改为数字电子，就属于这种情况。对供应商来说，随时了解客户尤其是关键客户的战略至关重要。

对购买的多重影响

我们已经认识到商业购买的关键特点之一是购买受到多重影响。对产品性能的要求一般由工程部、研发部或生产部的人员决定，但也可能由营销部的人员决定。对产品交付的要求一般由生产部人员决定，但也可能由营销部人员决定。有关和供应商的关系以及采购决策流程的政策一般由采购部人员决定，但也经常受到其他职能部门和上层管理者的影响。

虽然购买受到多方面的影响，但是我们必须认识到在某个具体的采购决策中，不同人员影响的程度及参与的程度都是不同的。正如我们在下文将要详细介绍的那样，有些采购是相对常规的，如重复采购的某些标准化部件，因此采购决策可以由一位职位相对较低的员工作出。另外一些决策则可能要经过长时间的、广泛的调查之后才能作出。例如，采购一台大型计算机或者为一幢主要建筑选择建筑师，这些决策一般都要由首席执行官最后拍板。

在考虑购买受到的多重影响时，还必须认识到采购组织之外的人士也会影响购买决策。参与工厂扩建的建筑师和咨询工程师一般都会对设备的特性有具体要求，因此在设备的采购上至少有一定的发言权。在进行超出公司正常能力范围之外的采购时，一般都会聘用专业人士来协助采购。在造纸业，印刷厂的采购决定可能会受到广告商或印刷厂客户的影响。

长期关系①

企业营销的一个重要特点就是买家和卖家都认识到双方的相互依存性。从卖家的角度来看，因为客户数量相对较少，因此凸显重复订单的重要性。供应商在当前订单上表现如何是决定未来生意的主要因素。但是两者的合作关系不仅是保证重复订单。例如，客户可以是新产品想法的来源，而买家和卖家也可以在共同开发市场活动中展开合作。② 从买家的角度看，有高质量的供应商，能够经济可靠地为自己供应公司当前和未来的需要，也是至关重要的。

当然，买家和卖家的具体关系可以是千差万别的。在某些情况下，他们的关系可以很密切，互相充满信任并共享信息。在另一些情况下，两者之间可能是彬彬有礼的，一切照章办事。美国的公司倾向于按照法律和合同办事，而在世界上其他很多地方，尤其是日本、南欧和拉丁美洲，买家和卖家之间更依赖长期建立起来的个人关系。

最近，人们对研究工业网络渐生兴趣。各公司在相互连接的商业关系中运营，从而形成网络。正如盖德(Gadde)、胡默(Huemer)和汉肯森(Hakansson)描述的那样："这些关系影响了公司行为的性质和结果，是公司效率和有效性的潜在来源。"③

虽然买卖双方的相互依存性是显而易见的，但是采购人员对管理买卖双方关系的关注程度则不那么明显。事实上，这种管理被普遍认为是

---

① 参见 David Ford, "The Development of Buyer-Seller Relationships in Industrial Markets"，该文讨论了一些欧洲产业营销学派(IMP)关于买卖双方关系的基本观点。这一学派的重要研究成果收录在 *Understanding Business Markets: Interaction, Relationships and Networks*, ed. David Ford, (San Diego, CA: Academic Press, Inc. 1990)。

② Cornelius Herstatt and Eric von Hippel, "FROM EXPERIENCE: Developing New Product Concepts Via the Lead User Method: A Case Study in a 'Lov-Tech' Field", *Journal of Product Innovation Management*, 9(1992): 213 - 221.

③ Lars-Erik Gadde, Lars Huemer and Hakan Hakansson, "Strategizing in industrial networks", *Industrial Marketing Management* 32(2003): 357 - 364.

采购部门的主要目标之一。[①] 在大多数公司，综合性采购战略的制定，包括供应商的寻找和资质认定，是一个非常积极主动的过程，通常由采购部门牵头进行。

自制还是购买或外包

在很多情况下，组织可以选择自己生产产品和提供服务，而不是购买。一个经典的例子就是饮料罐行业。大的饮料公司可以自己生产部分或全部的饮料罐，从而使供应商面临极大的威胁，他们不得不承受极端的价格压力。对于服务而言，因为对资金的要求相对较低，所以服务提供商更容易受到客户自我供应的威胁。除了极其专业的服务，例如银行业务或某些法律要求必须由外部提供的财会服务，即使小公司也可以选择由内部人员提供多项服务。

从传统上来看，公司一般选择自己生产或内部提供来保障供应的连续性、节约成本、保证质量或三者兼而有之。例如，2005 年 6 月，中国一家大型电子供应商海信集团决定为它的电视产品自行研发芯片，这比从外部采购节省了 20%～30%的成本。[②]

当前，一个明显的趋势是产品和服务的高度外包。例如，通用电气在装备位于肯塔基州(Kentucky)的洗衣机生产厂时制定了这样一个政策，只有某些内部的生产活动是最终组装的，其他的生产活动除非有增值效果，否则全部从外部采购。从更广的层面上来讲，这种趋势得到了“空心公司”或“虚拟公司”概念的鼓励。前者可以形象地体现为一个小的活动核心被外部供应商的网络围绕着，后者体现为一个公司不断地改变它的形式以适应外部环境的变化。

这种趋势的形成是由很多因素造成的。合格的供应商一般能保证供应的持续性和产品或服务的质量，至少和客户内部生产的水平相当。与客户内部生产的部件或服务相比，专业化的供应商有价格优势，而且由他们提供产品或服务还可使客户公司腾出资金用于核心业务。例如，金刚砂航空公司(Emery Worldwide)的新项目“全球物流”把它的运输服务扩大到为客户的原材料和成品提供仓储、制作存货清单、保持存货记录，当存货太少时还帮助客

① Lars-Erik Gadde and Hakan Hakansson, *Professional Purchasing* (New York: Routledge, 1993).

② 参见 http://www.edu.cn/20050706/3142680.shtml (accessed December 12,2005)。

户重新订货。联邦快递为松下半导体公司也提供了类似的全球物流服务，保证在两个工作日内完成向松下世界各地所有客户的快递工作。此外，外部供应商对业务需求的反应比内部机构更快。

互惠

很多企业互相做生意。例如，原材料供应商可能会从那些买他们原材料的厂家那里采购大宗商品。设备生产商也可能会从他们的买主那里采购部件。这就有可能促使双方达成"你从我这买，我就从你那买"的协议。在美国，互惠是合法的，只要不是一方迫于另一方强制性的压力，或没有极大地削弱市场竞争。但即使是合法的，还是存在一定的风险，如涉及互惠的采购决定可能会忽略产品的质量、供应的可靠性或其他的重要情况。把互惠当为销售工具的做法可能会使那些最看重产品性能或价格的客户边缘化。

与客户竞争

在很多情况下，供应商们发现自己和客户之间也存在竞争。铝业公司把铝卖给罐子生产商的同时，自己也生产罐子，与客户产生了直接竞争。同样，作为一家大型的电气开关生产商，西门子从国际市场上采购零件，同时也把这些零件卖给与它有竞争关系的其他开关生产商。生产多种产品的企业可能和它的客户会产生间接竞争。在通用电气，一个业务公司把测试喷气发动机的设备卖给普拉特 & 惠特尼公司(Pratt & Whitney)，另一个则与普拉特 &惠特尼公司竞争把喷气发动机卖给飞机制造业。这给供应商和买家带来大量有趣的问题。例如，买家在未来的需求上对供应商代表能有多大程度的信任？而且，从短期供应来看，内部和外部客户究竟偏向谁更好？

对美国电话电报公司(AT&T)生产电信系统的子公司朗讯科技(Lucent Technologies) 来说，潜在的冲突非常之大，以至于这成为把朗讯剥离成一个独立公司的决定因素之一。自从剥离之后，朗讯和当地的贝尔公司(Bell)建立了更紧密的联系，而在此之前，贝尔也许并不愿意和朗讯做生意，因为美国电话电报公司是贝尔的主要竞争对手之一。

采购职能的组织

在大企业里，采购可以是集中进行的，也可分散进行，或是两种方式相结合。例如，美国通用电话电气公司(GTE)的电子业务部在美国各地都有工厂，因此在当地成立了采购部以满足某个特定工厂的需求。于是，该公司将好几个工厂共有的需求合并起来采购，每年和供应商进行协商，签订总括式采购合同，地方工厂可从中获得供应。在这种情况下，涉及地方工厂的一揽子采购合同可以成为一个议题，这点我们将在第九章论及。

国际方面

与出口和世界贸易增长密切相关的是国际采购的增长。罗伯特·蒙茨卡(R. Monczka)和罗伯特·特伦特(R. Trent)指出，国际采购战略的发展经过了四个阶段：(1)国内采购；(2)基于竞争需求的国外采购；(3)国外采购作为采购战略的一部分；(4)协调一致的全球采购，以提升竞争优势。① 这种协调一致的全球采购战略只是国内战略的一种合理的延伸，其目标都是以尽可能低的价格寻找有资质的供应商来可靠地提供商品和服务。在制定营销战略时，必须意识到国内采购和国际采购异同之处。

影响采购决策的主要因素是不变的。无论生产国在哪里，质量、有效性、价格、供应和服务的保障都是采购时考虑的关键因素。但是，买卖双方的关系、产品标准、语言、国家法律、现金面额则在不同的国家各有不同的要求。在德国、奥地利和瑞士部分德语地区，买卖双方的关系非常正式，这和斯堪的纳维亚国家(Scandinavian countries)相对轻松的关系形成了鲜明的对比。除美国外，公制在世界上其他国家是通用标准。国际标准组织(ISO)正尝试在世界范围内统一技术标准，但是很多标准仍然因国家或地区而不同。虽然英语经常被称为是商业语言，但是很多非英语国家在商业谈判时用的却不是英语。例如，在法国，美国铝业公司(ALCOA)的地区经理和一位精通英语的重要客户进行初步接触时，他被告知如果美国铝业公司希望和该公司做生意的话，未来所有的会谈都必须用法语进行。美国依赖法律合同语言的做法和日本、中东、南欧、拉丁美洲依赖个人关系的做法也截然不同。美国、英国和其他习惯法国家的法律体系与法国、德国以及其他法典国家的法律体系有很大不同，极大地影响了合同的制定以及当纠纷出现时确定解决纠纷的地点问题。最后，用于付款的货币面值也是一个有争议的问题，带来方便的同时，也带来现金浮动的风险。②

---

① R. M. Monczka and R. J. Trent, "Global Sourcing: A Development Approach", *International Journal of Purchasing and Materials Management*, (spring 1991): 2-7.

② Lutz Kaufmann and Craig R. Carter "International Supply Management Systems — The Impact of Price vs. Non-Price Driven Motives in the United States and Germany", *The Journal of Supply Chain Management*, (summer 2002): 4-17.

职业采购人员

有些公司把销售额的一半以上资金用于原材料和服务的采购，由此可见，采购的决策对公司运作和财务有重大影响。但仍然有种看法认为，公司还没有发挥职业采购人员在采购流程中的合适作用。[①] 在很多情况下，关于大宗设备的决策主要由工程或生产人员基于设备性能的考虑作出，而对价格、条款或其他方面则考虑得不够充分。同样，有关原材料、零部件或服务的决策由生产人员基于供应的可靠性而作出，同样没有充分考虑价格、条款或其他方面。这些担心是有一定理由的，长远的做法是让采购部门的职业采购人员在界定采购流程、作出采购决策时发挥更重要的作用。在美国，前身为全国采购管理协会（NAPM）的供应管理研究院（ISM）的教育计划正是基于这一考虑，该计划旨在提高采购职业人员的素质。1975 年，NAPM 开始实施证书计划，到目前为止该协会已经认证了 23 000 名采购经理（C. P. M. s）。大多数工业国家都有类似的机构，由国际采购和材料管理联合会（IFPMM）管理。例如，在日本，与美国全国采购管理协会类似的机构是日本资材管理协会（JMMA）。我们将在下一节详细介绍职业采购人员的作用。

职业采购

大多数组织都有一个专门的采购部门，由训练有素而经验丰富的人员组成，他们的职责是确保该组织进行明智的采购。采购人员一般先负责相对普通的采购，并逐渐地在采购各种设备中扮演重要的角色。一个极端的例子是，1992 年通用汽车聘乔斯·伊格纳西奥·洛佩兹·阿里奥图（José Ignacio López de Arriortúa）为其采购沙皇。在通用汽车新的首席执行官约翰·F·史密斯（John F. Smith）的支持下，小洛佩兹把 27 个采购部门合而为一，以增强通用汽车巨大采购力的杠杆作用。洛佩兹不顾买卖双方的关系，强行要求供应商把价格削减的百分比达到两位数，和竞争对手分享供应商的私有信息，把通用汽车的采购成本降低了约 40 亿美元。

随着采购规模的扩大，采购人员在整个采购流程中的影响也增强。一本

① Michael E. Heberling, "The Rediscovery of Modern Purchasing", *International Journal of Purchasing and Materials Management* (fall 1993): 47 - 53.

主流的采购教材认为采购管理目标如下[①]：

1. 为公司运营源源不断地提供材料和服务。

2. 有竞争力地采购。

3. 明智地采购。

4. 把库存投资和库存损失降到最低。

5. 建立可靠而有效的供应来源。

6. 和卖方群体建立良好的关系，并和供应商保持良好的关系。

7. 与公司其他部门达成最大限度的协调一致。

8. 以一种专业的、节约成本的方式管理采购部门。

为了实现这些目标，采购部门在内部关系和外部关系的处理上日益积极主动。营销人员尤为感兴趣的是采购部门制定的有关政策，主要涉及供应商销售方案的获得和评估，以及对买卖双方关系的总的评估。

销售方案的获得和评估

通常获得销售方案的方法是非常详尽地描述对产品或服务的要求，以便供应商能作出相应的报价或投标，经过对报价或标书的评估，最低报价或最好的竞标者得以中标。因为要满足某些限制性的要求，所以一般认为这种竞争性的投标流程是有效的，能够为买家获得具有竞争力的价格。这些限制包括采购的现金价值应大于竞标的费用，价格明细表要清楚，有一定数量的卖家愿意报价，卖家具备相关资质并希望获得订单，而且买家有足够的时间来获得并评估报价或投标。

评估过程正变得日益正式也更为复杂。对未来供应商的评估项目包括技术或生产能力、质量控制、管理能力、财务状况和服务水平。在采购相对标准的产品或采购金额低的情况下，这种评估可以基于产品目录、财务报告或其他现成的数据得以进行。在产品复杂或采购金额大的情况下，这种评估可能包括对两到三家供应商的拜访。表 3.1 显示了对未来供应商的评估方法。

① Donald W. Dobler et al, *Purchasing and Materials Management*: *Text and Cases* (New York: McGraw-Hill, Inc., 1990).

表 3.1　对未来供应商的评估

因素	满分	得分	
		A 供应商	B 供应商
技术竞争力	15	12	10
生产能力	20	15	12
质量控制	20	15	18
管理能力	10	7	8
财务状况	10	8	7
售前服务	10	7	9
售后服务	15	7	11
总分	100	71	75

为了考虑继续采购或进行某一特定采购，也可以对现有的供应商进行评估。表 3.2 显示的是克莱斯勒公司(Chrysler Corporation)如何为电子零件的供应商评级。

表 3.2　戴姆勒・克莱斯勒如何给供应商评级

供应商名称：________　　产品：________

交运地点：________　　实际销售金额：________

	5 优秀	4 良好	3 满意	2 一般	1 差	0 不适用
质量 40%						
供应商缺陷率						
特种商品报价(SCQ)计划一致性						
样品合格表现						
对质量问题的反应能力						
总体评级						
交付 25%						
避免运输迟缓或过度运输						
扩大生产规模的能力						
工程样本运输表现						
对供应需求波动的反应						

续 表

总体交付评级						
价格 25%						
价格的竞争力						
采用经济的价格						
节约成本计划的提交						
付款条款						
总体价格评级						
技术 10%						
零部件的技术状况						
分享研发成果的能力						
能够并愿意提供电路设计服务						
对工程问题的反应能力						
总体技术评级						

购买者：________________ 日期：________________

评论：________________________________

资料来源：戴姆勒·克莱斯勒股份公司友情提供的信息。

在评估实际的投标或报价时，用于评估未来供应商或现有供应商的表现的因素可以和涉及某个具体交易的因素相结合，以帮助作出采购的决策。在很多情况下，采购部会要求工程部或运作部对收到的方案进行经济评估，这将与价格以及其他评估因素一起来最终决定最好的方案。

供应商们必须觉得这种竞争性的投标是公正的。两项政策的实施可以用来实现公正性。首先，采购者必须愿意和每一位参与投标的卖家做生意；其次，向竞标失败者就落选原因作出合理的解释。这些要求也许看起来简单，但是实践起来却有一定难度。供应商并不都是平等的。采购者可能有所偏好，通常都是出于正当的原因。有些评估标准是很主观的，卖家也许并不接受买家的评估。对于价格的讨论，即使是基于事实的，也可能被看做是与谈判有关的。因此，很多买家回避提供其具体的评估标准或标书分析的细节。

虽然竞争性的投标是采购的标准做法，但是采购方法还是有很大的差异。当只有一个供应商时，就需要进行某种形式的谈判。很多买家坚持让卖家提供成本信息,这本身就是一个谈判的话题。当订单价值低或确立订单的时间为关键因素时,买家可能选择通过非竞争性的方法或非正式的报价确定订单。即使在有很多供应商的情况下,一个公司也可能选择只和其中的一家做生意,当公司实施准时生产(JIT)时,通常都采用这种方式。在这种情况下,公司可能对供应商提出苛刻的要求。例如,惠普就曾告知未来的准时生产供应商,它选择供应商的期望之一是价格能够持续下降。

当有很多潜在供应商时,有些公司选择在两个或多个最低投标者之间分摊生意,主要是为了确保供应的持续性。还有一种方法叫做激发性竞争,买家以原来的投标为起点与供应商展开广泛的讨论,以降低成本从而降低投标价格。即使在公司内部,采购方法也会有所不同。有些采购采用单一来源的方法,另一些采购则使用竞标或激发性竞争的方法。

买方-卖方关系

我们在前文介绍过企业对企业之间营销特有的长期关系,有时可长达几十年。简单地来看,买方和卖方的关系主要是销售和采购人员之间的接触,有时甚至是唯一的接触。事实上,在很多情况下,买卖双方的各类人员有着广泛的接触。例如,具体操作工程师经常和设计工程师直接交流。双方的管理层代表可能会在生意或社交场合沟通。其他催料人员可能和订单处理人员或生产人员接触。

这使得双方关系的正规化成为必要,很多公司都制定了书面的采购政策,来描述理想关系的特性。但是鉴于大多数关系都很复杂,很多指导买卖双方关系的政策都是非正式的,反映的不仅是采购人员的意见,还有其他职能部门以及管理高层的意见。对这种复杂性的认识是制定和实行营销战略的关键。

准时生产

准时生产是一种生产方法,其基本概念是在装配流程需要时才向组装厂提供材料和零配件,以此来提高质量和降低成本。该方法始于日本的丰田制造公司(Toyota Manufacturing Company),20 世纪 80 年代全球各地的公司都普遍采用这个概念,并随之带来了生产和买卖关系的巨大改变。

准时生产这个概念的核心是降低或取消零部件的库存和对质量的极大改进。对采购而言,这意味着与供应商关系的巨大变化。伴随着这种变化,供应商通常会从几个变为一个或最多两三个,而且会更紧密地融入买方的生产流程。买卖双方需要广泛地分享信息，以便供应商作出快速的调整来精准地满足买方的日程要求。供应商应达到更高的质量标准，这样供应的材料就不必再进行检查。准时生产供应商一般都是长期的合作者，因为准时生产所要求的合作程度不可能经常更换供应商。如前文所述，供应商的成本一般也会因为量的增加和订单稳定性的增加而降低，所以要求供应商不断地降价。

对于采购人员来说，公司转为准时生产带来了几大挑战。对更少供应商的依赖使得公司对供应商的挑选和维护与供应商关系的管理更为关键。即使精心挑选的供应商也可能对提高销售量更感兴趣，而不是热衷于成为有效的准时生产供应商而作相应的改变。正如一位行业代表所说："进行准时生产的工作，容易的那一半在公司内部，而难做的那一半是在供应商那里。"①因此，进行供应商培训是转为准时生产时必要的工作，而培训的主要责任属于采购部。

不是所有的公司都可以成功地转为准时生产。通用电气一个主要的业务在转为准时生产，并和它的供应商建立了紧密的伙伴关系后总结道，要想进一步降低材料和零部件的价格还是要回到很多供应商激烈竞争的老路上去。很多供应商本身不愿意采纳成为成功的准时生产供应商必备的准时生产理念。另一些供应商发现，很难同时供应准时生产客户和非准时生产客户。但是，了解准时生产的原理以及客户对准时生产供应商的要求，对越来越多的公司来说是至关重要的。

形式之争

在下订单之前的很多讨论都是围绕产品明细、价格和递送展开的。通常忽略了买卖双方规定的一般条款和条件。这些条款一般写在订单或报价信的背面，内容涉及一些诸如发票复印件的份数这样相对常规的要求，但是也包括任何一方不能履行职责时的责任问题。买卖双方在这些条款和条件上不可避免地会发生冲突。卖方想方设法地降低他们的风险，尤其是在提供保修服务和可能不能完全履行合同方面。另一方面，买方则寻求让卖方承担尽可能大的责任。最容易引起争论的包括商品性能保证、担保范围和损害等条款。商品性能保证涉及担保的内容，担保范围涉及买方在交付延误时向其他卖家购买商品的权利，损害条款规定卖方在产品出问题时对买方的赔偿义务。

在美国，这引起了企业营销领域里一个特有的现象，通常称为"形式之

---

① Charles O'Neal and Kate Bertrand, *Developing a Winning J. I. T. Marketing Strategy: The Industrial Marketer's Guide* (Englewood Cliffs, NJ: Prentice-Hall, Inc., 1991), 13.

争”，即买方和卖方都竭力使他们的条款和条件成为合同制定的基础。在报价信件、采购订单和订单核准的往来中，各方都坚持自己的条款和条件。在早些年，这导致了所谓的“最后一击原则”，即最后告知文件里的条款，如果没有遭到反对，则成为合同制定的基础。美国大部分州在20世纪50年代使用的《统一商法典》(*The Uniform Commercial Code*，UCC)不承认“最后一击原则”，并提出在双方条款发生冲突时，合同制定的基础应该是那些达成一致的条款和《统一商法典》对默认或不一致的条款的规定。这些规定一般都有利于买方。《统一商法典》对于商品性能保证、担保范围和损害等问题的处理对大多数供应商来说尤其难以接受。

在与外国公司做生意时情况变得更为复杂。不仅合同双方的愿望存在巨大差异，而且在出现纠纷时还涉及法律管辖权的问题。为此，联合国通过了《国际货物销售合同公约》(CISG)，该公约和《统一商法典》有很多相似之处。如果买方和卖方所在国批准了这个公约(现在包括美国和很多欧洲及亚洲国家)，那么大多数商品的买卖合同都必须遵守《国际货物销售合同公约》的规定。

因为绝大多数合同的签订都没有发生重大的问题，所以条款和条件的重要性常常被忽略。没有多少营销人员精通合同法。在具体条款上达成一致既费时又容易引起争议，因此，卖方往往只有在出现问题并使他们面临始料未及的责任时才重视这些条款。但是，采购代表却经常从研讨会和他们关注的商业杂志了解到这些条款的重要性，因而他们对此可能给予相对更高的重视。虽然详细介绍《统一商法典》和《国际货物销售合同公约》超出了本书的范围，但是企业营销人员应该认识到它们的重要性，并采取合适的措施以确保他们了解合同的法律条款，就像对待产品明细表、价格和交付这些更熟悉的条款一样。

采购趋势

毫无疑问，采购的功能正在发生转变。一本关于采购的新书在简介中断言：“采购的革命正在对统治了过去20年的传统思维发起挑战。买方和卖方的对立关系正在转变为一种基于长期商业目标的新型伙伴关系。现在，公司利用采购的杠杆作用来获得供应商质量、产品交付和新产品开发方面的竞争优势。”①这种转变的重要性在最近的一项调查中得到体现，该调查发现三分之二的首席执行官和总裁认为采购的作用对他们公司的总

① John E. Schorr, *Purchasing in the 21st Century* (Essex Junction, VT: Oliver Wight Publications, Inc., 1992).

体成功非常重要。[1] 最近又出现了一个扩大采购职能范围的趋势。在美国，全国采购管理协会改名为供应管理研究院，很多组织也对其采购职能部门进行了类似的更名。在供应经理的新职能里，他们正不断地被委任管理供应链的职责，这要求这个职业必须确定它未来的职责。[2][3]

变革的确切性质将由营销人员和公司的战略处境共同决定。营销人员职业化程度的不断提高使得他们可以加强他们的作用，参与改善产品质量和提高客户满意度的工作，并且更广泛地参与制定战略规划。营销人员和供应商的保持伙伴关系将有利于他们在产品开发和准时生产等方面作出独特的贡献。在其他情形下，例如在通用汽车，采购价格将是决定性的因素，供应商们将面临极大的竞标或谈判压力。虽然各个公司使用的营销方法不同，但是共同的主题是营销人员将扮演日益活跃的角色。

当前，采购工作最重要的趋势也许是越来越多地使用电子手段与供应商交流、下订单及管理与供应商的交易。早在 1978 年，一个工作小组在联合国欧洲经济委员会的指导下制定了一系列数据传输原则，以规范贸易伙伴之间纸质文件以外的数据交换，也就是计算机系统之间包括直接交换的远程传输方法。第一套交换法则于 1981 年以《贸易数据交换指导原则》(GTDI)的形式公布，这给潜在的用户开发自己的系统奠定了基础。[4] 对很多机构来说，电子数据交换(EDI)成了一种高效、经济而有成效的下订单、核实订单状态，并与供应商沟通的方式。

因特网的来临使利用电子手段与供应商做生意更为普遍。它为职业采购人员提供了形形色色的网上采购论坛，各种产品的性能、复杂程度和成本千差万别。商业采购者最基本的工具是供应商的网站，它提供了产品信息，有时还可在网上下订单。很多供应商，尤其是维护、维修和运营产品的供应商可以提供网上目录，有时还可以就价格协商。

因特网还促进了网上市场的发展，这是纵向市场和功能市场买卖双方的集合地。纵向市场为特定行业服务，而功能市场。又称横向市场为多种行业服务。

---

① William A. Bales and Harold E. Fearon, "CEOs'/Presidents' Perceptions and Expectation of the Purchasing Function", *Center for Advanced Purchasing Studies*, (May 1993): 33－34.

② Andrew Cox, "Is Supply Chain Management Best Practice?", *Inside Supply Management*, (May 2003): 6－8.

③ Keah Choon Tan, "Supply Chain Management: Practices, Concerns, and Performance Issues", *The Journal of Supply Chain Management*, (winter 2002): 42－53.

④ www.unece.org/trade/untdid/texts/d100 for United Nations Directories for Electronic Data Interchange for Administration, Commerce and Transport (UN/EDIFACT).

和电子市场发展相关的是网络拍卖市场。[1] 这些拍卖市场在拍卖的商品类型和管理拍卖市场的责任上差别很大。通常，和网上市场一样，拍卖市场要么是横向的，集中于很多行业的特定产品，要么是纵向的，集中于特定行业的很多产品，如汽车业或半导体业。在有些情况下，拍卖市场可能是由采购的公司管理的。在另一些情况下，拍卖市场可能是由第三方管理的。

购买者行为：分析架构

前文介绍了企业采购流程的复杂性。本节我们将介绍两个对分析和开发营销战略非常有用的模型。

购买方格模型(the buy-grid model)

要充分理解组织购买行为必须确认购买流程包含的步骤，并了解这些步骤怎样根据特定购买情况而有所不同。一个应用广泛的研究确认了如表 3.3 所示的八个步骤或购买阶段及三种购买情况，又称购买类型：新任务采购、修正再购、直接再购。[2]

表 3.3　购买方格架构

购买阶段	购买种类		
	新任务采购	修正再购	直接再购
1. 认定并预测问题(需求)，制定一个总的解决方案	是	可能	否
2. 确定所需物品的性质和质量	是	可能	否
3. 描述所需物品的性质和质量	是	是	是
4. 寻找并认定潜在的供货渠道	是	可能	否
5. 征求并分析供应商的建议	是	可能	否
6. 评估建议，选择供应商	是	可能	否
7. 选择订购方式	是	可能	否
8. 反馈意见并评估	是	是	是

资料来源：Patrick J. Robinson: Industrial Buying And Creative Marketing. Published by Allyn and Bacon, Boston, MA. Copyright © 1967 by Pearson Education. Reprinted/adapted by permission of the publisher.

---

① Sashi, C. M. and Bay O'Leary, "The role of Internet auctions in the expansion of B2B markets", *Industrial Marketing Management* 31(2002): 103 - 110.

② Patrick J. Robinson and Charles W. Faris, *Industrial Buying and Creative Marketing* (Boston: Allyn & Bacon, Inc., 1967).

新任务采购包括一个以前没有出现过的要求或问题。采购人员没有多少过去的经验可依靠，需要了解大量的信息。购买者寻求其他的解决方案并考虑可替代的供应商。这种需求出现频率相对较低，但是为供应商提供了一个机会，供应商可以获取有利地位，并为后续购买奠定基础。新任务采购涉及所有购买阶段。问题认定可以来自公司也可来自外部。确定和描述所需物品的性质、质量涉及公司的很多员工。供应商在这个阶段有机会参与这个流程。寻找供应商并确定他们的资质是个广撒网的过程。这通常是供应商成为可能的竞标者的最后机会。获取供应商的建议和选择供应商会牵涉到公司里很多对购买有影响的人，供应商应和所有这些人广为联系。订货形式不仅包括下订单，还包括很多的后续活动。最后，要对供应商的表现作出某种评估，以成为未来订货的基础。

在直接再购情况下，这个流程要简单得多。产品已经得到具体确定，供应商也得以确认。购买方所要做的就是获得供应商关于价格和交付方式的建议，有时还包括在获得产品和服务后的评估。已经合格的供应商希望继续保持合格，而以前不合格的供应商则希望向购买者提供有力的证据证明自己已达标，以进入修正再购程序。

修正再购可来自于新任务购买或直接再购。在新任务购买之后，可能要针对未来的采购做某些修正。合格供应商的目的是继续保持资格，或者是影响一些具体事情以获得竞争优势。在有些情况下，以前不合格的供应商可能会被重新考虑。同样，供应商在直接再购中的不佳表现，或新供应商表现出的特殊资质，都可导致修正再购。

购买行为的组织模式①

虽然购买方格架构确认了购买流程的八个阶段，并显示了这些阶段如何随着购买情况的不同而不同，但是这个架构没有考虑影响决策流程的组织因素和个人因素。韦伯斯特(Webster)和温德(Wind)开发了一个完美的架构来更好地理解和分析这些相互关系。

他们建议把所有参与购买决策的个人看成是属于一个购买中心的成员。② 他们还认为购买行为是构成某个中心的个人特点加上小组因素、组

① 本节大部分内容引自 Frederick E. Webster, Jr. and Yoram Wind, *Organizational Buying Behavior* (Englewood Cliffs, NJ: Prentice-Hall, Inc., 1972)。

② 其他模式将购买中心视为决策单元，我们将在其他地方运用此术语。

织因素和环境因素共同作用的结果。最后,他们还提出这四个因素通过一系列与购买任务相关的变量和一系列与眼前任务不直接相关(非任务)的变量来影响购买决策。通过识别任务和非任务变量的每一个决定因素,我们可以对某个特定购买中心的决策流程有所了解。表3.4显示了这样的一个小例子。

表3.4 组织购买行为决定因素的分类

影响的来源	任务变量	非任务变量
个人因素	对低价格、短期交付、总成本等的希望	对亲密的人际关系、增强自我意识、成本等的希望
小组因素	制定产品规格的程序,设立购买委员会的流程	小组成员工作以外的交流
组织因素	关于质量、竞标程序的政策	关于社会关系的政策
环境因素	经济状况预测	选举年的政治因素

资料来源:Wind, Y., Webster JR. and Frederick E.: Organizational Buying Behavior, 1st edition, © 1972. Adapted by permission of Pearson Education, Inc., Upper Saddle River, NJ.

分析从识别购买中心的个人开始。韦伯斯特和温德把购买中心定义为为了完成某个具体采购任务而共同互动的一群人。中心里的角色各异。采购代理可以在一定权限范围内选择供应商。决定者提出对产品性能和特点的具体要求。使用者根据反映上来的需求和过去的经验影响对产品性能特点和供应商的选择。控制者(如:接待人员、秘书、图书管理员,有时还包括采购代理)控制中心的信息流动和与外界的接触。

在中心内部,个人影响力的程度也相差很大。在有些情况下,中心所有成员具有平等的发言权和影响力。但是,随着产品复杂程度的提高,负责工程的个人影响力会增强。个人强势的个性也会使他行使超过他职能的影响力,例如虽然产品很复杂,但是一个强势的采购经理的意见可能会取代工程人员的建议。政治因素也会产生一定的影响,例如,当管理高层对某一项大型采购特别关注时,这往往是来自外部环境的影响。此外,中心的人数在不同的采购中也有很大差异。在新任务采购中,这个中心会包括很多影响者。在直接再购的情况下,这个中心可能只包括负责采购的几个人。

很多人认为商业采购是理性的,因而是不受感情支配的。事实上,购买中心的个人行为在很大程度上受到个人需求、目标、习惯、经历、信息和态度的影响。购买中心的人形成一个群体,这个群体以前的交往和社会经验形成了一套共同遵守的价值观和交际模式，指导和限制着群体中个人的行为。组织因素，诸如目标、政策、程序、结构和回报体系使得这个组织成为一个实体，并对所有阶段的购买行为产生巨大的影响。最后，环境因素包括市场激励的影响力和社会技术、政治、经济方面的特点，都影响着这个组织及其成员和合作伙伴的交往模式。

反过来，这四个因素又受到任务和非任务变量的影响。任务变量指的是和购买任务直接相关的变量，比如个人获得最低价格的愿望、制定产品规格的会议、公司关于产品质量的政策和对企业发展趋势的预测。非任务变量可能包括具有某种宗教性质的个人价值观，公司雇员之间工作以外的交往，以及公司关于社会关系和社会政治趋势的政策。

对营销的启示

在本章的结尾，我们再次重申理解组织购买行为的重要性。营销战略必须考虑客户情况和采购实践中的各种差异。在很多情况下，销售代表可能有机会影响采购实践的性质，尤其是关于评估方法。正如我们将在第六章讨论的那样，采购实践的性质通常是决定市场分割的一个关键变量。在很多情况下，市场研究只集中在几个客户上，但是要确保包括了组成某个特定购买中心或决策单位的很多个人的意见。产品、价格和分销决定以及总的推广战略在很大程度上由目标细分市场内的采购实践决定。客户的战略情况可以显示是否有机会开展联合市场开发活动。

虽然营销战略的制定需要考虑很多客户的情况，但是战略的实施通常是现场销售人员的责任，需要基于对每一个担保账户的深入理解。正如我们将在第九章讨论的那样，销售人员对每个账户的决策流程的诊断和全面理解是销售成功的关键因素。

小结

理解组织如何购买是营销计划制定和实施的基本前提条件。这种理解必须考虑组织购买行为的关键方面：衍生需求、影响购买的多重因素、长期关系、客户制造或购买的能力、与自己客户竞争的可能性、采购职能的变化，以及国际外包的增长，还必须考虑采购职能的日益职业化和采购或购买决策者不断增加的影响力。人们建立了很多模式来帮助分析组织购买行为。对营销人员了解个人客户如何购买以及制定营销计划非常有用的两个模式是，韦伯斯特和温德建立的购买方格模型和购买行为的组织模式。

延伸阅读

James Anderson and Jim Narus, "Partnering as a Focused Market Strategy", *California Management Review* (spring 1991): 95 - 113.

Michele D. Bunn, "Taxonomy of Buying Decision Approaches", *Journal of Marketing* 57 (January 1993): 33 - 56.

Richard N. Cardozo, Shannon H. Shipp and Kenneth J. Roering, "Proactive Strategic Partnerships: A New Business Markets Strategy", *The Journal of Business and Industrial Marketing* 7, no. 1 (winter 1992): 51 - 63.

David Ford, ed., *Understanding Business Marketing and Purchasing* (London: International Thomson, 2001), especially readings 4. 1 - 4. 9.

David Ford and others, *Managing Business Relationships* (Chichester, England, John Wiley, 1998).

Michael E. Heberling, "The Rediscovery of Modern Purchasing", *International Journal of Purchasing and Materials Management* (fall 1993): 47 - 53.

Jan B. Heide and Allen M. Weiss, "Vendor Considerations and Switching Behavior in High-Technology Markets", *Journal of Marketing* 59 (July 1995): 30 - 43.

Wesley J. Johnston and Jeffrey E. Lewin, "Organizational Buying Behavior Toward an Integrative Framework", *Journal of Business Research* 35 (January 1996): 1 - 15.

N. Kumar, "The Power of Trust in Manufacturer-Retailer Relationships", *Harvard Business Review* (November-December 1996): 92 - 106.

Robert D. McWilliams, Earl Naumann and Stan Scott, "Determining Buying Center Size", *Industrial Marketing Management* 21(1992): 43 - 49.

Glen D Souza, "Designing a Customer Retention Plan", *The Journal of Business Strategy* (March-April 1992): 24 - 28.

Robert E. Speckman, David W. Stewart and Wesley J. Johnston, "An Empirical Investigation of the Organizational Buyer's Strategic and Tactical Roles", *Journal of Business-to-Business Marketing* 2, No. 4 (1995): 37 - 63.

Frederick Webster, "The Changing Role of Marketing in the Corporation", *Journal of Marketing* 56 (October 1992): 1 - 17.

Brent M. Wren and James T. Simpson, "A Dyadic Model of Relationships in Organizational Buying: A Synthesis of Research Results", *Journal of Business & Industrial Marketing* 11, No. 3/4(1996): 68 - 79.

第四章

行业战略分析

营销战略的重点是有效地满足精挑细选的客户的需要和需求，但这还不够。要想获得成功，一个公司的营销战略必须比竞争对手更胜一筹。换言之，营销战略的目标之一就是发展或利用公司的竞争优势。因此，营销战略不仅需要了解组织如何购买，还必须考虑竞争对手的战略，这些战略是在大量外部事件影响下竞争对手间复杂互动的结果。理解这种互动的复杂性并据此开发出营销战略是行业分析的目标。

行业分析的传统方法之一是考虑那些相互竞争的公司以及公司之间的这种竞争如何受到外部力量的影响。另一种方法是考虑生产一个商品或服务的主要活动，然后对每个活动的作用进行了解和分析。这种方法得到了营销学先驱奥尔德森(Alderson)的支持。他提出了分析平移链这个概念。它指从原材料到客户购买的最终产品或服务的过程中出现的所有交易和转换。①最近，又出现了“解构公司”、“创造价值伙伴关系”和“虚拟公司”等概念，其关注点是创造价值的一些子部门和提供总价值链活动所必需的公司间的协作关系。② 这些概念大多包含在了商业系统分析中。

在本章，我们首先提供行业和商业系统分析的基本概念。接着，我们将大致介绍一个运用这些概念的多步骤分析方法。我们对行业和商业系统的分析将主要针对市场营销。

---

① Wroe Anderson, *Marketing Behavior and Executive Action* (Homewood, IL: Richard D. Irwin, Inc., 1957).

② James C. Anderson, Håkan Håkansson and Jan Johanson, “Dyadic Business Relationships within a Business Network Context”, *Journal of Marketing* (October 1994): 1-15。他们认为在分析协作关系时，必须考虑到供应商、顾客的顾客及其他合作伙伴。

行业分析

市场分析和行业分析密切相关。事实上，有些经济学家用市场这个术语来指代买卖双方。但是对企业营销者来说，有必要对两者进行区分。市场分析关注的是识别客户的需要和需求，以及为了满足这些需求客户如何进行购买活动。另一方面，行业分析关注的是如何比竞争对手更好地满足客户的需求。

"行业"一词有很多含义。广义上可以指各种公司提供各种商品和服务。例如，电信业包括了当地通话和数据服务的提供商，长途通话和数据服务的提供商，中央办公室使用的数字转换器的硬件供应商，光纤电缆等产品的硬件供应商，电话座机以及越来越普遍的无线电话、个人电脑和软件。这些产品和服务针对组织或个人用户，有时两者兼之。人们会很自然地将这些产品和服务与电信业联系起来。除此之外，还有很多其他公司也是电信业的主要供应商，例如车辆或维修设备的承包商或供应商。

为了某些目的，这样宽泛的定义对于行业分析是有用的。例如，当整个行业的增长影响所有公司可获得的生意，因而可能决定重要的投资决策时。又或一个部门的技术发展可能影响另一个部门的技术发展时，即使这两个部门之间不存在竞争。例如，数据压缩技术对数据传输服务的供应者和数字转换器及其他种类的计算机生产商都是有用的。但这样广义地定义行业没有把重点放在直接的竞争对手上，即那些和某个公司争夺客户的公司。

为此，我们借用科特勒(Kotler)①和波特(Porter)②的定义并加以修改，把行业定义为一组提供相似产品和服务，可以相互替代的公司。值得一提的是，行业分析应该集中在对业务层面上竞争对手的分析。例如，通用电气不是作为一个集团实体在市场上竞争的，而是它的医疗设备业务和西门子的医疗设备业务竞争，它的电灯泡业务和飞利浦的类似业务竞争，等等。同样，IBM的个人电脑业务主要与戴尔、惠普和苹果等公司的相关业务直接竞争，而它的主机业务则与NEC、富士通和克雷研究所(Cray

① Philip Kotler, *Marketing Management*, *Planning*, *Implementation and Control*, 11th ed. (Englewood Cliffs, NJ: Prentice-Hall, Inc., 2003), 245.

② Michael E. Porter, *Competitive Strategy* (New York: The Free Press, 1998), 5.

Research)等公司竞争。同样，中国 TCL 的移动业务主要和三星、诺基亚、摩托罗拉等外国品牌在中国的手机市场竞争，而 TCL 的电视产品则主要在国内市场和长虹、厦华等公司竞争。对行业的定义将随着分析目的的不同而改变。这些分析目的包括：

- 识别潜在竞争对手。
- 识别还没有被其他人占领的市场空白。
- 预测竞争对手为争取客户而采取的策略。
- 识别竞争对手的弱点，以便发起攻击。
- 学习竞争对手成功的战略或技巧。
- 寻找机会和竞争对手合作。

例如在会计业，五大会计公司很少和地方性的小公司竞争。但是他们会觉得有必要识别和追踪那些有可能发展成全国或全球规模的中等公司，或是那些有能力拉走某些五大会计公司客户的公司。同样，可能有人会建议像 Merchant 这样生产电动机械计算器的厂家把夏普这样的电子计算器的生产厂家也看做是竞争对手。他们没有意识到电子计算器根本不需要电动机械计算器那样高的服务水平。

对行业的定义也取决于公司的环境。曾经有一段时间，美国的涡轮发电机生产商认为这个行业只是由美国的生产商[如通用电气、西屋(Westinghouse)和艾利斯-查默斯(Allis-Chalmers)]构成的，因为在他们看来，非美国生产商还不能算是具有威胁力的潜在竞争对手。但今天，这个行业已经发展成真正意义上全球性的行业，任何对该行业的定义必须包括诸如瑞士 ABB、德国西门子和日本日立等公司。

因此，全面的行业分析以及伴随的对竞争对手行为的研究使得经理们能够更好地理解一群公司展开竞争的“赛场”。没有这种分析，就不可能解释在同一个行业竞争的公司间的绩效差异，也不可能发现获得竞争优势的机会。此外，没有这种分析，一个公司也不可能准确地评估自己的优势和弱势，因为这些优势和弱势都是相对于竞争对手而言的。

行业分析方法

很多架构被开发出来以帮助进行行业分析。例如，谢勒(Scherer)建立了一个行业组织分析模式来帮助理解供求关系潜在的基本条件。这些条件影响了行业结构，而行业结构反过来又影响了行业行为。[1] 最流行的也许是波特建立的五力分析模型，该模型研究各竞争对手和他们战略互动的方式、购买者和供应商议价能力、替代品的威胁和其他新公司进入这个行业的潜在门槛。[2]

对手状况

波特模式的核心是为争取客户而相互竞争的公司。如我们在第五章描述的那样，营销职能的一个主要目标就是了解这些竞争对手、他们的战略、优势和弱势、可能采取的进攻手段以及容易受到攻击的地方。在行业内，我们可能会发现竞争对手们采取的战略有很大的差别。有些公司战略集中在削减成本，实施颇具攻击力的价格战略。例如，德州仪器(Texas Instruments)在它的半导体业务上就长期执行这个策略。另一些公司，如英特尔，可能强调功能性，价格则相对较高。在分析时，我们可以识别那些针对同一目标市场采取类似战略的竞争对手。利用战略定位图表可以实现这个目标。

战略图表

战略图表的目的是通过考虑公司战略如何与对手的战略互动来帮助制定营销战略决策。在某些行业，所有或大多数竞争者采取同样的战略。例如在零售业，产品的种类和经济规模没有太多的差异，所有公司都希望占有所有可能的市场。在这种情况下，所有公司可能属于同一个战略群。但是在大多数情况下，公司的战略决策制定有相当大的自由，而且竞争者会采取不同的战略，因而可能会制定如图 4.1 所示的平衡计分卡战略。[3] 图 4.1 形象地展示了各个竞争者实际和潜在战略举措所产生的结果，或揭示了潜在的建立股东价值的机会。依据战略问题的不同，战略图表也可用别的维度来制定。

该方法除了有助于了解总的状况外，还可用来根据不同竞争者的战略选择判断竞争状况将如何变化。在有些情况下，各个战略群之间会有巨大的进入障碍。特别是分销模式很难在短期内改变。在需要用到关键成功因素分析法(Key success factors)时，也会出现其他方面的障碍，对此我们将随后介绍。在另外一些情况下，改变战略可能相对容易，这使得竞争对手有机会采

① F. M. Scherer, *Industrial Market Structure and Economic Performance*, 2nd ed. (Boston: Houghton Mifflin, 1989), 4.

② Porter, Competitive Strategy, 4.

③ Robert S. Kaplan and David P. Norton, "Having Trouble with Your Strategy? Then Map it", *Harvard Business Review 78* (September/October 200): 168.

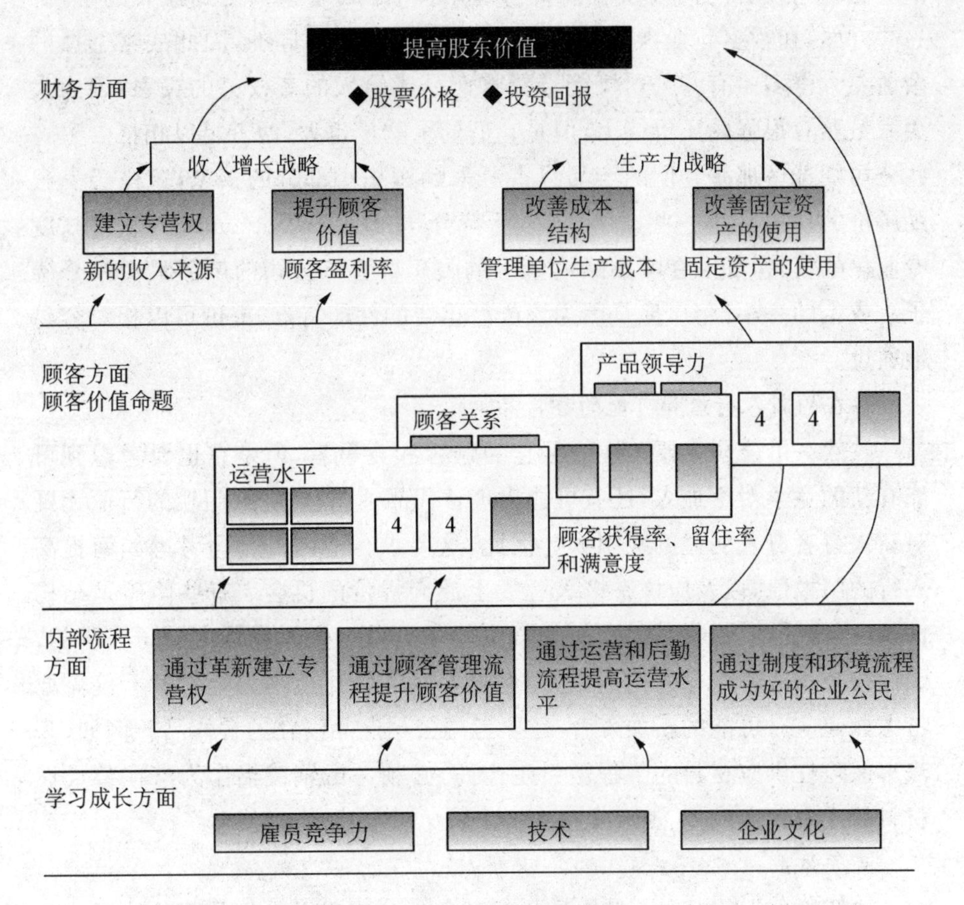

图 4.1　平衡计分卡战略图

资料来源：Reprinted by permission of *Harvard Business Review*. From "Having Trouble with Your Strategy? Then Map It" by Robert S. Kaplan and David P. Norton, *Harvard Business Review* 78 (September/October 2000), p. 168. Copyright © 2000 by the Harvard Business School Publishing Corporation; all rights reserved.

取一些攻击性的举动，有必要对竞争对手攻击性的举动做好防御的准备。

购买者和供应商的议价能力

在某些行业，例如饮料罐生产业，通常涉及的都是大买家和大供应商。饮料生产商可以很容易地转为自行生产饮料罐，他们也经常这样做，其结果是极大地限制了饮料罐生产商的提价能力。饮料罐生产商对钢和铝供应商的需要大于供应商对公司的需要，所以大的供应商可以实施前向一体化(forward integration)战略，故而很少对这些公司的需求作出积极反应。在供应商和购买者之间性质相同的行业，公司的战略选择受到极大的限制。另一方面，在很多行业，购买者和供应商的性质是不同的，因此战略选择的余地要大得多。有些公司可能选择将产品卖给大的有权势的买家，因为大买家虽然有很强的压价能力，但是它们的采购量也大，两者足以相抵。另一些公司则选择那些它们的产品只占总采购额一小部分的买家，这样买家狠劲压价的动机会小一些。例如，达斯特公司(Dextor Corporation)生产高度专业化的材料，如贴在啤酒罐内壁上的膜。尽管该公司的产品只占一个罐子总成本的一小部分，但是因为该产品重要的性能特点，提价可以相对容易地通过。

潜在的新入行者和可能的替代品

虽然一个公司主要关注的是它的顾客和竞争者，但是它也要考虑到可能有新的竞争对手加入，还有可能出现替代品。高利润、低门槛的行业无疑对新入行者有着明显的吸引力。因此，这要求行业内的公司考虑如何提高入行的门槛值，以及应该在多大程度上放弃提价的机会。有些障碍是结构性的，很难受到公司的影响，例如资金要求。另一些障碍是由公司控制的，因而是公司战略潜在的构成因素，例如专利和转化成本。定价时不仅需要考虑如何应对可能的新加入者，还要考虑公司产品潜在的替代品。例如，为汽车保险杠供应材料的工程塑料生产商，必须考虑钢或铝作为潜在替代性材料的成本。

业务体系

波特的行业分析法考虑的是相互竞争的公司以及他们的竞争状况和公司盈利能力如何受到四个外部力量的影响。商业系统分析采取的是不同的视角。正如吉尔伯特(Gilbert)和斯特雷贝尔(Strebel)提出的那样："很多对公司业务或公司所在行业的定义都太狭隘，公司的业务不仅是它的产品、流程和市场。事实上，从产品设计到最终用户的产品使用是一个完整的活动链，必须调动整个活动链才能满足某种市场期望。"①

明茨伯格(Mintzberg)等人在波特价值链的基础上提出了一个模型，在这个模型中，职能层面的战略被次级战略所包围。如图 4.2 所示，职能战略包括"采购"战略、"流程"战略、"输出交付"战略，所有这些战略都得到一系列"支

① Xavier Gilbert and Paul Strebel, "Developing Competitive Advantage", in *The Strategy Process*, 2nd ed., Henry Mitzberg and James Brian Quinn (Englewood Cliffs, NJ: Prentice-Hall, Inc., 1991), 82.

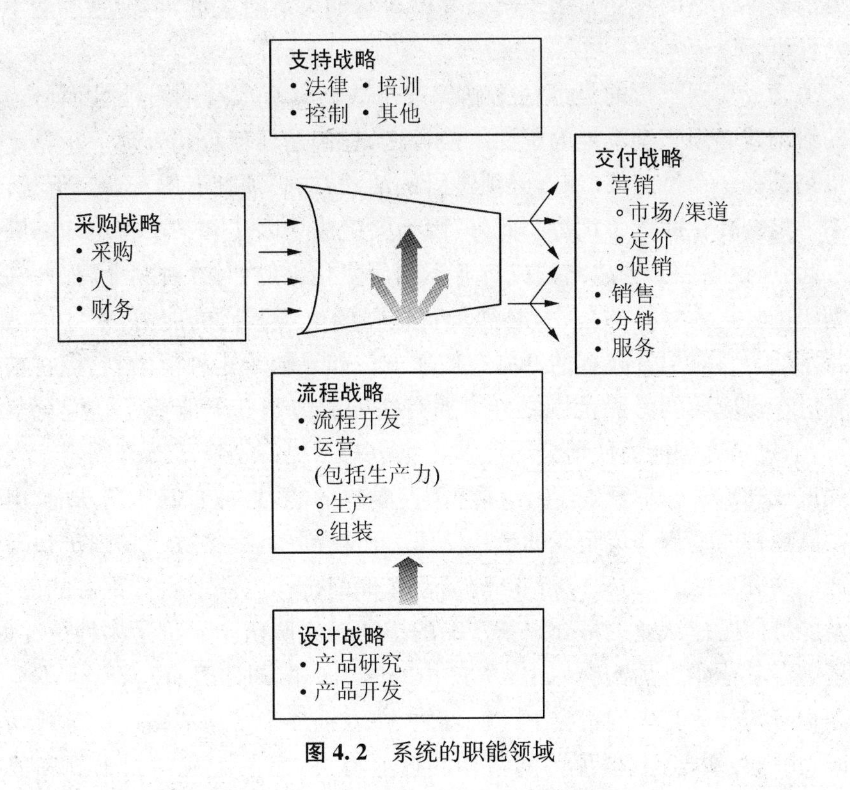

图 4.2　系统的职能领域

持”战略的加强。①

业务系统分析的逻辑是基于这样一个概念，即所谓的竞争优势是指能够为顾客提供比竞争对手更高的价值或更低的花费，或两者兼而有之。为了实现这个目标，价值链中的所有活动必须协调一致。例如，如果把低交付成本看成是关键的竞争参数，那么价值链上的所有活动，包括销售和分销，都必须围绕着这个目标来管理，即使公司自身对某些活动无法直接控制。采用直销模式的戴尔公司就是一个经典的例子，它把低成本生产（通过和供应商结成战略联盟，后者为其组装提供“及时”的库存）和低成本销售、分销有机结合在一起。

关键成功因子和竞争优势

关键成功因子和竞争优势来源是行业分析及业务系统分析获得的最为

① Henry Mintzberg and others, *Strategy Process: Concepts, Contexts, Cases*, 4th ed. (Englewood Cliffs, NJ: Pearson Education, 2003), 118.

重要的成果。这两者经常被误解或混淆。它们虽然有关联，但却是迥然不同的两件事。

关键成功因子指的是那些为确保某个战略具有成功的可能性而必须做好的活动或必须完全掌控的资源。换言之，它们是任何公司针对一个特定目标市场选择一个特定战略时，必须进行的活动，或必须拥有的资源。但是，它们不一定会转化成竞争优势。此外，因为关键成功因子和某个特定战略联系在一起，所以它们会因战略群或行业不同而变化。例如，在香料业，那些锁定大型跨国公司为目标的公司，必须具备较强的市场调研的能力，来评估某一种特定的香料对提升顾客的产品有何影响。如果缺乏这种能力，它们将被排除在潜在供应商的考虑范围之外。拥有这种能力则有可能赋予它们竞争优势，但前提是这种能力使得公司能够比竞争对手更好地满足顾客的需求。其他关键成功因子包括开发、生产多种类型香料的能力，拥有遍布全球的、由具有团队精神的销售人员组成的销售队伍。而在制药业，关键成功因子包括专利产品的开发能力，与医疗行业、药品监督部门合作以获取生产许可的能力，以及能够向医疗从业人员介绍新产品的当地销售队伍。无论是哪种情况，公司还需要其他能力的配合，如广告宣传的能力。但即使没有这些，也不会妨碍公司参与行业竞争的机会。简而言之，在识别某个特定战略的关键成功因子时，我们必须牢记，被评估的活动和行业有关，而关键成功因子则和战略相关。

关键成功因子对于某个特定行业的参与者来说是必要的。与此相反，竞争优势指的是企业条件中使其能够比竞争对手更好地满足顾客需要和需求的方面。竞争优势可以来源于一个关键成功因子，如一个制药公司的销售队伍推介新产品的动作比对手更迅速，从而抢先奠定了市场的统治地位，或者是它的研发能力强于对手，产品具有更强的专利地位。竞争优势也可源于公司多年建立起来的声望。很多年来，IBM 这个名字给了该公司无与伦比的竞争优势，令很多小公司或竞争对手望尘莫及，尽管后者除了提供同样的服务，也很值得信赖之外，其产品的功能在很多方面甚至还优于 IBM。

虽然竞争优势经常被描述为某个特定的活动、资源或地位，如新产品的开发能力、获取资金的途径或受尊敬的品牌，但是只有当这一切转化成市场上顾客感受得到的优异表现时才有意义。例如，惠普在大学校园里具有出色的记录，使它能够招收到最优秀和最聪明的工程毕业生。因此，惠普具备了卓越的工程竞争力。即便如此，只有当它给顾客提供了实实在在的优秀产品和服务时，这才是竞争优势。同样，虽然很多公司追求并也实现了低成本以发展竞争优势，但事实上，只有当顾客们切实看到了较低的价格，或对公司过去的定价措施给予肯定的评价，或公司劝阻了竞争对手采取积极进取的定价举措，这才是竞争优势。

竞争优势有两个重要的方面需要牢记。第一，必须对公司状况进行实事求是的评价。根据作者本人的经验，竞争优势经常被高估，要么因为公司没有站在顾客的角度考虑，要么因为缺乏充分的营销情报。第二，保持某项竞争优势具有相当的难度，而且这种难度还在不断增加。例如，经验效应能够给企业带来低成本，但是在成熟的行业里，这种效应会逐渐削弱，而且很容易避免。一个公司如果拥有很宽的产品线，它可以凭一家之力满足顾客的各种需要，免去了顾客和多家厂商打交道的麻烦，但是，这些种类各异的产品很难由一个统一的销售队伍来代理，尤其当其产品种类纷繁复杂时。对品牌的好评来源于过去的服务和产品，即使公司对此小心呵护，仍然可能慢慢失去好的口碑。所有这一切并不意味着公司不应该追求竞争优势，而是更加凸显了对公司和竞争对手作出切合实际的评价的重要性，以及持续不断地追求竞争优势的必要性。

行业生命周期

行业生命周期的概念和第二章讨论的产品生命周期的概念密切相关。波特指出，产品生命周期是其他预测行业发展进程的概念的基础。① 但是这两个概念存在重要的差别，尤其是时间跨度和重点不同。与产品一样，行业也经过引入、成长、成熟和衰退四个阶段。通常行业的这四个阶段要比单个产品发展得慢。例如，个人电脑行业已经 25 岁了，但仍然处于成长阶段。但在一个行业内，产品生命周期明显缩短。事实上，有些产品已经走过了四个阶段且不再生产。正如第二章讨论的那样，产品生命周期的重点是市场以及它对营销战略的反应。另一方面，行业生命周期的重点在于竞争对手和它们的行为。在五种竞争力量方面，赫西(Hussey)和言培文认为，行业发展对潜在的竞争对手和竞争状况有重要的启示。如图 4.3 所示。②

五种竞争力的行为除了受到市场特点的影响，同时还受到结构性改变的影响，资本密集度的改变、影响产品设计的技术变革、生产流程的变革，等等都会影响到上述五种竞争力。从生命周期的角度分析一个行业，其分析重点

---

① Porter, Competitive Strategy, 157.

② David Hussey and Per Jenster, *Competitor Intelligence: Turning Analysis into Success* (New York: John Wiley, 1999), 56.

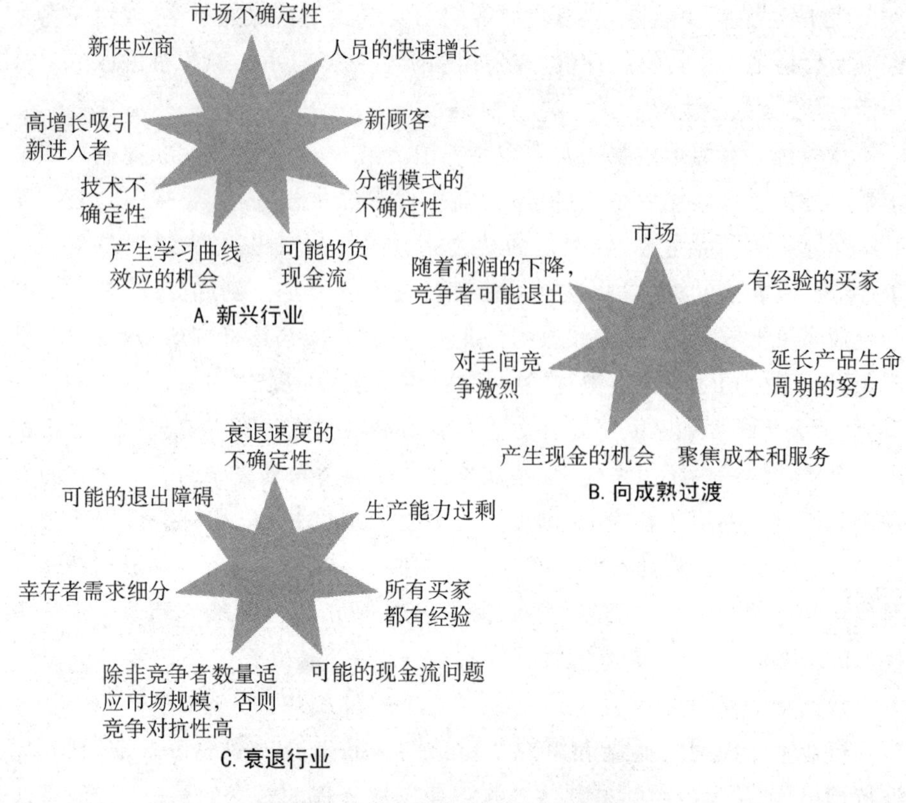

图 4.3 产品生命周期对行业的影响

在竞争、竞争态势的变化，以及发展竞争优势的机会。

进行分析

我们在前文阐述过识别某一行业分析目的的重要性。所有的分析都应该回答下列三组基本问题：

1. 这个行业有吸引力吗？为什么有，或为什么没有？有吸引力的行业往往具有高增长、高门槛值、生产能力小幅增长、高利润率，以及供应商和购买者议价能力相对较低等特点。

2. 如果行业有吸引力，行业中不同活动的经济结构是怎样的，变革如何威胁每个行业的吸引力？如果行业没有吸引力，有什么机会来提高行业的吸引力？何种变革可以改变行业现状？

3. 主要竞争对手当前的战略是什么？未来可能有什么样的战略？是否

存在竞争方式类似的公司集团？战略组之间以及组内各公司之间在盈利方面如果有差异的话，差异是什么？每个战略组的关键成功因子是哪些？

行业分析流程结构化

在进行全面的行业分析时，我们推荐如下六个步骤：

1. 确立分析目的和分析范围。
2. 进行行业概述。
3. 按照战略组群和活动链绘制业务系统图。
4. 分析战略组群。
5. 分析关键活动。
6. 确定对营销战略的启示。

确立分析目的和分析范围

分析一般始于业务上的一个问题或一个挑战，如利润率下降、资产周转率不能令人满意、市场份额减少、技术变革、新竞争对手的出现或老对手进入新市场或新细分市场的新举措、顾客需求的改变、环境威胁或制度的调整。与其他分析一样，行业分析也应该从确定分析任务的确切目的开始。目的说明也包括弄清分析的结果将以何种形式提交给谁。

目的论述是行业分析中必要的一步，因为它有助于之后对分析范围的定义。这种分析一般是由一个小组进行，因此有必要向小组成员具体说明，分析任务包括哪些内容，哪些不应该包括其中。我们发现，从图 4.4 所示的四个维度来界定分析范围是非常有效的。

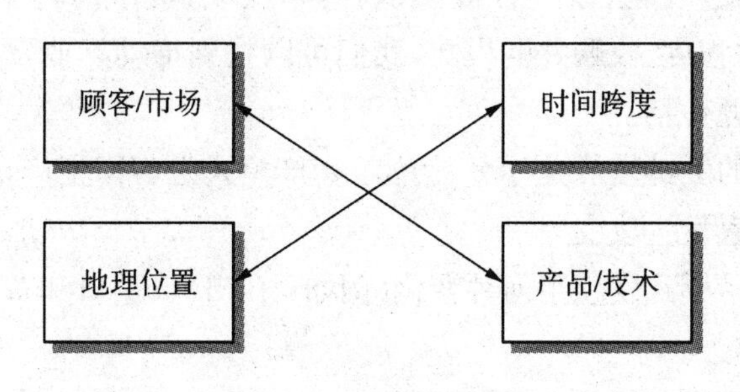

图 4.4 界定分析范围

下表将举例说明如何使用这四个维度来聚焦分析的范围。

谁	顾客需要/服务的市场	酒店、餐馆等餐饮市场(终端用户群/接受服务的终端用户)
什么	产品/技术/服务	炉子和通风系统
何地	地理位置	北欧城镇
何时	时间跨度	分析覆盖的时间从2000年到2010年

行业概述

在进行行业概述前,我们首先回答两组问题。第一组问题针对的是波特的五力模型:

- 谁是竞争者?这必须包括直接的竞争对手和非常接近的竞争对手。公司在制定营销战略时必须将竞争对手的战略纳入考虑范围之内。
- 谁是买家、供应商、潜在的进入者和可能的替代者?它们的主要特征是什么?
- 行业的总体规模有多大?行业在产品数量和美元价值方面的增长率分别是多少?
- 行业在技术、资本结构、生产流程方面具有哪些关键特征?处于行业生命周期的哪个阶段?

第二组问题针对的是业务系统方法:

- 无论执行者是谁,界定这个行业的关键活动是什么?关键成本要素是什么?

把一个行业放在历史背景下思考是有益的。这加深了对过去发生的变革的理解,也为预测未来的变化提供了基础。通过对历史数据的分析,如:增长率、周期性容量变化、季节性波动、利润率变化、资产周转率波动、技术突破、垂直整合的程度、收购并购模式,我们可以找到推动行业发展的线索。我们要回答的问题包括:

- 生产上的关键发展是什么(例如:生产模式是否因生产量、价值或贸易区的国家发生改变)?
- 国际贸易模式发生了何种变化(例如:在出口、进口和贸易平衡方面有何变化)?
- 分销模式发生了什么样的改变(例如:分销、物流、库存水平等的结构如何)?
- 消费模式发生了何种改变(例如:什么类别增加或减少了,国家或地区差异如何)?

- 行业参与者数量如何(例如：增加还是减少,以及为什么)?

绘制战略组群和业务系统图

我们应该绘制一个或多个战略组群图,标出根据合适的尺度已经确认的竞争者。通常,这些尺度代表了可能的主要战略选择或选项,是行业内各公司制定战略的基础。这些选项一般包括成本或性能的竞争、国内国际目标市场的选择、直销或分销、产品线宽还是窄。对于跨国公司,它们可能还涉及产品标准化还是差异化、本国生产还是分散生产等选项。

绘制业务系统图时,应该以五到六个能满足最终客户的愿望的关键活动为基础。这张图应该考虑到有些公司通过前向一体化或后向一体化参与了多项活动,另一些公司则只参与了一项或少数几项活动。

分析战略组群和单个公司

把竞争对手纳入战略组群的目的是为了了解各个成员的相对位置、关键成功因子、竞争优势可能的来源、参与者可能的行动和行动可能受到的阻力。对单个竞争对手来说,企业需要评价它们的优势和弱势,竞争优势的来源,它们容易受到攻击的薄弱环节以及可能作出的反应,或可能作出的挑衅行动。

分析关键活动

需要仔细考虑关键活动,原因有三。其一,为了了解业务系统中如何创造价值以及在哪里创造价值。其二,为了提供一个详细的架构来评估一个公司相对于竞争对手的优势和弱势。其三,深刻了解如何协调关键活动,从而以最可能低的成本为顾客提供最大的价值。对于每个活动,都应评价其降低成本、提高价值的机会。同样,也有必要分析那些可能增加成本、降低价值的威胁。这些机会和威胁应被整合成一个综合的观点,就是对这个行业全面的解读。从最下游的活动开始分析可确保站在顾客和顾客的顾客的角度来进行分析。

确定对营销战略的启示

执行前面这些步骤的主要目的是获得对行业的全面了解,以指导营销战略的制定并揭示改善公司内部运营的机会。此类分析至少应该增进对下列方面的了解:

- 某个特定战略要求的关键成功因子。

- 竞争优势的来源。
- 还未被开发或开发不够的细分市场。
- 对根据购买者议价能力进行市场选择的启示。
- 各种战略选项的可行性。
- 各种战略选项的盈利潜力。
- 竞争者的优势和弱势，以及它们进攻和防守的模式。
- 公司的优势和弱势。
- 关键活动整合或剥离的机会。
- 潜在的竞争对手。

小结

制定好的营销战略需要了解公司所处的行业，尤其是直接的竞争对手和可能影响它们行为的力量。同时也要求了解在业务系统中如何创造价值以及在哪里创造。正如本章开头提到的，行业分析是战略性营销决策的一个基本部分。它和市场分析密切相关，而且在很多情况下两者是重叠的。但是，行业分析是一种不同形式的分析，其涉及的问题和方法也很不同。决定分析性质的具体议题或问题与公司的具体情况有关。而分析本身也通常会揭示额外的重要议题，公司在选择和实施某一个营销战略时必须加以考虑。

延伸阅读

Kathleen M Eisenhardt and Shona L. Brown, "Time Pacing: Competing in Markets that Won't Stand Still", *Harvard Business Review* 76 (March/April 1998): 59 - 69.

Xavier Gilbert and Paul Strebel, "Developing Competitive Advantage", in *The Strategy Process*, eds. James Brian Quinn and Henry Mintzberg (Englewood Cliffs, NJ: Prentice Hall, 1987).

Gary Hamel, "Bring Silicon Valley Inside", *Harvard Business Review* 77 (September/October 1999): 70 - 84.

Eric von Hippel, Stefan Thomke and Mary Sonnack, "Creating Breakthroughs at 3M", *Harvard Business Review* 77 (September/October 1999): 47 - 57.

Per V. Jenster and Peter Barklin "The Nobel Art and Practice of Industry Analysis", *Journal of Strategic Change* 3(1994): 107 - 118.

Michael E. Porter, "How Competitive Forces Shape Strategy", *Harvard Business Review* (March-April 1979).

第五章[1]

企业营销情报: 分析和工具

① 本章由克劳斯·索尔伯格·索埃伦(Klaus Solberg Soeilen)和言培文合著。

本章讨论企业营销情报，这是一项很重要的活动，因为它把组织及其外部环境联系起来，这将有利于管理阶层制定关于市场、竞争对手和战略方面的理性决策。我们首先介绍一下什么是企业营销情报，并说明为什么它很重要。我们认为企业营销情报不同于市场调研，而且远远优于传统的市场调研。接下来，我们讨论不同类型的营销情报：连续型和与问题有关型。在新科技的影响下，企业营销情报的性质在不断变化。我们分析了人工智能软件，并详细说明了在互联网上有效搜集信息的基本原理，以及如何在企业内联网上建立一个完善的商业情报系统的基本原则。然后，我们讨论了关于企业营销情报系统的设计、标杆分析和信息来源问题。我们重点介绍了需求分析，同时还解释说明了客户满意度分析、客户需求分析和销售预测。最后，我们讨论了如何组织和管理情报工作。

情报与信息

企业营销情报的重要性

情报活动是企业营销最重要的职能之一。收集并分析内部和环境形势的信息情报活动，对策略的制定和执行至关重要。在过去5年中，包括企业营销情报在内的商业情报方面的书籍大量涌现。[1] 其他术语如竞争对手情报和

---

[1] 需要特别指出的是，企业营销情报(BI)将来可能会被竞争情报(CI)的概念所取代。但我们现在仍认为CI是BI的一部分。

竞争情报指的是一些比较具体的情报活动。我们可以把企业营销情报看做是商业情报中有关企业营销的那一部分活动。

企业营销情报包括收集市场信息，了解市场发展趋势；了解顾客的需求、感觉、态度、信念和行为；洞察竞争对手的想法、优势和劣势；分析影响企业和企业之间关系的所有因素。我们把企业营销情报看做是多种活动的一个集合。作为一个成功的企业市场营销人员，必须了解广阔的市场背景和客户的决策及运营环境。

企业营销情报的三个特点是：

1. 企业市场的营销人员接触的客户群通常要比消费者市场营销人员接触的客户群少，因此企业市场营销人员对大多数客户（和潜在客户）都有所了解。营销情报活动通常涉及相关客户的全体人员或者是比消费者市场小很多的样本客户群。

2. 正如第三章提到的，组织的购买行为受到多重购买因素的影响。这些因素将影响从客户那里获得情报的可靠性。商业情报信息的准确性取决于谁与客户谈话及客户群中谁作出回复。要获得真正反映客户群观点的回复，就需要多个客户采样点。

3. 企业营销的销售队伍一般和客户关系密切。这种关系是客户信息和竞争信息的重要来源。企业营销情报中的一个关键问题是，如何很好地利用销售人员已经或者可以得到的信息。

商业全球化使得建立一个有广泛基础的情报系统更为必要。即使是那些基本上定位为地方性或区域性的公司，也有必要建立一个具有更广泛地域基础的情报系统。科技的发展往往要求组织机构做大量的情报工作。例如，当新的激光技术被开发出来并在科罗拉多州（Colorado）公之于众后，日本的竞争者没用几个小时就从当地顾问那里得到所有与这项激光技术相关的信息。

处在产品生命周期早期阶段的公司和处于成熟阶段的公司需要的情报类型完全不同。一个刚刚创立的公司往往需要市场情报、产品情报和客户情报，而一个处于成熟的寡头垄断市场的公司可能需要价格和成本方面的情报。

从广义上讲，有两种与产品周期相关的情报，一类是有关产品规划、生产和调整的情报，另一类是产品已经占领市场后的情报，无论销售曲线呈上升趋势还是下降趋势，如图 5.1 所示。第一类常被认为更侧重于战略战术，而第二类则更侧重具体经营。第一类情报主要涉及技术和营销，而第二类与销售更贴近。如果一个企业想要取得商业情报工作的成功，就必须做到两种情报活动同时进行，以便在产品生命周期的不同阶段顺利地从一类情报活动过渡到另一类。

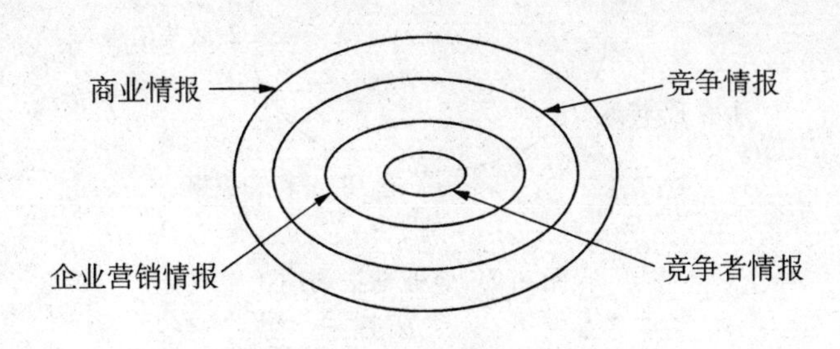

图 5.1 公司的情报类型

企业营销情报的定义

营销情报是指对内部和外部有关营销信息的收集、分析和解释。这是一个企业了解、领会和应对新挑战的一个过程。因此，营销情报是一个着眼于未来，帮助组织应对市场的一项活动，它涵盖了组织获取和利用信息的所有方式。它还包括各类市场和市场营销研究、企业内部资料的收集和分析、竞争力分析、竞争对手产品的分析和逆向工程技术；了解如何以及在何处帮助客户增加价值；整合收集到的大量非正式的工业环境和商业环境的信息。这种环境可以分为若干领域的研究：经济、政治、社会、科技、基础设施建设、生态和人口。这体现了营销情报的跨学科特点。营销情报的范围可以很广泛，也可以集中在满足企业需求的某些方面。企业整个情报过程通常包括很多具体的企业情报工作。这些具体的情报工作组成一个循环的周期，公司每完成一个周期，又会开始下一个新的情报周期。在现实生活中，一个公司可能会同时进行几项工作，或者在一个周期中的几项具体工作间来回往返，但这仍然是情报周期的一个示例。图 5.2 显示的是企业情报周期的 5 个不同阶段。①

① 企业情报周期的 5 个不同阶段通常用来描述不同的工作流程(见图 5.7)。

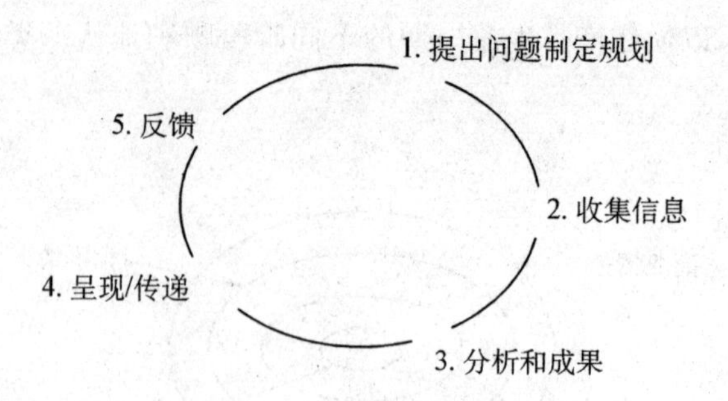

图 5.2　企业情报周期

从这些任务中我们可以看出，企业营销情报包括三种重要的管理活动，这些活动是：

- 收集内部和外部数据。数据收集是企业营销情报工作中的一项综合性任务，其范围从实证性的客观市场调查数据到记录售货员的主观陈述。其他活动还包括对现有客户销售资料定期进行详细的分析，记录员工对特定客户或者竞争对手的态度，浏览业务通讯以了解行业内的最新进展。
- 对收集到的信息进行编码和解读。通常情况下，对大范围的企业营销情报进行编码并提供有效而可靠的解释是很难的。在过去几十年里，许多公司为建立一个集中的营销信息系统作出了很大努力。由于通过企业营销情报活动收集到的资料具有多样性，而对这些资料又缺乏管理，也没有必要的科技手段来处理这些复杂的资料，或者缺少高层领导的参与，所以导致大部分的努力以失败告终。
- 应用制定营销策略的知识来生成有用的信息。企业营销情报的一个重要因素就是运用管理知识和经验来收集营销信息。只有那些有一定行业经验的经理才能对企业营销情报的有效性作出评估，并把企业营销情报的效度转化为适当的战略规划，把这些管理知识转化为适当的经营活动。

企业营销情报活动可分为持续性的、与问题有关的和综合性的情报活动。持续性的情报活动主要包括从二手信息和企业内部信息中收集的资料。企业内部信息资源包括账单、销售额、成本资料、技术标准及客户的销售收益和损失信息。与问题有关的情报活动包括市场调研、产品研发、建立目标客户资料和市场潜力的具体评估。综合性情报活动是运用各种各样的工具来辅助解释前两种活动的研究成果。

美国竞争情报从业者协会(SCIP)就最常用的竞争情报信息分析方法及其有效性对它的成员进行了调查。调查结果如表 5.1 所示。①②

表 5.1 竞争情报信息的分析方法

信息分析工具(每个工具使用的百分比)	分析工具的有效性(极其或非常有效的百分比)	竞争情报在支持营销方面的有效性(极其或非常有效的百分比)	销售目标和营销情报(极其或非常重要的百分比)
竞争对手档案:88.9%	SWOT 分析:63.1%	决策支持:67.4%	开发营销策略:76.2%
财务分析:72.1%	竞争对手档案:52.4%	市场监控:66.7%	预测变化或市场监控:74.5%
SWOT 分析:55.2%	财务分析:45.5%	识别市场机会:66.3%	识别新的机会:67.2%
情景规划:53.8%	盈亏分析:31.4%	市场计划开发:63%	识别新优势的来源:64.8%
盈亏分析:40.4%	作战模拟:21.9%	市场计划投入:57.4%	帮助销售赢得业务:58.4%
作战模拟:27.5%	情景规划:19.2%	调查市场传闻:51.9%	制定营销计划:43%
联合分析:25.5%	联合分析:15.8%	新产品开发:50.3%	确定研发投入优先项目:23.5%
仿真或建模:25%	仿真或建模:15.4%	预测竞争者的举措:48.1%	
		确定联盟伙伴:36.9%	
		预测科技变化:35.6%	
		确定投资优先次序:33.6%	
		确定竞争者的无形资产:33.1%	
		了解竞争者的成本:27.4%	

① 百分比指的是所问公司的人数。

② 参见 http://www.scip.org/ci/analysis.asp (August 22,2002)。

续 表

信息分析工具（每个工具使用的百分比）	分析工具的有效性（极其或非常有效的百分比）	竞争情报在支持营销方面的有效性（极其或非常有效的百分比）	销售目标和营销情报（极其或非常重要的百分比）
		促销或广告变化：26.4% 预测经销商的变化：15.1% 预测供应商的变化：6.4%	

资料来源：The study was conducted for SCIP by The Pine Ridge Group, Inc. and the T. W. Powell Company, 1998. Reprinted with permission from Pine Ridge Group and Knowledge agency.

从对分析方法的评估中我们可以看到，越简单的方法往往被认为越有效。通过评估竞争者情报对销售和营销的支持作用，表明竞争者情报最重要的作用在于指导组织战略层面上的决策。

新科技在企业营销情报中日益重要的地位

随着新型、高效率的计算机和软件技术的不断发展，越来越多的管理者使用营销决策支持系统(MDSS)。营销决策支持系统是一个帮助管理者进行日常决策的计算机信息系统。这在现有信息系统科技的条件下完全可能实现。一个营销决策支持系统可以包括复杂的专家系统，也可包括简单的销售额方差分析。营销信息系统最适用于重复性和日常性的决策活动，比如订单规划、现场服务或者订单的数量折扣。营销决策支持系统也可以用于制作销售报告，开展客户服务和进行与产品发运相关的方差分析。一般来讲，战略营销情报的主要部分是人工操作的，企业营销中使用复杂的营销决策支持系统很难带来经济效益。

福德咨询公司(Fuld & Company, Inc)的调查显示，48%的公司都有组织地进行竞争情报工作，72%的公司打算开发或者购买竞争情报软件工具。① 支持目前商业情报活动的软件大致可以分为四种：智能软件、知识管理解决方案、搜索引擎或搜索代理商、数据仓库或联机分析处理方案

① *Intelligence Software Report 2002*, Fuld & Company Inc.

(OLAP)。[1] 而实际上只有第一类软件支持从其他商业智能软件获得的信息分析，如表 5.2 所示，其他三种软件虽然也可以提供有用的及有价值的软件解决方案，但是却不能提供真正的分析支持。

表 5.2　不同商业智能软件及其特点

支持类型	搜索引擎/代理	智能软件	数据仓库/联机分析处理	知识管理
信息收集	是	是	否(只是内部数据库)	是
支持分析	否	是	否(只是数据的定量分析)	否
信息报告和传递	否	是	是	是
软件举例	Autonomy 软件	Brimstone 智能软件	Cognos 软件 Business Objects 软件	Comitell 软件

资料来源：福德咨询公司的主要研究成果，2002 年。

情报分析软件中的主要分析大致可以分为三类：

- 关系分析：帮助用户分析各个变量之间的关系，比如公司和个人之间的关系。
- 结构化文本分析：帮助用户组织和发现非结构化文本中的信息(比如文本文档)。
- 对比分析：帮助用户在系统中进行信息比较，应用领域广泛。这种分析能用于定量或定性数据，也有助于现有分析模式的使用，比如 SWOT 分析模式和波特的五力分析模型。

这几类分析加上情报周期中其他几个阶段，共同构成了我们所说的智能软件的综合性程度，如图 5.3 中的 X 轴所示。对用户来说，判断智能软件的另外一个重要的标准是可视化程度，如图 5.3 的 Y 轴所示。这并不是说如果一个软件在这两个方面的值都很低就不能买。也许这个软件对于商业情报周期中的某个具体操作有用，比如通过新闻渠道收集资料。然而，根据“无用(错误)信息输入，无用(错误)信息输出”理论，这种软件的质量往往依赖于软件数据源的质量。

---

① 参见 http://www.olapreport.com/(August 22,2002)。

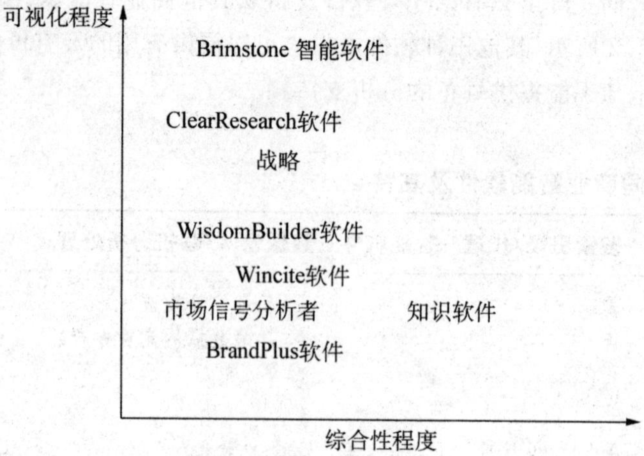

可视化程度

Brimstone 智能软件

ClearResearch软件

战略

WisdomBuilder软件

Wincite软件

市场信号分析者　　知识软件

BrandPlus软件

综合性程度

图 5.3　情报软件的支持度

资料来源：福德咨询公司的主要研究成果，2002 年。

在过去的几十年中，虽然我们在发展支持软件方面取得了巨大的进步，但是商业智能软件中的各类分析决不能替代人脑的分析，而且分析过程中不该过高估计科技手段的重要性。然而，通过信息的远程收集、报告、发送和共享，智能软件的确能有助于提高分析的效率和有效性。

有效利用互联网的原则

在过去几十年中，互联网在企业营销情报中的应用日益重要，而且这一趋势似乎会一直延续下去。目前，在工业化国家里，几乎每个企业都有自己的主页，而且在互联网上，我们可以找到关于这些企业的重要的营销数据。商业情报系统其他重要的技术支持包括发展企业内联网和广泛应用通过互联网获得的数据库。一些公司和竞争对手、顾客或供应商一起开发了企业外联网，来分享部分的信息。

一般通过搜索引擎在互联网上查找有关竞争对手的信息。搜索时的一条主要原则是，一开始时确定的搜索范围要大，然后逐步缩小搜索范围，使搜索信息更接近目标信息，这样做可以降低遗漏重要信息的几率。虽然很多数据库服务是要收取费用的，比如 http://www.lexisnexis.com/这个数据库，但是还是有各种各样的信息可以免费使用，同时还有很多其他方法可以尝试，比如要获得同样的信息，可以通过借阅图书馆资料而不是在互联网上支付昂贵费用来获得信息。在情报周期的信息收集阶段，第一步自然是去图书馆查找信息，当然能上网查阅图书馆的资料更好。但是在大多数情况下，你还是要去一趟图书馆，至少你必须到图书馆去取所需的书和文献。

在网上搜索时，最好是先输入一个网址，这样可以给你提供几种可能，就是所谓的“多路访问页”。对于搜索引擎，可以用 http：//www.allsearchengines.com/。同样，在寻找图书馆数据库时，你可以先找到有几个数据库的那一页，比如 http：//sunsite.berkeley.edu/。你可以同时搜索几个书店而不局限于一个书店，比如你可以访问 http：//www.bookfinder.com/或者 http：//www.abebooks.com/。如果你只是看报纸，就可以登录 http：//www.onlinenewspapers.com/。要读商业类杂志，你会发现 http：//www.bpubs.com/是很有用的网站。很多免费文章数据库的缺点之一是，提供这些免费文章的报刊和杂志在市面上并不是最好的，因为最好的报刊杂志往往不会授权免费使用其文章。如果要找百科全书，你可以试一下 http：//www.encyclopedia.com。如果查找词典可以访问 http：//www.yourdictionary.com/，这个网站声称拥有 250 多种语言的 1800 种词典。

另外一个有用的原则是按照国家、部门、分支或者学科来搜索。因此，如果你只想看美国政府数据库，你可以试试访问 http：//www.access.gpo.gov/su_docs/databases.htm 或 http：//www.sec.gov/index.html 这两个网址。要查看英国的信息，可以登录 http：//europa.eu.int/geninfo/info-en.htm。很多国家都有很出色的“多路访问页”。因此，如果你要找挪威的信息，请登录 http：//www.kildene.com。还有很多专门的国家搜索引擎，比如你搜美国商业，可以登录 http：//www.bigbook.com/，查找人口可以登录 http：//www.people search.net。

还有一些按照商业类型分类的网页，比如企业对企业的营销，网址是 http：//www.business2business.on.ca/businesslinks.html。康帕斯(Kompass)在 http：//www.kompass.com/kintl/cgi-bin/KI_PROaction.cgi 网页上除了登载其著名的产品外，还提供了企业对企业营销的链接。网址为 http：//www.onlineinc.com/about.html 的在线公司是一家企业对企业的媒体和节目策划公司，主要为数字媒体和电子研究社团服务。如果你查找关于营销和销售的一般信息，请登录 http：//www.agencycompile.com/。查找关于营销的“多路访问页”，请访问 http：//www.looksmart.com/。查找由商业情报公司提供的各种服务，请查看 http：//www.kae.com。

很多学术机构都有自己的搜索页面，在这些页面上收集了很多有价值的链接(但这些链接往往不是及时更新的)。如果查找关于经济情报的信息，你首先要登录 http://www.loyola.edu/dept/politics/ecintel.html。如果要查找竞争情报，那么就要登录 http://www.scip.org 或者 http://CIseek.com 打开 SCIP 的主页。要想获得与竞争情报相关的网络安全信息，则要登录 http://intelweb.janes.com/，阅读国防新闻和航空空间技术周刊。网上也有一些关于竞争情报的杂志，比如 http://www.intelligententerprise.com/。最后，如果你什么信息也找不到，你可向一些专业公司寻求帮助，比如 http://www.kirktyson.info，这家公司善于搜索很难找到的信息。

本章的目的不是告诉你这些有用的网页（这些网页是否有价值取决于你的业务和你在阅读过时网页时所带来的风险），而是告诉你一些基本的原则，帮助你自己找到有用的网页。如果遵循这些原则，你应该可以减少花在网上搜索信息的时间，而且可以提高你搜索信息的能力。你也可以比较一下信息的价格，从而降低你们公司企业营销情报的成本。

企业内联网：商业情报和知识管理的整合

如果你的公司已经开发了内联网，那么上面提到的那些网址也许就是你要找的链接。在现代组织中，企业内联网起到了指导和控制竞争情报的作用，是公司知识管理计划的整合基地。整个过程也许始于一个经理想要查找一些信息。他先登录竞争情报内联网系统（CIIS），然后决定是自己在这个系统中查找所需信息，还是让竞争情报小组（CIT）帮他查找。如果这个经理认为自己查找信息更方便的话，他会打开很多主页链接，进入数据库和搜索引擎。如果公司正在使用商业情报软件，他也可以在这个过程中运用。如果想让竞争情报小组帮助他搜索信息，那么他要先填一份电子版的问卷调查，回答他想要知道什么信息，为什么需要这些信息（这有助于竞争情报小组理解他的问题），最晚在什么时候需要此信息。可能还需要填写表格核实信息是在企业内联网内自由传播，还是应该直接发送给该经理。信息请求可以分为主动请求和被动请求。被动请求主要是关于发生了什么事，通常意味着有二手信息的支持。主动请求通常意味着某种形式的第一手调查，这通常会花更长的时间来完成。当然，竞争情报小组既能完成主动请求也能完成被动请求。竞争情报内联网系统是管理人员和员工们搜索各种信息的空间，包括在公司注册的数据库中搜索信息、借阅和购买书籍、阅读电子报刊。竞争情报小组可以起到收集和传送信息的作用。收集作用我们已经讲过了。传送功能可以通过一般的和特殊的业务简报的形式实现。经理可以在离开办公室之前把简报打印出来，在去拜访客户的途中阅读。信息传送的危险之一是竞争情报小组总是报喜不报忧。最好的体制是整个管理层都参与问题的提出，这只能建立在彼此间相互信任，而且竞争情报小组不断发展的基础之上。

企业营销情报的价值

营销情报和信息往往会带来变革。营销情报的驱动力来自市场和竞争对手。当竞争对手改变策略推出新产品时，顾客对此作出的反应是改变喜好和购买行为。因此竞争中的公司要参与情报工作，真正了解正在发生的事情。在新情报不断涌现的情况下，公司要找到能为客户提供附加价值的新方法。当公司把这种新价值传递给客户时，同样也会引起变革。这种以市场为导向的信息收集是一个不断前进的过程。那些能够通过发现新信息来学习的公司以及能从情报中获得知识的公司通常能在竞争中处于不败之地。

营销情报就像公司的许多其他职能一样，在过去的几年里发生了巨变。今天，营销情报遍布全球，受到不断变化的客户行为和新科技的巨大影响。从大型的跨国公司到中小型公司都在实行商品和服务的全球采购。不同的产品和不同的行业实行全球采购的程度不同。在科技领域，采购得到广泛应用，比如在电子行业，小公司之间建立联盟并在世界范围内实行产品、部件或辅助服务的采购是非常普遍的。这大大提高了情报活动的必要性，但同时也会影响情报工作所需的资源及对这些工作的组织。甚至对中小型企业来说，如果这些工作进行得不能令人满意的话，也会造成消极机会成本。很多中小型企业的生存受到了来自千里之外的各种发展的威胁。如果不了解这些发展情况，不能适当地应对，企业的经营业绩会受到严重的影响。

然而，商业情报的好处和用途并没有得到广泛认可，很多商业情报工作以失败告终，其主要原因是，管理高层没有充分认识到情报的价值。管理者没有给予情报职能部门足够的重视，也没有为情报工作提供必要的资源。情报工作总是由一些水平不高、没有经验的经理管理，而不是由经验丰富的人管理。能够帮助执行经理把商业情报转变成战略和行动的经验丰富的管理者是一个组织的稀缺资源。

企业营销情报活动的规模

营销情报在国际市场的重要性难以评估。然而，营销情报在不同行业和不同市场中的重要性显然是不同的。企业营销情报的重要性也在与日俱增。一种情报是市场调研。表 5.3 列出了世界主要地区的科研机构通过市场调研获得的收入的估计值。

表 5.3　2000 年市场调研在世界市场的营业额

地区	市场调研营业额（百万美元）	地区	市场调研营业额（百万美元）
欧洲		亚太地区	
英国	1623	日本	1206
德国	1290	澳大利亚	273
法国	958	中国	181
意大利	415	其他亚太国家	439
其他欧洲国家	1658	整个亚太地区	2099
整个欧洲地区	5944		
美洲		其他国家	136
美国	5922	全世界	15232
加拿大	434		
其他美洲国家	697		
整个美洲地区	7053		

资料来源：© Copyright 2000 by ESOMAR ®-The World Association of Research Professionals. Published by ESOMAR.

这些机构估计，世界范围内，用于市场调研的金额在 2000 年接近 153 亿美元。2000 年世界前 25 强企业中有 15 家通过互联网进行了大规模的调研，此次调研开销占全球互联网市场调研、网站调研和受众调研支出总额的 46%。有三家公司充分参与了互联网研究：丘比特媒体调查公司（Jupiter Media Metrix）、哈里斯互动公司（Harris Interactive）和尼尔森网络评级公司（NetRatings, Inc.）。后者是荷兰联合出版集团（VNU）的子公司。

传统上，企业对企业的市场调研只占一小部分，主要包括传统的定量和定性研究。如果把广义上的商业情报价值包括在内的话，用于企业营销情报的资源将是巨大的。我们估计，60%～90%的企业对企业的营销情报是通过公司内部资源获取的。这些情报活动的规模很难估计，因为这些活动是由公司员工完成的，而且用于营销情报的资源数量也从不向公众透露。然而，这样的工作价值在全球可能超过 90 亿美元。企业营销情报通常是由不同级别、不同职能部门的经理以兼职的形式进行的。因此，很多公司可能不知道自己应把什么资源用到营销情报中去。再者，营销情报的收集、管理成本及其复杂性会影响到营销情报搜集、管理工作的执行力度。比如在欧洲、日本和美国，以适中的价格可以获得很丰富的电子信息资源，而在很多发展中国家情况却不同。因此，营销情报的性质在世界的不同市场各不相同。

文化与企业营销情报

文化影响着营销情报的性质和作用。例如，据估计，2000年日本通过一些代理商进行市场调研的花费是12.06亿美元。尽管日本经济在1997年受到了严重打击，但这个数额与日本的经济规模和在全球经济中取得的成就相比非常之小。在日本的企业中，市场调研的作用与美国和德国企业中的作用往往是不同的。日本的营销情报主要是包括许多各级员工在内的公司内部职能。如果一家日本企业想要了解欧洲和美国商业的某一方面，公司就会派某个人到那个国家住上一段时间，然后进行广泛的、非正式的分析，再把所有分析和原始资料发送给日本的主要组织部门。关于国外企业的信息和活动，最终要通过日本经贸工业部①(METI)的技术信息收集机构——日本贸易振兴会②(JETRO)汇集到经贸工业部。经贸工业部的技术服务系统负责把信息发布给它认为需要这些信息的公司。这有助于公司的工作人员培养敏锐的洞察力，为制定有效的营销策略奠定了良好的基础。

瑞典的经理管理营销情报的方法与众不同。在美国进行的一项对瑞典和日本子公司经理的调查显示，瑞典的经理比日本经理更加自信。瑞典经理并不像日本经理那样把企业营销情报看得那么重要。他们倾向于对信息进行广泛的筛选，然后把他们认为是上级领导需要的信息发送过去。瑞典经理和日本经理对待营销情报及传送情报信息的方式看起来是完全不同的。这意味着不同文化的企业对商业情报有不同的测重点、组织结构和依赖程度。而且文化规范也反映出管理者在业务发展中对企业营销情报的使用、意愿和使用能力，如表5.3所示。

商业情报和机会成本

营销情报为一些企业提供了很重要的潜在市场和竞争机会。但是如果企业不能利用这些情报，那么这些信息就是无用的，搜集资料的开销也就白白浪费了。很少有企业会自觉地在营销情报活动中采用系统的方法。在很多企业中，营销情报只是一项特设的不定期的活动。只有当出现某一问题或

---

① 参见 http://www.meti.go.jp。
② 参见 http://www3.jetro.go.jp/ttppoas/index.html。

者需要制定某个计划时，营销情报工作才会被提上日程。

北欧的一些公司在过去几年开发了结构严谨的商业情报系统。[①] 爱立信公司(Ericsson)的EBIN网(爱立信商业情报网)、BIAP(爱立信商业情报分析师项目，该公司所有分析师都要参加的一个培训项目，以便相互了解、分享各种分析方法)和BIC(商业信息中心，包括成千上万个行业报告和市场研究的门户网站)提供了解决这个问题的绝佳办法。尽管在过去几年中，公司在经营中遇到一些挫折，导致分析师数量减少和上述理念的淡化，但是其中的知识仍然存在。在如何组织大量信息方面，比如行业分析、报告、新闻提要和内部生成的报告等，爱立信的互联网门户网站是一个很好的例子。这一门户网站使得提供个人新闻服务成为可能，可以提供有关具体事件和重点关注的公司的新闻。

在芬兰，与爱立信实力相当的公司当数诺基亚(Nokia)，诺基亚公司在商业情报方面采取分散管理的方式。诺基亚公司提倡“虚拟情报方法”，即他们主要依靠非专业分析师，比如产品经理、营销经理和其他人员，来分析情报。诺基亚公司认为这是一种非常有效的方法，使用这种方法可以从不同角度思考情报信息，而且可以发挥集体智慧的力量。诺基亚强大的企业文化是公司取得成功的一个主要原因。诺基亚的员工是这个非常成功而且相对年轻的公司的一部分，他们的团队合作精神和好奇心几乎没有其他公司可与之媲美。

利乐公司(Tetra Pak)也是一家很成功的全球性公司，它把商业情报看做是业务发展和市场规划的一个重要因素。利乐公司商业情报经理托马斯·斯特里斯贝里(Thomas Stridsberg)说：“要把情报活动纳入到业务发展过程中的每个环节。”

利乐公司也尝试在客户活动中采用情报活动。一个新的潜在客户往往拥有关于它的主要市场的情报概述和市场分析。这表明，在未来规划中，利乐公司可以与潜在客户成为合作伙伴，能够更透彻地了解客户市场。除了有竞争力的产品外，有时这是决定公司业务量的一个因素。很长一段时间里，沃尔沃(Volvo)对其市场分析和竞争者情报活动都有一套协调的方法。了解现在和将来的消费者趋势以及竞争对手的潜在策略，一直是汽车行业发展的重要组成部分。其他汽车公司像萨博(SAAB)和斯堪尼亚(Scania)在商业情

① Hans Hedin, SCIP Scandinavia Chapter Coordinator and Senior Partner at Docere Intelligence AB in Stockholm.

报方面也相当活跃。

保险和金融领域里情报工作做得很好的公司是瑞典的城镇保险公司。该公司对其情报活动采取明确的战略方针。它建立了很多内部情报网，每个网关注商业环境中的一种力量（比如客户、竞争者、政治、科技等）。在情报代理技术和情报分析软件的辅助下，内部情报网的目标是识别和预测该公司所处环境中的重要事件。然后把分析结果报告给公司负责情报活动的彼得·勒夫（Peter Lööf）和英厄马尔·奥克松（Ingemar Åkesson）。

另外一家保险公司阿莱克塔（Alecta）在开发商业情报系统方面也很积极。"我们已经创建了阿莱克塔警报系统，以便让所有员工都了解我们的情况。"阿莱克塔警报系统的负责人马茨·法尔克（Mats Falk）说。该系统是一个情报代理系统，监测从互联网和其他来源中选择的信息源。因此每个人都可以建立自己的代理，以便准确检测相关信息。法尔克先生推断说，如果没有这个系统，情报部门要花大量时间来处理这些信息。

北欧公司开发的这种分散管理商业情报的模式可以普遍降低成本，节约搜索用户信息的时间。很多公司通过深刻的教训体会到，商业情报周期中最难的部分就是在正确的时间给需要的人找到合适的信息。这个过程相当于商业情报周期（见图 5.2）的第四步即介绍或传播，但是在商业情报文献中一直没有给予足够的重视。

营销情报的种类

企业营销情报可分为三大类：(1)连续的情报，即能够获得可以用来评估业绩或向管理层警示未来问题的信号、表征以及事实；(2)专注于解决一个特定问题的情报；(3)使用各种工具来协助解释连续型和与问题有关型情报的综合活动。表 5.4 显示了企业营销活动的一些例子。对于企业的总体情报活动来说，这三种类型都很重要。

连续的营销情报

连续的营销情报活动范围很广，它往往由组织中的许多人进行。这种类型的情报活动有一个行业重点，经常尝试着找出未知的威胁。所有的营销人员、销售人员以及现场维修人员往往以各种方式支持这一活动。一个面向市场的、充满好奇心的管理文化往往影响这种类型情报的效果和质量，以及这种情报的使用价值。在以营销为导向的组织中，非营销人员也会经常参与情报活动。在工程师和研发人员频繁与客户联系的商业组织中,这种情况尤为如此。连续的企业营销情报活动包括市场评估和趋势分析、市场潜力分析、客户的损益分析、竞争对手评估、竞争成本和定价评估、市场份额分析、新技术评估、产品和客户满意度分析。表 5.4 列出了一些对行业分析有用的信息项目。

表 5.4 企业营销情报分析举例

连续的	与问题有关的	综合的
销售预测	市场潜力分析	情景分析
竞争对手分析	概念测试	趋势分析
市场定价分析	α 和 β 测试	博弈论的方法
客户满意度调查	焦点小组	行业分析
	比率分析	正反分析
	SWOT 分析	
	标杆分析	
	成本分析	
	德尔菲分析	
	网络分析	

资料来源：The study was conducted for SCIP by The Pine Ridge Group, Inc. and the T. W. Powell Company, 1998. Reprinted with permission from Pine Ridge Group and Knowledge agency.

源源不断的情报中有许多数据通常来自二手信息。这项活动被称为案头调研,常常被许多公司忽视。因为有像北美产业分类体系(NAICS)和标准化电子数据库这样系统的帮助,案头调研变得非常有用。现在存在着若干产业分类系统。北美产业分类体系取代了美国标准工业分类码(SIC),并且每五年更新一次。① 该体系将经济活动分成各种类型。北美产业分类体系的编码多达 6 位数。前两个数字代表主要产品类别,如"食品和同类产品"(代码 31)。后面四个数字指一个产业群。例如,"水果和蔬菜罐头"的代码为 311421。久而久之,这些代码变成了进行数据分类的统一方式。许多私营产业研究与情报机构都使用北美产业分类体系的编码系统。例如,位于内布拉斯加州(Nebraska)奥马哈(Omaha)的美国商务信息公司,根据北美产业分类体系代码拟定潜在的客户和邮寄名单。北美产业分类体系系统的优势之一

① 参见 http://www.census.gov/epcd/www/naicsind.htm (August 22,2002)。

是，它与加拿大统计局（Statistics Canada）、墨西哥国家统计局（INEGI）合作而得到发展。北美产业分类体系同时提供了这三个北美自由贸易协定贸易伙伴的可比数据。

连续型营销情报的关键数据来源包括财务报告、新闻公报与贸易杂志。企业往往订阅包含重点行业新闻或技术创新摘要的剪报服务或商务通讯，这些有很大一部分是有电子版的。其他数据来源包括电子数据库和电子邮件、通过戴络（Dialog）和邓白氏公司（Dun & Bradstreet）可以获得的服务、内部财会资料、贸易展览、销售和服务人员的报告、供应商和客户、多客户行业研究、综合性和联合研究、行业专家。营销情报工作可能还包括定期的客户满意度调查和供应商、分销商的审计活动。数据的可用性以及获得方法因地而异。例如，在欧洲，多客户行业研究报告、综合性和联合研究是很受欢迎的信息来源，而在拉丁美洲，多客户研究的发展尚不完善。

管理连续型营销情报工作是有一定难度的。首先，许多管理人员并不明白这种情报工作的真正价值。因此，他们往往在突然想到或者是需要注意特别项目时才会提出要求，外部市场情报活动通常在组织中的低层进行，而且配备的都是相对年轻、缺乏经验的雇员。年轻雇员可能知道如何使用互联网，但往往不知道哪些信息是相关的。情报数据的分析和解释需要丰富的行业经验。

与问题有关的情报

第二类是与问题有关的情报。当企业有一个特定问题或需求时，往往开始这种类型的情报工作。营销情报最常见的类型是采用定性或定量分析方法收集原始数据的市场调研。焦点小组和深入访谈是典型的定性方法，确定目标客户以及规定产品属性的相对重要性采用的则是定量分析方法。这种特别情报还包括以下活动，如：标杆分析、反求工程、β测试，以及测试营销。标杆分析是将产品与生产过程与行业一流企业相比较的系统的方法。随后在本章中，我们将讨论一些与标杆分析有关的问题。反求工程是对有竞争力产品的一个技术性的实验研究。β测试是在客户的运营环境中对原型产品的测试。我们将在第七章详细讨论β测试。

与问题有关的情报收集是很普遍的，而且易于管理。这主要有以下几个原因：第一，情报工作与一个特定问题有关，找到问题的答案就能直接引起管理层的具体行动。因此，管理人员更容易评估研究工作的价值。第二，这样的工作往往被视为必不可少的，因此合理性更容易得到证明。这样，管理人员工作的风险减小,还可以直接给高层管理者留下一个尽职尽责的印象。因此,许多中层管理者在决策之前,经常用市场调查来作为铺垫。第三,这种类型的研究更易于管理,因为企业通常聘用一名研究管理人员来负责协调工作。该人员的工作涉及写研究概要、提出投标要求、选择承包商,以及上报结果。这种特殊的努力可以取得立竿见影的效果。如果管理层对情报工作的数量、质量和结果感到满意,那么与问题有关的情报工作很容易被证明是合适的。

综合情报活动

最后一种营销情报活动是综合性情报活动,即对非正式观察的结果、与外部人士或管理层之间的会议报告、观点和经验的整合。所有这些信息都是与竞争有关的数据。这一情报系统的核心部分是对所收集的数据进行分析和整合。这包括信息合成以及向管理部门提交报告和建议。接下来,情报就融入到战略制定、规划和执行中去了。

标杆分析

标杆分析是在过去 20 年里逐渐流行的一个概念。在竞争性的标杆分析中,企业的业绩以"一流的"公司的标准来衡量,以确定如何达到理想的业绩水平。业务职能可以按照生产产品或提供服务的过程来分析。标杆分析可用于战略、运营以及管理支持等各项职能。对市场和竞争性标杆分析来说,客户是主要来源。标杆分析应是一个持续的过程,其目标不应该仅仅是赶上竞争对手,而且还要打败竞争对手。

通过外包标杆分析,如图 5.4 所举的例子,汽车行业的各个公司可以通过分担成本、积累专业技术,以及制定标杆分析的客观标准——那些有可能对全球市场的销售产生最大影响的因素——来互相帮助。

马维尔(Mavel)是一家法国汽车咨询和研究公司,通过拆卸最新的汽车做标杆分析,为其成员提供定质和定量信息、专家分析以及全球汽车工业的数据。它的潜在顾客是元件供应商、汽车制造商、材料生产商和机器工具制造商等。它的成员包括法国汽车生产商雷诺(Renault),不仅从分析中受益,而且还积极参与到所有的策划指导委员会工作,决定对哪些车进行分析以及在标杆分析中应使用哪些标准。

该公司有两个业务分部,一个在里昂(Lyon),另一个在底特律(Detroit)。它们的汽车标杆项目用于分析刚刚在汽车市场上投放的车辆的设计。该公司自 2000 年成立以来,已经拆卸了 27 辆车,并对其进行分析。在欧洲,每月都会有一辆车被拆卸。

图 5.4　汽车标杆分析案例

在标杆分析中，企业将自身的产品和生产流程与世界领先企业相比较。然而，许多西方公司担心受到抄袭、使用竞争对手或其他领先公司专利信息、流程的指控，而避免对它们仰慕的公司密切关注。多数企业拆卸它们敬佩的公司的产品是希望能发现其制造秘密。企业使用标杆分析来补充反求工程。实现这项技术包含几个步骤：

- 确定该公司的产品、技术或营销有哪些方面需要提高。
- 确定一个在这些方面处于世界领先的企业。
- 与目标公司取得联系，以找出其优秀表现的具体原因。

理想的标杆往往是在不同行业的一家公司。与收集竞争情报的过程不同，标杆分析往往涉及内部环节的信息共享，然后改善该环节。重要的是应将标杆分析与竞争情报相区分，标杆分析是一个正式的、严格的过程。所不同的是，标杆完全是基于两家公司相互的协议。信息共享既是保密的又是合作的。对于国际企业，良好的标杆合作伙伴可以或可能是在本国市场之外的公司。例如，欧洲和美国汽车制造商与日本汽车制造商进行广泛的比较，以缩短它们的产品开发周期。

一些公司拒绝标杆分析请求，因为它们卓越的内部流程是竞争优势的来源。随着标杆分析日益普遍，获取良好的标杆数据变得越来越困难。然而，如本章前文所述，我们可以通过合法的、符合道德规范的方式获得非机密资料，因而有可能在目标企业不知情的情况下进行有效的标杆分析。竞争性标杆分析的目标是获得尽可能多的宝贵资料，同时尽可能少地泄漏有关公司本身优势和劣势的信息。

如果一家公司没有自己的信息收集道德规范，它可以寻求现成的解决办法。例如美国竞争情报从业者协会为其成员提供了一个解决方案，可查阅www. scip. org/ci/ethics. html（2002－08－08）。使用现成的道德规范的好处之一是竞争对手知道标杆分析的目标，这会增加竞争对手间的相互信任以及合作的可能性。

情报来源

对于致力于建立一个情报系统的组织来说，可以从许多来源获取信息。详细讨论每一个信息来源不在本章范围之内。我们只是列出了一个清单，以帮助公司思考到变革的途径、竞争性的举措，以及调价的征兆或是解决具体问题的答案。每个公司都有具体需要，会发现一些信息来源可能要比其他来源更有用些。

值得关注的一个情报数据来源可能与另一家公司的知识产权或专利有关。一些公司收集专利信息，主要是为了将其作为一种防御机制，来确定竞争对手在技术和产品开发战略方面的情况。搜索专利、商标、版权和数据库很容易，而且有助于企业避免侵犯竞争对手知识产权的法律纠纷。知识产权文件也可用于公司的进攻战略。为获得竞争情报以及其他业务用途而使用专利数据库的重要性与日俱增。非美国公司获取美国的专利信息特别容易。与此相反，非日本公司获取在日本的类似资料就比较困难（而且成本很高）。创造性地利用这些文件可以帮助企业分析技术、识别业务许可机会、确定竞争对手在做什么、找出潜在的新的竞争对手，并保护自己的知识产权。表 5.5 列举了一些信息来源。

表 5.5　营销情报信息

内部来源	相关研究	期刊、报告、杂志和书籍
会计记录	银行家	商业期刊索引
电邮热线	竞争对手的产品	普通出版物
财务记录	竞争对手的客户	手册
企业内部网	顾问	行业报告
因特网	销售讨论组	营销杂志
	深度访谈	穆迪手册（Moody's Manuals）
	行业权威	标准普尔指数（Standard and Poor's）
	网上讨论组	贸易目录
	投资公司	大学/学术个案研究
	多客户研究	黄页
	原始市场调研	
	自己的客户	
	公共活动	
	股市数据	
	供应商	
	工会	

政府和非营利组织数据	商业数据
人口普查数据	广告代理商
国家出口委员会	广告
国家贸易委员会	年度报告

续 表

内部来源	相关研究	期刊、报告、杂志和书籍
法院文件	商业情报机构	
联邦采购中心	分类广告	
政府统计数据	公司目录	
国际贸易统计数据	国家调查	
专利商标局	信用记录	
国家/州经济发展办公室	行业协会	
纳税记录	行业调查	
	邮件列表提供商	
	市场研究机构	
	证券分析师研究报告	

作为一个技术指标，专利也有几方面的优势。专利提供了大量的详细资料和全面的技术信息。一些公司对国际记录进行统计分析，以评估和预测竞争者的技术活动。其结果经常与专家意见相比较而得到有效验证。这种分析似乎是企业技术分析和规划的一个有价值的工具。总体而言，专利分析的结果与技术专家的意见相一致。当这种预测与行业分析或产品生命周期分析相结合时，会变得特别有用。

建立一个情报信息系统

关于建立营销情报信息系统的介绍很多，从正式的计算机系统到非正式的人工系统，建议各不相同。图 5.5 是由美国富美实有限公司(FMC)设计的营销情报系统，从图中我们可以看出，高效的营销情报系统应包括正式和非正式两种。

建立营销情报系统被视为是一种战略性的机制变革手段。战略性和竞争性的情报系统应该包括信息管理系统、常规决策支持系统和知识系统。知识管理可以被视为对收集到的员工信息和外部环境信息进行的比较。很多公司都有这样的系统和大量的内部情报信息。营销情报之所以能成为 21 世纪初强有力的竞争手段，关键在于它不断发展的、使用方便的数据库工具。大多数企业都有必要的职能部门来整合它们的情报活动。在这种情况下，所要做的是按照精心设计的一套信息和情报处理程序来组织工作。这要求有富美实有限公司是谢勒国际(Sherer International)的独资子公司,也是世界上最大的香精和香料供应商之一。富美实公司包括很多作为营利中心的业务单位,它们负责制定自己的战略和规划,并对那些和客户直接联系的区域性机构负责。其客户包括从小的香水生产商到大的洗涤产品和食品制造商。有些客户是地方性企业,有些则是全球大公司。香精香料生产商希望与客户紧密合作,为客户研发并提供更好的香精香料,以便改良客户的产品。这就需要富美实公司进行积极的营销情报活动。该公司的市场营销职能是公司级的活动。

当富美实公司回顾它的营销情报系统时,发现如下问题和障碍需要解决:

- 业务部门认为集中的市场营销职能有些官僚而且费用过高。在这一职能部门工作的人被认为是"拥有"这些数据,然后小心地把这些数据资料传发给各业务部门不是很聪明的个人。
- 有一种"信息为王"的态度,也就是说个人通过运用所拥有的信息在组织中获得权势。
- 及时性是个问题,而且往往为了把所有事情做好,结果一件也没做好。
- 给人的感觉是情报系统要求使用者做所有的工作,而在需要时却无法获得数据。
- 相当一部分研究看似有趣却并不相关,这也提出了是否有价值的问题。

从广义上讲,营销情报数据应该以一种标准的形式对所有业务部门和业务地区开放,数据应该不断更新,应该提供工具和模板来帮助各业务单位和地区使用这些数据,而且应该限制只是为了解决"大问题"而进行的分析。富美实公司将营销情报的数据/信息具体分为如下几类:

- 包含 100 个以上竞争对手数据的竞争信息。
- 关于市场规模和增长率等的市场信息。
- 关键客户信息。

营销情报的一个重要目标就是设计一个能够从各种来源获得数据的系统。这个正在建立的系统必须既能处理结构化数据,也能处理非结构化数据。结构化数据包括市场、竞争对手,以及财务信息。非结构化数据包括各种信息,包括销售人员和其他员工的"意见"及他们提供的信息。

结构化市场数据的主要来源是英国的一个市场调研公司,这个公司同意提供 140 多个国家 40 余种食品、家用产品的数量和增长率,同时还包括人口数量和国内生产总值。通过采用适当的转换因素,富美实公司可以把这些数字转化为其公司产品的市场潜力,以国家为单位计算出市场份额,并找出潜在的机会。合同规定,调研公司连续三年每年收取富美实公司12 000 英镑的费用,并不断为其更新信息。其他的结构化信息来自于公司报告、行业报告、市场研究报告,等等。

富美实公司利用特殊的软件访问各种数据库。一些核心营销人员参加了计算机软件编程培训,他们已经开始研发一个全面的、用户友好的系统。据估计,该系统的用户将能够用此系统生成约 60 万个分析表。此外,通过使用关键词,该系统将提供一些搜索方式来搜索关于"评论"的信息。

正如任何包含这种私有信息的营销情报系统一样,数据使用不当会带来一定风险。但是限制数据访问也会限制其使用,似乎也就达不到此系统的目的。因此,当前的计划是基本上允许无限制的使用,但使用的模式将受到监测,以免被滥用。

图 5.5 营销情报管理和富美实有限公司

资料来源:公司资料库。公司名称和一些资料已经被屏蔽。

一种支持营销情报的企业文化和管理层的广泛投入，最好的办法是通过高层管理人员作出表率，并领导营销情报工作。

不同的公司、市场和行业所需的情报信息性质不同，因此情报系统的特点各异。影响情报系统设计的因素包括：

- 环境的复杂性。
- 企业环境和企业文化。
- 业务(产品或市场)的复杂性。
- 产品在国际市场的文化可移植性。
- 科技变革的速度。
- 产品所处生命周期的阶段和增长速度。
- 竞争结构和市场份额。

企业领导从过去的情报活动中应该吸取的教训是，随着外部竞争环境和内部组织结构的日益复杂，现有的情报活动已经不能满足需要。随着业务和环境的不稳定性、复杂性不断提高，建立营销情报系统也变得至关重要。

例如，不断变化的客户群、产业创新、产品潜在的替代品、科技的日益普及和新用途、价值的变化、政治的不稳定、公共政策的转变，这些都是导致复杂性增强的因素，也因此需要营销情报。此外，经营很多不同产品、服务不同市场的公司必须对它们的情报系统进行特殊设计，以收集每个产品和市场组合的相关信息。

组织结构会影响组织如何及在何种程度上进行情报活动。信息在组织的各个级别和各个单元间流动。组织的层级、结构会影响到情报活动的质量和情报信息在整个组织中的流向及使用情况。比如，在按职能分工的公司里，由于根深蒂固的文化，要在不同职能部门如生产、财务、营销之间进行情报的整合和利用是很困难的。尤其是在营销部门而不是高层领导负责情报工作的情况下。另一方面，当每个职能从不同的角度收集和解读情报资料时，所收集的信息质量会有所提高，并且这些信息被解读和转化为情报的质量也会相应提高。因此由各个职能专业部门收集和解读的情报具有一定的知识深度，而这在由营销部门专门负责情报收集和解读的组织中是不可能的。

组织中不同级别的人需要不同类型的情报。高层管理者首要考虑的是战略决策。中级管理人需要战术情报，即一些能把公司引向任何明确战略的具体步骤。要作出战术上的动作，公司也需要信息，但是属于另一类信息。

第三种是运营情报，即关于一线经理们日常运营的信息。只有当这三类情报相互依赖、共同起作用时才会有效的，如图 5.6 所示。

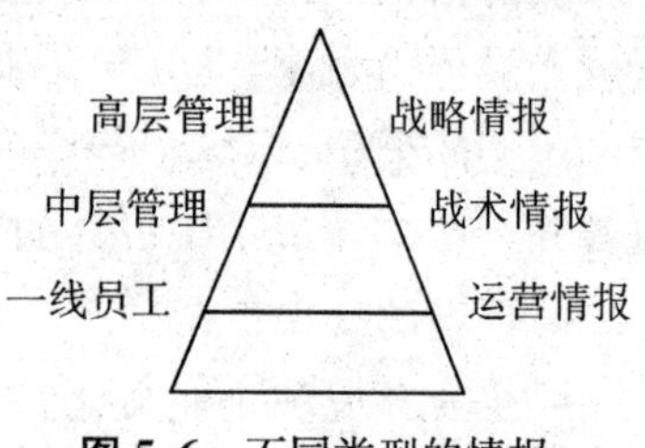

图 5.6 不同类型的情报

战略情报的目的是使高级管理人员了解事件和事态的发展状况，这些事件可能带来机会或威胁，对公司的价值可能产生重大影响。战术情报的目的是提供有助于实现战略目标的信息。运营情报是有关日常经营的信息，如发展建议、与客户的谈判和与客户的关系。

情报工作的组织

企业营销情报最重要也最困难的方面是如何组织并管理企业营销情报活动。这项重要的职能通常不能吸引高级经理们全心全意的投入，反而成了营销部门周期性的任务。缺乏管理高层的投入往往被视为情报工作没有成效的唯一最重要的原因。其他原因包括试图为太多员工提供太多的情报话题，在情报过程和情报程序得到验证之前建立数据库，没有制定法律和道德上的指导原则，或使数据分析单位和收集单位各司其职，缺乏沟通。在当今这个全球化时代里，企业需要采纳新的方法来管理情报活动。几个重要因素包括：

1. 重要部门的经理必须就营销情报的重要性达成共识并致力于此。经理们必须提供关键的战略问题来指导情报活动，并保障充分的资源以完成情报任务。

2. 必须建立一种公司文化，鼓励员工本着学习的精神收集情报，并对各种事实、假设和结论提出质疑。在有些营销情报系统实施最为成功的公司里，其中很多为日本公司，所有的员工都了解信息收集的重要性并参与其中。

3. 必须在组织内部为情报工作设立一个醒目的位置，以凸显企业营销情报对所有经理的重要性。管理层也必须要求企业营销情报部门提供并广为分发有用的文件。

4. 管理层必须提供一种有利于情报横向、纵向传递的沟通氛围。传递的方向应该包括从上至下和从下至上。

5. 管理层必须选择有丰富行业经验的执行经理，使情报解释工作具有成熟性和可信度。好的情报简要需要对企业进行准确的定位。相比行业经验很少的经理，高级管理者更愿意倾听有经验的经理们的意见，这可以避免缺乏经验的雇员有时提供离谱的建议和预测。

如图5.7所示,情报周期的五个阶段需要的分析思考程度有显著差别。分析思考不仅在分析阶段重要,在规划和评估阶段也必不可少。该图还显示了在哪些阶段高层管理人员的参与最为重要,分别是规划阶段、呈现阶段和评估阶段。信息收集不需要太多的分析思考,而且一般委托他人进行。这并不意味着分析性的工作是商业情报周期中唯一关键的部分。本章前文提到的北欧公司案例表明很多公司在情报的分发和呈现方面往往做得不好,要么是因为他们不知道谁需要信息,要么是信息由不需要的人所提供,要么是因为信息来得太晚。

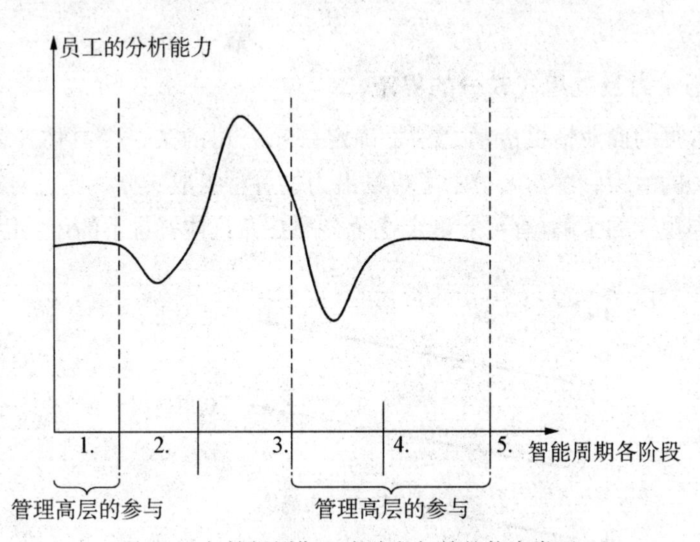

图5.7 与情报周期五个阶段相关的能力类型

我们很难对营销情报工作如何组织以及在哪里进行提出具体的建议。但是,这项工作一般向营销经理或营销副总裁汇报。这样做的好处是营销部门能够马上利用这个资源。市场和客户的数据很容易收集和解读。而这样做的坏处是情报工作常常被视为营销部门的一个执行工具。其他职能部门只是在需要知道的时候才会获得情报。这使得其他职能部门很难成为平等的情报收集伙伴。正如我们前文提到的,其他职能部门诸如研发、工程、现场服务和生产部门都应该成为情报收集活动必不可少的参与者。

另一种似乎有效的方法是把企业营销情报活动和日常营销分开来。其办法是建立一个营销服务组织来为所有部门提供信息和情报服务。在实践中,这意味着所有的职能部门都可以从这个单位获得情报并被要求提供情报。通常当一个营销情报单位具有这种独立地位时，它和公司及业务管理层的合作会更加紧密。

比营销情报更广的情报活动是商业情报。商业情报不仅包括收集竞争对手和具体市场的信息，也包括技术竞争力、可能的合作伙伴、各种施加影响者（各种组织和个人）、所有对商业活动起界定和限制作用的法律和条例；一言以蔽之，所有保持和创造商业组织竞争力的因素。

需求分析

市场潜力及其组成成分的界定

最常见的商业情报活动之一是确定一家公司的某一个具体产品在某个特定市场的潜力。图 5.8 显示了市场潜力的各种组成成分。通过对这些成分的性质和规模的了解，有可能确定这个公司在其具体背景下的市场潜力。

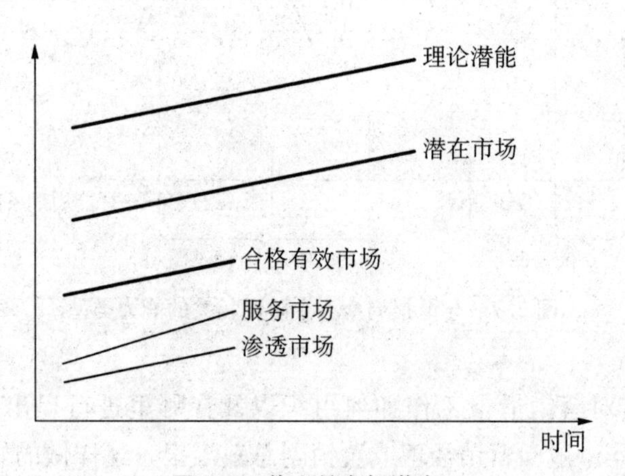

图 5.8 什么是市场潜力？

图 5.8 最上面的那条线代表按照轨迹预测理论预测的总的潜在市场，该线有一个明确的向上或向下的趋势，而且我们假设它在预测期内会一直沿着同一方向发展。其他类型的预测方法也可预测出类似的潜力，如周期预测，它的基本假设前提是历史总是不断地重复。市场的理论规模指的是所有顾客都购买某一特定解决方案来满足他们的需求。试以个人电脑的商业办公室市场为例。可以说所有的雇员都使用个人电脑，但指望世界上所有办公室都给每个员工配备一台电脑是不现实的，因为总有一些公司支付不起这个费用，或者说不是所

有的员工都需要电脑。因此，我们通过计算办公室员工总人数获得的数据只是一个理论数据。这个理论数据就是个人电脑的理论市场规模。因此，我们需要回答的问题是，在一定时期内有多少家公司可能会购买个人电脑？

对这个问题的回答有助于确定潜在市场的大小，而潜在市场需要再进一步细分。下一个问题是，多大比例的潜在市场是有效的？即使市场潜力存在，市场的结构可能决定了不可能接触到所有的潜在顾客。很多国家的分销和宣传渠道可能很有限，从而限制了市场的渗透程度。因此，只有一部分潜在市场是有效的。这部分就是有效市场或可能被渗透的水平。有效市场还可再细分为：合格市场、服务市场和渗透市场。合格市场指的是具有某项技术的公司有资格参与竞争的市场。服务市场指的是公司特别瞄准的市场。渗透市场是服务市场中公司希望通过某个具体营销计划能获得的那部分市场。

公司非常有必要经历上述市场分析过程。这有助于界定公司有可能获得哪部分市场，也可以显示市场潜力何时对一个有特定解决方案的公司代表着机会。

利用满意度调查来了解当前的市场定位

很多公司，尤其是中小公司，对自己的市场定位没有清晰的了解。在很多国际市场上，市场份额和市场份额增长数字都太粗放、不够准确，不利于一个公司准确地确定其竞争地位。获得相对数字尤为重要，因为这些数字才是对绩效的真正衡量。一个公司可以具有强劲的增长，却正在丧失它的相对市场地位。

出于这种原因，一些企业营销公司经常进行顾客满意度研究。例如，雅培公司(Abbott Laboratories)的诊断部追踪调查了 46 个国家的客户满意度，这是一项需要投入很多资源的复杂任务。为了说服管理层这是合适的情报方法，雅培的营销情报小组提出了表 5.6 所示的理由。

表 5.6　支持顾客满意度研究的理由

- 如果你不衡量它，你永远也不能改进它。
- 不要把沉默误认为满意。
- 如果你不能不断得分，你只是在练习。
- 获得一位新客户的成本是留住一位现有客户的五倍。
- 顾客满意度的提高 = $ ×××销售增长 = $ ×××公司利润
- 90%以上的顾客虽然不满意但并不投诉。
- 满意的顾客倾向于购买更多，更愿意支付较高的价格。
- 满意的顾客是忠实的顾客，转向竞争对手产品的可能性较小。
- 公司可以通过多留住 5%的顾客而获得 100%的利润增长。

因为表中列举的很多原因,衡量客户满意度已成为一个普遍的情报活动。虽然进行国际客户满意度研究难度很大,但是公司如果能够将满意数据与表现、评估联系在一起,那么它就可以将客户满意度纳入其奖励制度。

理解客户需求

另外一项重要的企业营销情报活动是理解客户需求。许多公司口口声声说要满足客户需求,实际上只是推销自己最了解的(针对产品的)东西,并没有试图去了解客户的真正需要。面向市场的企业营销人员比客户自身更了解客户的需求。在这种情形下,销售不那么重要了,劝说也变得没有必要。在第三章,我们详细探讨了商业客户的需要和动机。以下是有关客户需求的一些关键的营销情报活动:

- 详细了解客户的经营情况和产品。
- 理解客户的消费结构。
- 确定最初的购买对客户价值有何提升以及对成本的影响。
- 了解安装和启动对运营的含意。
- 理解经营成本与前期投资的作用。
- 了解产品生命周期成本或拥有该产品的成本对客户的重要性。
- 确定客户在多大程度上理解你的产品的相对优势及其对顾客的成本结构和绩效的影响。

为了确定客户需求,企业营销人员必须直接与他们的客户交流。许多公司都把搜集情报信息的责任推给了销售队伍。如果广泛应用又没有适当的管理,这可能是一个无效的方法。由于销售人员侧重于销售,他们可能无法客观地估计到客户与公司长期发展的最佳利益是什么。因此,重要的是公司其他员工,如营销人员、产品经理、工程师、研究人员和规划者与客户进行沟通交流。使用客观的第三方,如顾问和市场调研公司,来协助评估也是比较普遍的。正式的、有针对性的市场调查通常和销售队伍的建议一起用以确定客户需求。研究可以采取调查或深度访谈的形式。在第七章,我们将详细讨论企业营销人员如何使用试用测试和联合分析法来更准确地把握客户的产品要求。

对终端客户需求的了解在企业对企业营销中往往被忽视。衍生需求这一概念解释了在当今世界市场上终端供应商是多么容易受到实际消费者需求的影响。图 5.9 显示了为船运业生产钢管的生产商是如何因一系列环节受到邮轮产业需求变化而受影响的。

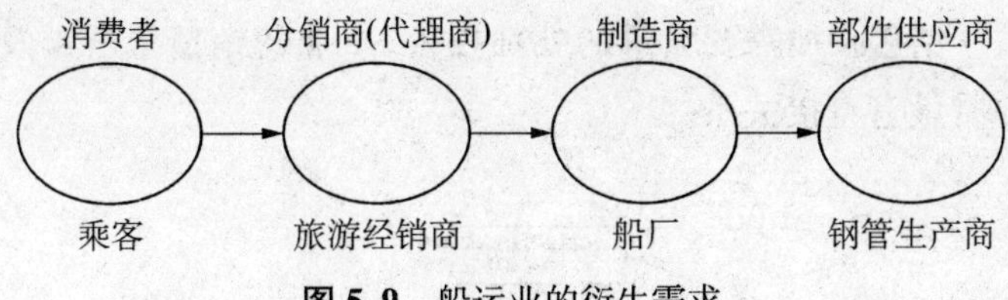

图 5.9　船运业的衍生需求

市场需求评估

在第三章，我们探讨了综合企业市场行为是如何受到消费者市场或政府市场影响的。因此，企业市场行为往往能够直接追溯到这些市场行为的改变。企业市场需求往往是一种衍生的需求。消费者需求的改变及其对商业需求的影响往往有所滞后。因此，对企业营销者来讲，一个极其重要的情报活动是识别和监控一些影响需求变化和周期性波动的因素。

分析商业产品需求的另一个重要因素是需求弹性。需求弹性通常和价格一起加以讨论，反映了随着价格增长或下降需求的正面和负面变化。在某些市场和某些情况下，当企业营销者销售一种替代产品时，这可能会导致公司需求迅速发生变化。然而，事情通常并不那么简单。在企业营销中，关系很重要，即使存在改变供应商的经济驱动力，这种改变仍会遇到巨大阻力。人际关系、服务水平、忠诚度和企业文化是另一些重要影响因素。

产品特性是影响需求波动的另一个因素。公司可以使用简单而有效的指导方针：从消费者的角度来讲，我们所提供的产品是客户“想要的”还是“必须的”？如果公司提供的产品是客户“想要的”，可以预料，随着价格的上涨，需求将会下降。如果公司提供的产品是“必须的”，我们可以推测，随着价格上涨，需求仍是稳定的。从市场营销情报的角度来看，我们很有必要确定什么产品是客户“必须的”。不能正确理解两者之间的差异可能会产生严重的后果。许多跨国公司通过产品开发和交付已具备了大量客户“想要的”产品的特征。但是，这些努力并没有影响需求。它们只是增加了公司的产品和交付成本。

销售预测

企业营销情报活动的主要目标之一是为销售预测提供参考基础。因此，它直接关系到情报工作。市场情报工作做得越好，预测越准确。本章包括了对预测的介绍，因为它对任何商业组织的商业绩效都是至关重要的。销售预测直接关系到公司的预算和计划。图 5.10 显示了销售预测和各种公司预算之间的关系。销售预测需要大量的外部投入，企业营销情报所涉及的多数活动与预测的质量有直接关系。

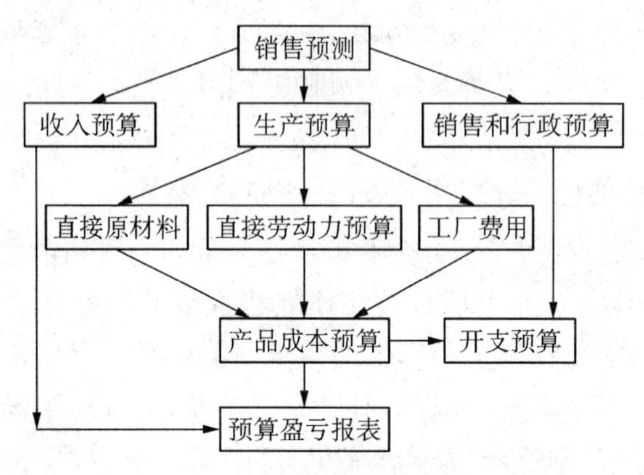

图 5.10 销售预测为何如此重要

销售预测非常重要，因为它指导着规划、分配和商业组织资源的使用。如果预测过高，超出了企业的分配资源，则必须进行削减，这是个痛苦的过程。如果预测过低，该企业通常就没有分配足够的资源来满足需求。这当然也是一个问题，但是相对轻松，因为企业可能不得不订购材料，雇用更多的劳动力，等等。销售预测必须对准目标。因此，许多企业对企业的营销人员使用滚动预测，每月更新一次。预测并不是一个目标，也不是一厢情愿的想法。预测是一种承诺。它反映了销售中交付的是什么。低估预测比高估要好。供企业进行销售预测的方式方法非常多，下面我们介绍一些常见的预测方法。①

预测技术通常分为两类——定性法和定量法。以下是一些主要的定性方法：

- 深度访谈。与客户就其购买意愿和购买需求进行深入访谈。由于这一方法的开放性特征，可能包含重大偏差。这是一个从重要客户获得详细信息的绝佳方法，同时，可以让访谈者和被访谈者进行双向交流。

① D. M. Georgoff and R. G. Murdick, "A Manager's Guide to Forecasting", *Harvard Business Review* (January 1986).

- 高级经理意见法。高级经理意见法将高级管理人员和组织内知识丰富的个人的预测相结合得出平均预测结果。这种方法的缺点是,它严格取决于管理人员的知识水平。但是,由于这种方法综合了多人的知识,偏差比深度访谈要小。
- 销售队伍综合意见。销售队伍综合意见是销售人员在他们各自负责的区域内所形成的预测。销售人员可能会失之偏颇。他们要么过于乐观,要么为了获得更多的提成而操纵预测。尽管有此缺陷,但这仍然是企业营销中最频繁使用的预测方法。它实施起来比较容易。
- 德尔菲法。德尔菲法(又称专家意见法)是高级经理意见法的延伸。这是一组预测方法,涉及匿名预测、预测回顾、其他预测者的反馈和达成共识。实施起来比较耗时,但由于是匿名预测,结果通常比较公正。

以下是一些定量预测方法:

- 用户需求调查。类似于深度访谈,但客户要填写一份关于购买需求和意图的调查问卷,填写的时候可能会有所权衡,因此这种方法可能会有偏颇。
- 时间序列分析。包括移动平均线、趋势拟合、平和指数、最小二乘法以及布克斯-詹金斯(Box-Jenkins)时序分析法。所有这些方法都需要历史数据。移动平均线技术需要使用近期的平均值来预测下一阶段。趋势拟合及平和指数将过去的数据调整成一个特定的曲线或用一些比值来调整预测,以达到预测下一个阶段的销售。布克斯-詹金斯预测是一个复杂的计算机模型,它允许计算机挑选一个符合数据要求的统计时序模型。
- 回归分析。包括确定影响销售的变量,建立一个可以适用于历史数据的模型来确定每一个变量对销售的影响。为了获得最佳效果,回归分析需要大量的历史观察,但它对于鉴别主要转折点的能力是十分有限的。在产品生命周期的成熟阶段,或产品有一系列确定的、可精确测量变量的情况下,回归分析是最有效的。
- 扩散分析。这比较困难,但当企业需要预测整个产品类别的销售时,它比较有效。这种类型的预测模型在预测新产品销售时也十分有效。同时,它也存在一定问题,因为它是一种市场模拟,需要大量的市场研究来估计分析中所使用的参数。
- 投入-产出分析。这是一种计量技术,会建立一个产业部门与另一个产业部门之间的联系。这种技术既复杂又耗时。

• 产品生命周期分析。当可以估计产品 S 曲线的参数时，可以使用产品生命周期分析。使用这种方法来预测需要了解产品接受率的有关信息。

这些方法本身并不能保证一个准确的预测，只有将这些方法与好的情报及经验结合起来，才能达到最佳效果。瑞典的电信公司 Telia AB 在它的情报活动中并不使用某种特定的分析方法，而是试图寻找一个因案例不同而不同的、对用户和分析人员来讲都有效的过程。该公司对同一问题进行了几种不同的分析，来看看答案是否有差异。如果有差异，需要进行更多的分析。① 对于拥有相对稳定的竞争市场份额的成熟企业，预测整个行业的需求可能是最关键的要求，但是还需要估计竞争对手的相对市场投入。对于要推出新产品的企业，预测变得不那么确定。以往引进类似产品的销售模式或许能提供参考，销售人员从消费者那搜集到的情报也可有所帮助。无论是哪种预测情况，都需要认识到即使是最佳预测，它们本身也是不确定的。然而，管理层对未来的预测越好，对未来的准备就越充分。因此，好的预测需要管理者的关注和资源投入。

如何使用营销情报

一个公司如果能够建立情报系统并且使用优于竞争对手的系统，往往会获得持续性的竞争优势。情报是一种重要的资产。如果情报没有得到使用，那只是一种浪费性的开支。公司应该如何使用市场情报呢？以下是如何使用情报的几条建议：

• 在公司内部公布营销情报单位的目标，并解释谁负责哪项活动。鼓励管理人员使用企业营销情报资源。
• 定期对竞争对手的商业战略进行推测并形成文件。将此文件传给所有管理人员并征求更新和修订意见。
• 定期提供竞争对手和客户活动的情况报告。
• 向所有管理人员提供定期的技术更新。
• 为互联网上可利用的情报资源提供一个综述目录或数据库。这可能包含一系列可利用的电子数据库、研究报告文件、市场统计、电子邮件群和二手资源。

---

① L. Bertelsen and M. Mathison, “Competitor Intelligence Process -A Case Study of Telia AB”. Unpublished paper. Lule å University of Technology, Sweden, 2000.

如何保护情报及商业秘密

可以说有两种主要的情报战略，一种主动，一种被动。被动的战略可称为反情报。一些公司可能会发现它们只是在进行营销研究时才需要市场情报，但是所有的公司都应确保具有有效的反情报能力。对于公司生存至关重要的信息必须受到保护。反情报措施的具体例子从备份服务器内容到全面的技术监视反制措施(TSCM)。

技术监视反制措施关注的是敏感信息的阻止与侦查。它通常涉及技术员或工程师(技术监视反制措施专家)对一个物体或地点的检查。这些专家会对一个地方进行扫描，以探测任何监视装置(窃听器)与任何技术安全漏洞。据 1997 年的估计，美国每年有价值 22.13 亿美元的非法监听设备被出售。[①] 到 2002 年，美国全国间谍用品商店销售的安全和监视设备已经增长为一个价值 50 亿美元的行业，和前一年相比增长了 30%～60%。[②] 这无疑部分是由于“9·11”事件后不断增长的恐惧心理造成的，与商业无关。但即使是粗略的估计，这些数字也说明随着新的监控技术的发展，公司更愿意考虑其他搜集信息的方式。另一个原因或许是即使被查到，公司承受的经济后果也没有严重到阻止这些方法的使用。所以，虽然在许多情况下只要足够小心就能防止信息丢失带来的重要损失，技术监视反制措施服务还是变得越来越必要。管理人员应该清楚他们什么时候、为何处于危险之中。机密会议和竞标都是公司间谍非常普遍的目标。其他情况可能与具体活动相关，比如谈判、纠纷、诉讼和裁员。如果您的公司与时装、汽车、广告或营销行业有关，你可能会被认为处在持续的危险之中。根据美国联邦调查局的调查，以下类型的企业处在持续和特殊风险中：材料业、制造业、信息和通信业、生物技术和生命科学、交通、能源和环境产业。

不让商业情报外泄是至关重要的。情报应被视为敏感的信息与商业秘密。这些信息通常在三种情况下被泄露：

1. 持有商业情报的员工意外泄露。
2. 未经授权的外部组织机构故意窃取。
3. 能够接触到信息的前雇员或者心怀不满的员工故意窃取。

由于无法使所有的信息都保密，管理部门必须制定一个提高保密意识和

① U. S. State Department/DCI (Bureau of Intelligence and Research), March 1997.
② Brooks Barnes, Staff Reporter of *The Wall Street Journal*, February 13, 2002.

保密责任的计划，告知并要求与企业营销情报接触的员工不能把信息向外界泄漏。应该要求员工签署一项有关信息泄漏的声明。例如，在 IBM 最为辉煌的时期，整个公司的员工中存在一种负责任而始终如一的氛围。几乎没有员工向外界泄密。IBM 对内部人员非常开放而对外人则非常封闭，非本公司员工几乎无法接触到市场情报。

小结

营销情报是一项重要的企业营销职能。它代表了一系列支持战略制定和执行的活动。企业营销情报的内容比市场调研要广泛，它由来自很多不同职能部门的员工持续地收集和整理。商业的全球化使企业营销情报更为重要，也更为复杂，对资源的要求更高。新技术的广泛应用，如互联网在搜集信息方面的日益普遍，提高了情报保密工作的难度，使企业营销情报传播更迅捷、花费更少。

企业营销情报的作用经常被忽略，投入的资源和人手都不够。本章区分了与问题有关的企业营销情报和连续的企业营销情报。在这两方面做得较好的公司通常都是行业的领头羊。这些公司的领导人能够并且愿意按照企业营销情报的要求改变公司策略。

延伸阅读

Bradford W. Ashton and Richard A. Klavans, *Keeping abreast of Science and Technology*. (Columbus, OH: Battelle Press, 1997).

Helen P. Burwell, *Online Competitive Intelligence: Increase your Profits using Cyber-Intelligence* (Tempe, AZ: Facts on Demand, 1999).

Michelle Cook and Curtis W. Cook, *Competitive Intelligence: Create an Intelligent Organization and Compete to Win* (London: Kogan Page, 2000).

Rhonda Delmater, *Data Mining Explained: A Manager's Guide to Customer-Centric Business Intelligence* (Boston, MA: Oxford University Press, 2001).

Barry De Ville, *Microsoft Data Mining: Integrated Business Intelligence for e-Commerce & Knowledge* (Cincinnati, OH: Butterworth-Heinemann, 2001).

Alan Dutka, *Competitive Intelligence for the Competitive Edge* (Lincolnwood, IL: NTC Business Books, 1999).

Liam Fahey, *Competitors* (New York: John Wiley & Sons, 1999).

John J. Fialka, *War by Other Means* (New York: W. W. Norton & Co, 1997).

Craig S. Fleisher and Babette Bensoussan, *Strategic and Competitive Analysis: Methods and Techniques for Analyzing Business Competition* (Englewood Cliffs, NJ: Prentice Hall, 2002).

Leonard M. Fuld, *The New Competitor Intelligence: The Complete Resource for Finding, Analyzing, and Using Information about Your Competitors* (New York: John Wiley & Sons, 1994).

Ian H. Gordon, *Competitor Targeting: Winning the Battle for Market and Customer Share* (New York: John Wiley & Sons, 2001).

Charles Halliman, *Business Intelligence using Smart Techniques: Environmental Scanning using Text Mining and Competitor Analysis using Scenarios and Manual Simulation* (Houston, TX: Information Uncover, 2001).

David Hussey and Per Jenster, *Competitor Intelligence*. (Chichester, England: John Wiley & Sons, 1999).

Larry Kahaner, *Competitive Intelligence*. (New York: Simon & Schuster, 1997).

Bernard Liautaud, *E-Business Intelligence: Turning Information into Knowledge into Profit* (New York: McGraw-Hill Education Group, 2000).

Krizan, Lisa, *Intelligence Essentials for Everyone* (Washington, D. C.: Government Printing Office, 1999).

John J. McGonagle and Carolyn M. Vella, *The Internet Age of Competitive Intelligence* (London: Quorum, 1999).

Jerry P. Miller, *Millennium Intelligence: Understanding & Conducting Competitive Intelligence in the Digital Age* (Medford, NJ: Information Today, Inc., 2000).

Washington Platt, *Strategic Intelligence Production* (New York: F. A. Praeger, 1957).

Andrew Pollard, *Competitor Intelligence* (London, England: Financial Times Professional Ltd., 1999).

John E. Prescott and Stephen H. Miller, *Proven Strategies in Competitive Intelligence* (New York: John Wiley & Sons, 2001).

Nils Rasmussen and others, *Financial Business Intelligence* (New York: Wiley & Sons, 2002).

F. W. Rustmann, *CIA, Inc.: Espionage & the Craft of Business Intelligence* (Herndon: VA: Brassey's, Inc., 2002).

Alan R. Simon and Steven L. Shaffer, *Data Warehousing and Business Intelligence for e-Commerce* (San Francisco, CA: Morgan Kaufmann, 2001).

Jim Underwood, *Competitive Intelligence*. Retrieved August 16, 2004 from Wiley Canada http://www.wiley.ca/WileyCDA/WileyTitle/productCd-1841122262.html (Capstone Ltd., February 2002).

Carolyn M. Vella, *The Internet Age of Competitive Intelligence* (Westport, CT: Quorum Books, 1999).

Conor Vibert, *Web-Based Analysis for Competitive Intelligence* (Westport, CT: Quorum

Books, 2000).
David Vine, *Internet Business Intelligence* (Medford, NJ: CyberAge Books, 2000).
Alf H. Walle, *Qualitative Research in Intelligence and Marketing: The New Strategic Convergence* (Eastport, CT: Quorum Books, 2001).

第六章

目标市场的选择

在公司所有决策中，没有几个比选择将要服务的市场更为关键。市场增长率显示了公司在生产能力和销售能力增长方面所作的努力以及对资金、物力和人力资源的需求。顾客对产品或服务性能的要求决定了他们的需求特点。采购政策和顾客价值决定了买卖双方之间的关系和沟通性质。竞争水平和客户的价格敏感度极大地影响着价格政策的制定。目标客户群的大小和他们的偏好影响并决定了分销渠道的选择。

目标市场选择概述

从广义上讲，具有相似需求和欲望的潜在客户能够并且愿意利用自己的资源（他们的资源通常是钱，有时是物物交换或以其他物质为媒介的交换）来满足自己的欲望和需求，这样的潜在客户的需求总和被称为“市场”。然而，类似的需求和欲望也仍会发生很大的变动。在决定加入某个市场之后，有必要确定公司通过某个营销战略可以为市场的哪个部分或者哪个细分市场服务，以及在多大程度上需要调整营销战略以适应客户不同的需求和欲望。

我们把“细分市场”定义为对市场营销策略的一种或者多种元素可能作出相似反应的潜在客户群。市场细分是发掘市场中能够作为切实可行的目标并能给公司带来盈利机会的一个过程。在某些情况下，企业通过把重点放在一个细分市场上，完成了它们所期望的增长幅度和财务业绩。在其他情况下，目标的实现可能要求定位几个细分市场。在某些情况下，这可能需要改变市场策略的某个因素，比如促销信息。在另一些情况下，公司需要改变产品、价格、促销和分销等所有策略要素。

竞争力和客户的独特需求需要对市场细分进行狭义的界定。而在市场营销和生产方面的规模经济需要对市场进行广义的界定,或者融合几个细分市场。营销策略和市场细分是否匹配取决于企业所处的具体环境。比如胡佛环球公司(Hoover Universal)现在的全球物料搬运集团公司(Materials Handling Group Inc.),是一家和汽车产业有很深历史渊源的美国多元化制造商,这家公司曾表述过如下观点:①

> 最终的未来发展方向与主要客户有关。像胡佛公司这样的工业制造商的目标就是服务他人。我们设计产品以满足客户的需要,产品要符合客户所处的时代和地理位置特点,更重要的是适应他们的收入水平。我们的命运实实在在地和我们的客户的命运紧密相连。幸运的是,或者说不幸的是,并非所有的顾客都是一样的。一些客户更注重增长,并准备为实现其增长作出必要的、严肃的承诺。我们必须在现有市场上识别谁是愿意作出承诺的关键客户。如果我们的判断是正确的,如果我们找到了建立合作伙伴关系而不是简单的供应商关系的正确方法,那么我们敢保证我们未来肯定会成功。或者换一种说法,如果在某些市场我们发现客户已经被我们的一个或多个竞争对手夺走,那么我们必须要找到一种办法来战胜这个竞争对手,如果不能做到的话,我们就要减少损失,转向另外一个市场。对胡佛而言,令人高兴的是,我们和关键客户在很多市场上都建立了稳固的关系,并且积极地朝着合作伙伴关系发展,这种合作伙伴关系将来必定会带来丰厚的收益。

对于胡佛而言,由于客户群相对较小,市场选择问题比较简单。然而对于大多大数企业来说,市场选择是个很复杂的问题。例如,汉高集团(Henkel Group)的分公司乐泰公司(Loctite Corporation)主要生产高性能黏合剂、涂料和密封剂。该公司已经研发了一种名为Bond-A-Matic®的新型即时黏合剂自动售货机。公司研究表明美国在标准工业编码(SIC)的16种范

① *First Quarter and Annual Meeting Report* (Ann Arbor, MI: Hoover Universal, Inc., 26 November 1980): 6-8.

畴中有1 028 223家公司使用黏合剂。[1] 在标准工业编码的公司中大约有13%～48%左右是使用即时黏合剂的现有用户或潜在用户，因此，这些人也是这种新的自动售货机的消费者。客户对黏合剂的需求量因公司规模和生产过程的性质不同而各不相同。有些顾客对胶黏剂技术了解很深，但是有些却不甚了解。一些客户比较喜欢直接与制造商交易，而另外一些则更喜欢与经销商交易，其中很多是专业的经销商。当公司计划推出Bond-A-Matic这一产品时，公司面临很多问题。公司是该把重点放在潜在客户群上还是某个现有客户群呢？是否存在一个对所有客户都适用的营销计划呢？如果没有，是应该制定很多计划，每一个针对一个同质化的客户群还是只制定一个计划关注一个同质化的客户群？此外，同质化应该通过什么样的特性来体现？是否公司规模或产品性质就足以体现这种同质化，还是有必要考虑其他因素呢？[2]

有人认为如果一个细分市场客户的欲望和需求相似，而且更适合本公司而不是竞争对手的营销策略，那么找到这样的细分市场很可能会带来效益。这样的想法看似诱人，然而这种细分市场的找寻要视具体情况而定。比如有新产品问世时，精确的细分是很困难的，而且选择市场时范围一定要广，要把多种可能性考虑在内。联邦快递公司（Federal Express）在推出信使服务（Courier Pak）时，将与之有关的介绍性媒体信息刊登在一般的商业性刊物上，例如《华尔街日报》（*Wall Street Journal*）和《商业周刊》（*Business Week*），而并不是只把眼光局限于商业性杂志上，其意图是让各行各业大大小小的组织部门都看到这些信息。另一方面，对中洲计算机服务公司（Mid-Continent Computer Services）来说，在为自己的储蓄和贷款客户成功设计并制作了一个软件系统后，很明显，它的市场目标就是其他的储蓄和贷款机构。在产品生命周期的增长阶段，会出现主要的细分市场，并需要全新的策略。在个人电脑行业，在苹果电脑公司（Apple Computer）和坦迪公司（Tandy Corporation）最初推出个人电脑几年之后，以学校和消费者市场为主的细分市场出现了。相比之下，成熟的行业在寻找新的市场时可能会集中在范围较窄的市场，并且只需对营销策略做部分修改。比如，中国的TCL专门为女性设计了一款电

① 标准工业编码是美国政府为了对商业机构确定其主营业务而建立的一种企业分类体系，其他发达国家也有类似的体系。

② *Loctite Corporation*：*Industrial Products Group*，Harvard Business School，Case 9－581－066，Revised October 1983.

脑。[1] 再比如高准公司(Micro Motion),最初凭借一款有专利的、高价且功能齐全的产品在全世界的质量流量计市场占主导地位,但是随着市场的不断成熟,细分市场转而对低价、功能较少的产品感兴趣。

有很多公司成功地服务于某一细分市场,有时它们是如此成功,以至于把竞争对手完全排挤出去,独占整个细分市场。考虑到具体情况的差异,这种成功是认真规划的结果,还是经不起任何分析检验的偶然的结果?就像我们将在第七章中讨论的那样,新产品的失败比率表明,找到这样的细分市场不是一门精确科学。然而,人们开发出了很多方法,来帮助识别那些会对某一特定营销策略作出积极回应的客户特征。

寻找企业细分市场

选择细分市场或者细分的过程要从确定潜在细分市场开始。一旦确定细分市场,就要考虑到这些细分的有效性是否经得起进一步的评估。最后,对这些细分市场进行评估,考察它们是否适用于该公司。如果选择这些细分市场,是否能满足该公司的财务目标和其他目标。

一些公司细分市场时只以一个变量为基础,最典型的就是行业变量或者客户群规模变量。当然这种做法也并非一无是处。我们发现只以一种变量为基础的细分市场的方法可能也适用于制定像选择产品类型这样的宽泛的决策。然而考虑很多种与战略决策相关的变量是很必要的。因此,细分市场时首先要确定所有可能的细分变量。一般来讲,这些变量可以分为宏观和微观两大类。宏观变量主要是侧重购买机构的变量,包括规模、地理位置、行业和市场水平(例如,初始设备制造商还是终端用户)以及潜在客户的最终消费者。微观变量则侧重决策单位,包括购买者的个性特征、决策标准、购买情形、追求的效益、对购买重要性的感知。表 6.1 列出了细分电脑市场可能出现的变量和所有可能的范畴。虽然很多细分变量是相当明显的,但是也有一些不明显。比如罗姆公司(Rolm)在首次推出用于电话上的数字开关时,就把美国公用事业委员会(State public utility commissions in the United States)对美国电话电报公司的态度作为自己公司的细分变量。罗姆公司最终选择参与的是那些市场监管机构认为竞争有利于美国电话电报公司的市场。

[1] www.it.com.cn/f/desktop/053/14/86532.htm (accessed December 12, 2005).

表 6.1　细分电脑市场

可能的变量	可能的范畴
行业	银行业、零售业、制造业、航运业
应用范围	一般用途、工艺过程控制、商业计算、科学研究
地理位置	美国、北美洲、亚洲、法国、欧洲、巴西、拉丁美洲
公司规模/特点	大型跨国公司、大型国有企业、中型企业和小型企业
购买者行为	多方密封式投标，与唯一供应商协商
购买者文化	革新者、跟随者
中间商水平	初始设备制造商、增值经销商
追求利益	硬件特点、软件供应、售后服务

市场细分方法

在确定潜在的细分变量后，使用最广泛的方法是一个两阶段流程。如图 6.1 所示，该流程从宏观切分开始，以购买组织的特点为中心。

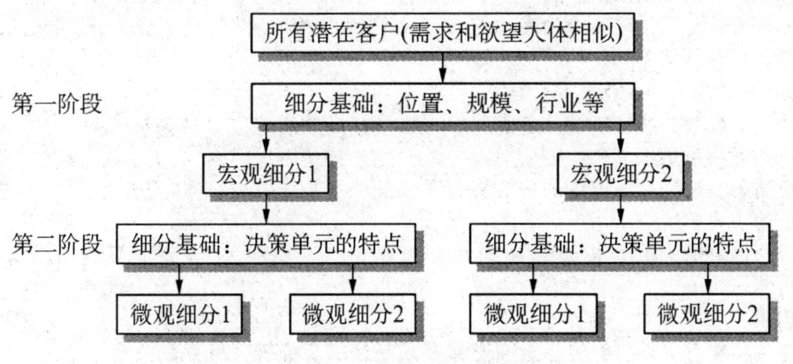

图 6.1　两阶段细分法

在这些宏观细分市场中，关注的焦点集中在特定决策单元的特点上。在运用这种方法时，一定要审慎。尤其值得注意的是，很多微观细分变量在多个宏观细分中都能找到。

博诺玛(Bonoma)和沙皮诺(Shapiro)①提出了一种嵌套式或多阶段细分方法。他们的分类方法使用了很多范畴。表 6.2 列出的是我们稍作修改后的

① Thomas V. Bonoma and Benson P. Shapiro, *Segmenting the Industrial Market* (Lexington, MA: Lexington Books, 1983).

范畴和子范畴，以及需要回答的各种问题。

表 6.2　企业市场的细分变量

地理环境因素

- 国家：我们重点应该是地方性的、地区性的，还是全国范围的？
- 区域：我们应该侧重那些包括几个国家的区域（比如拉美地区或者斯堪的纳维亚半岛），还是跨越几个国家的区域（比如，欧洲南部和地中海沿岸），还是自由贸易区或者共同体（比如，欧盟 15 国或北美自由贸易区）？
- 全球：我们在选择客户时是否考虑排除地理因素？

人口因素

- 行业：我们应该锁定哪些行业？在某些情况下，行业的定义很宽泛（比如金融服务业），在其他情况下，则需要更具体的界定（比如银行或保险公司）。
- 公司规模：我们应把重点放在大型、中型还是小型规模的公司？
- 水平：我们应该锁定各中级水平初始设备生产商还是最终用户？
- 最终产品的使用：我们是否应该考虑客户终端产品的使用情况？

经营变量

- 技术：我们应该锁定那些坚持使用边缘技术生产出来的元件或资本设备的用户，还是那些偏好成熟技术的客户？
- 使用者或非使用者的地位：我们应该侧重于大量使用本产品的用户、偶尔使用的用户、非用户，还是购买竞争对手产品的用户？
- 顾客能力：我们锁定客户的基础应该是客户对服务的需求、经济能力，还是他们库存控制流程的性质？

采购方法

- 采购职能组织：我们应该把重点放在那些采购组织高度集中的公司上，还是那些采购组织相对分散的公司？
- 权力结构：我们应该侧重那些工程技术人员占主导地位的公司，还是财务人员占主导地位的公司？
- 与用户的关系：我们应该选择那些与我们关系密切的公司，还是保持一定距离的公司？

情景因素

- 紧急性：我们是否应把重点放在那些要求迅速交货或提供服务的公司？
- 具体应用：我们是否应根据应用来锁定客户？例如，一个电脑生产商是应该锁定电脑的商业应用，还是在流程控制上的应用？
- 订货量：我们应侧重于向一个供应商大量订货的用户，还是与分别向几个供应商少量订货的客户？

个性特征

- 购销双方的相似点：我们是否应该把重点放在那些人员及其价值观念和本公司相似的公司？
- 对待风险的态度：我们应该把重点放在敢于冒险的用户，还是不愿冒险的用户？

资料来源："Segmenting the Industrial Market" by Thomas V. Bonoma and Benson P. Shapiro. Copyright © 1983 by Lexington Books. Adapted with permission from Rowman & Littlefield Publishing Group.

如图 6.2 所示的嵌套式方法，首先要从外层开始分析，从一般的容易看到的细分变量开始，然后再深入到内部比较具体的、细微的或者难以评估的变量。在使用这种方法时，需要遵守一些规则。从外围开始分析是因为这样比较容易操作，也不会存在等级分析的僵化感觉。在某些情况下，可能从中间某点开始向内甚至是向外分析更合适。尤其值得注意的是，我们不应该由此得出论断，在其他范畴中，购买方法、情景因素或个人特征与地理、人口或经营类型没有关联。

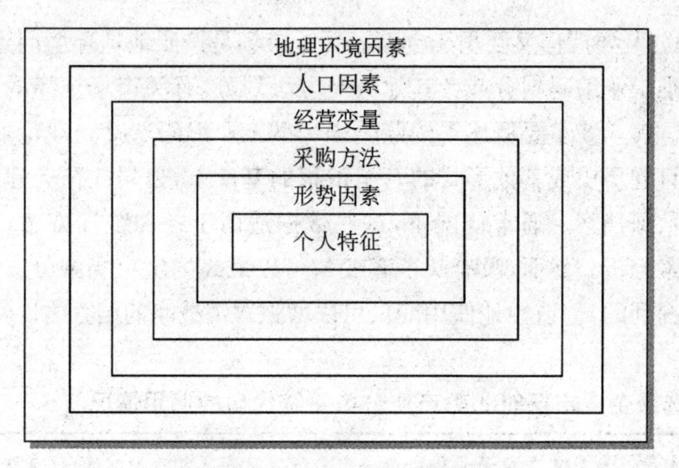

图 6.2 嵌套式细分方法

最近又出现了一种以需求为基础的三阶段企业市场细分方法。① 这种方法的基本假设是过去的购买行为能很好地预测未来的购买行为，因此，通过实际购买行为中体现出的组织需求，可以发现新技术的潜在使用者。第一阶段是宏观切分，目的是界定那些大致有共同需求的企业，把整个市场细分为可管理的细分市场。第二步是微观切分，按照利益或需求对宏观细分市场做进一步切分。笔者认为虽然需求是最符合逻辑的细分基础，但是需求提供给经理的只是选择目标市场和发展营销策略过程中所必需的信息的一部分。因此，第三步是从与营销策略特定因素直接相关的方面对微观细分做进一步的描述。

在进行细分研究时要考虑很多因素：

① Grahame R. Dowling, Gary L. Lilien and Praveen K. Soni, "A Business Market Segmentation Procedure for Product Planning", *Journal of Business-to-Business Marketing* 1, no. 4(1993): 31-57.

1. 研究总是受目的支配。也就是说，在考虑潜在市场细分时，一定要通过它们与营销策略的相关性来检验这种细分的有效性。在某些情况下，进行市场细分研究是为了建立一个完整的营销策略，这需要涉及市场经营组合中的所有因素。这样的研究会从很多市场细分变量的角度对潜在细分进行广泛的描述。在另外一些情况下，市场细分研究的目的可能只是为了广告运作，其目的是更有效地与重要客户群交流，或者制定一个考虑到不同客户群价格敏感度的定价策略。这样的研究在细分变量的使用上应该会比较有限。

2. 细分既要严谨又要勇于创新。无论市场是按照地理环境因素，还是按照美国标准工业编码划分或者其他分类方法划分，有关市场规模的二手资料比比皆是。表 6.3 主要概述了按照美国标准工业编码选择企业市场的情况。在过去的订购历史或其他形式的营销情报的基础上，公司往往会建立一些额外的二手数据档案。通常情况下，这些数据适用于各种统计方法，比如聚集分析和因素分析。然而，没有某一套变量可以最终确定市场细分。正如在罗姆例子中提到的，创造性地使用变量可以增强营销战略的洞察力。

表 6.3　选择企业市场时北美产业分类系统代码的使用情况

我们在第五章简单介绍了北美产业分类系统。美国联邦政府在 1997 年采用北美产业分类系统取代 1987 年的美国标准工业分类码。北美产业分类系统是一个独特的、全新的、系统的商业分类机构，它是第一个建立在单一经济概念上的经济分类体系。像生产商品或提供服务的过程这样的经济单位被归为一类。(标准产业分类并不是建立在一个一致的经济概念基础之上的。一些行业是以需求为基础，而另一些以生产为基础。)它是有史以来第一个允许业务分析人员直接比较在三个北美自由贸易协定国家(美国、加拿大和墨西哥)收集和出版的工业生产统计资料的北美产业分类系统。同时，它与美国政府开发并维持的国际标准产业分类系统(ISIC，第 3 版)越来越具有可比性。

北美产业分类系统认识到美国及其北美邻国的经济正经历不断的变化，而且服务所占比重在不断增加。它包括了 1 170 行业，其中 565 项是以服务为基础的，相比之下，美国标准工业分类只包含 1 004 个行业，其中 416 个与服务有关。虽然北美产业分类系统在美国标准工业分类基础上有了很大的改进，但是后者提供的数据仍将在几年内可用于分析，这要求对这两种分类系统的数据进行比较。目前已有把美国标准工业分类码转换成北美产业分类系统代码的软件。

与美国标准工业分类一样，北美产业分类系统是一个极好的辅助工具，它把商业活动细分成多个均质的范畴，并提供每一个范畴里的机构数量和收入信息。它提供的信息可以通过两种方式来辅助市场细分。第一，其所编码的行业名单能够作为一个良好的指南或框架有助于考虑目标市场。第二，其信息能够用来估计某一范畴里公司的购买情况，从而估计这个细分市场的规模。例如，一个电磁线的制造商，能够计算变压器生产商的全部销售额，估计这些生产商在电磁线上所花费用的百分比，然后估算其编码中的相关公司电磁线的总购买量。

续 表

需要注意以下几点：第一，一个工厂的统计数据只在一个范畴中记录，即它们主要从事的行业活动，即使这个公司可能参与了多项活动。第二，北美产业分类系统编码并不能考虑到所列公司购买习惯的差异，也没有考虑到生产的产品或生产该产品的原材料的特征差异。这一信息需要通过其他方式获得。 注意到以上两点，北美产业分类系统以及其他类似的系统，可以成为非常有用的市场选择工具。它的数据使用方便而且价格较低。在专业化和覆盖面的比例都很高的行业，每一个北美产业分类系统组都应做到相当的均质，尤其在生产流程和所使用的原材料和零部件等方面。这个系统的编码应有助于公司在尚未进入的领域寻找新客户。

3. 这个过程是，而且应该是可以重复的。在识别一个宏观细分市场中的微观市场细分之后，还应该考虑该微观细分市场存在于其他宏观市场的可能性。基于需求和利益的细分市场极有可能横跨几个宏观细分市场。

实用性的标准

寻找细分市场的结果可能是得到若干吸引力各不相同的细分市场。从某种意义上来说，一些细分市场因无法衡量而不具真实性。另一些则是可以获得的。在广泛评估潜在细分市场之前，最好能依据以下几个普遍的特征检验一下它们的实用性：①

1. 可测性。我们可以假设一些可能会影响买家应对市场营销战略的变量。但是，除非它们可测量，否则就无法使用它们来估计某一个细分市场的规模。比如，在普莱英计算机公司(Prime Computer)1977 年的年度报告中指出，它基于两个因素来评价市场规模。首先，一台普莱英计算机是否能够满足客户需求？第二，从心理学角度，客户是否会从像普莱英这样的小公司购买计算机？虽然从小公司购买产品的客户能够事后将它们识别出，但是如何从心理学角度对它们进行识别是很困难的，这使得普莱英计算机公司对其市场规模估计的准确性受到质疑。

2. 反应的独特性。如果一个市场细分是有意义的，它必须对营销组合中至少一个因素的反应不同于另一个市场细分。举例来说，如果大小客户对某个个人电脑的邮购程序反应相同，那么客户的企业规模就不是进行市场细分的一个依据。

① Philip Kotler, *Marketing Management: Analysis Planning, Implementation and Control*, 11th ed. (Englewood Cliffs, NJ: Prentice Hall, Inc., 2003), 283 - 286.

3. 足量性。构成细分市场的客户的总需求必须足以支付营销成本。考虑到细分市场的规模和预期的市场份额，预期销售必须产生足够的利润以支付一个专门的营销计划增加的成本。

4. 可达性。必须有一些基础，使我们可以确定并到达一个特定的细分市场。如果是新产品，我们希望创新型客户能知道它们。但是除非可以通过某些特征识别那些创新型客户，否则我们不太可能到达该细分市场。

道林(Dowling)、利林(Lilien)和索尼(Soni)提出了细分市场的其他标准。① 他们强调细分市场归根到底应该以需求为基础，因为需求是企业购买行为的主要决定因素。细分市场还应该是有活力的，这意味着它们不是从某个样本或使用某种数据分析技巧人为合成的。

潜在细分市场的评估

在已经确定的、真实的、能够达到的细分市场中，有一些细分市场相比另一些而言，代表着较好的获利机会或对公司来讲更为合适。虽然选择细分市场的最终目标是利润，但还有许多其他因素需要考虑。在最后决定锁定某个细分市场之前，需回答以下几个问题：

- 在细分市场取得竞争成功的要素中有多少符合我们的核心竞争力？例如，我们的销售人员是否具备必要的技能，以应付某细分市场激烈紧张的采购谈判过程？
- 此细分市场如何能充分利用公司目前的市场地位？例如，我们目前的分销商能否接触到此市场？
- 此细分市场的长期或短期的增长前景如何？是否符合我们的销售增长目标？
- 销售是否具有周期性？如果是，我们是否能调整生产和销售投入以适应需求的起伏？
- 购买行为的差异是否需要不同的销售队伍？或者我们是否有理由期待现有的销售队伍能把这种差异作为其工作的一部分而加以适应？
- 竞争者赶上我们的产品或服务的可能性有多大？在多长时间内能赶上？买方是否会忠于市场的先入者？客户更换供应商的转换成本有多大？
- 公司现有的资源能否支持一项有效实现并服务于细分市场的营销计划？麦瑞莱(Merilab)是一家为汽车生产线提供车轮矫正系统的小型

① Dowling, Lilien and Soni, “A Business Market Segmentation Procedure for Product Planning”.

制造商，它自认为本身没有足够的资源来进入欧洲市场，因此没有把欧洲作为目标市场，尽管这些客户意味着很好的机会。

- 锁定这个细分市场是否就能符合我们想要的发展方向？在IBM，许多人都把以个人电脑用户为目标市场的决定看做是一个偏离传统计算机主机市场的、不理想的经营转变方向。

当然，衡量某个特定的细分市场是否具有吸引力的最后一个标准是公司能否制定一个可实施的营销战略。除此之外，其他一些问题也需要加以考虑。

细分市场的其他问题

选择一个细分市场不仅仅是确认一个有潜在吸引力的市场。如何界定细分市场或许会大大影响对竞争者的评价或将来的行动。在产品生命周期中，细分市场不断出现，或变得更加清晰，这提出了时机选择问题。公司应该特别考虑的是找到利基市场或能够排斥竞争对手而独占统治地位的细分市场，就像垂直细分一样。最后，外部环境的变化有可能不断产生新的细分变量，这在考虑本国以外的市场机会时尤为明显。

市场界定

尽管进行市场细分主要是为了使某一特定的营销战略更有可能获得来自于精心挑选的客户群体的良好反应，但应当认识到，以哪一个细分部门或者哪些细分市场组合为目标，决定着市场份额计算的分母。一个关于服务市场的过于狭隘的定义，比如，对地域的限制性定义，会过分夸大企业的市场份额，并且导致错误地估计公司的竞争地位。在CT扫描仪的早期阶段，通用电气公司将其市场仅仅确定为美国的医院，这使它得出结论：公司已经占有主导地位。而这一结论的依据是60%的市场份额。重新将其市场确定为世界各地的医院使它的市场份额下降到20%以下，引发了对其市场地位的一次大规模的重新评估。因此，市场细分应该被界定为不仅包含该公司目前正在选择尝试服务的消费者，而且还应该考虑那些在国内与国外市场上对手企业所服务的有相同需求的消费者。

时机

在产品生命周期的引入阶段和早期成长阶段，消费者需求并不一定是明确的或容易界定的。如果产品概念是新的，一些买家早期接受该产品可能并没有说明真正的市场潜力，买家在对产品功能提出明确意见这一方面可能缺乏经验。随着产品概念更好地被理解，可能会出现许多新的买家。因此，起初对一个细分市场的投入，可能会导致公司服务于其他细分市场的能力降低。举例来说，苹果电脑公司在推出个人电脑不久后，努力推动只通过经销商销售的营销模式。这很难服务于那些希望直接购买的企业市场。

随着越来越多的买家积累了经验，他们的需求也可以得到明确的界定。在产品生命周期的成长阶段后期及成熟阶段，出现了具有不同需求的细分市场。如果没有适应这些细分市场的专项产品，企业可能会在竞争中处于劣势。例如，Prime计算机公司早期在微型计算机市场上很成功，但企业并不情愿投入到任何新兴的细分市场。结果，该企业挣扎于一系列的重组，对每一次重组的评论都是，Prime公司最大的问题是缺乏重点。不幸的是，当该公司发觉应专注于一个代表了需求与能力良好匹配的细分市场时，此细分市场已经挤满了其他供应商，Prime无法与它们有效地竞争。

利基市场

当产品度过了产品生命周期的引入阶段，我们会发现几家公司在竞争市场份额的现象。因此，在细分市场中，我们会经常发现有些公司在寻求客户群，或者是利基市场。在这个市场上，公司可以通过非常特别的营销战略建立一个不容易被对手复制的地位，但并不能保证真的能找到这样的市场。十年来，美国数据卡(Data Card)公司一直垄断着为塑料信用卡压纹的高速机器这个市场。随着增长放缓，公司董事长决定，该公司的战略是寻找一个较窄的专业化办公设备市场。该公司能够在这个市场占绝对的统治地位。但是，该公司刻意寻找这个利润丰厚的利基市场的努力后来却被证明是令人失望的。[①]

数据卡公司在机器市场的统治地位看起来是在适当时机开发产品的偶然结果，而不是运用专门方法寻找的结果。企业可以依据客户对市场先入者的忠实度和转换成本来评估细分市场。具体而言，卓越的竞争分析能够评估竞争者回应的可能性或这种回应的时机。

垂直细分

市场营销中比较独特的是，企业在目标市场的各个层次都有发展的机会。例如，美国铝业公司(ALCOA)为柴油发动机轴承发明了一种新的合金，

---

① *Business Week*, (8 March 1982): 88A.

该合金具有理想的性能。该企业因而具有了多种选择。[①] 它可以将产品出售给轴承制造商，将半成品合金出售给轴承或发动机制造商，或者是将轴承制造好之后出售给发动机制造商或者是在替代市场出售。在这种情况下，新合金的价值在替代轴承的购买商中最能得到体现。然而，美国铝业公司并不情愿进行必要的投入以进入目标市场，该企业试图将合金卖给轴承制造商。尽管这种合金有许多不错的性能，但它却没有取得商业上的成功。同样，古尔德公司(Gould Inc.)的图文制作分部引入了一种静电打印机，虽然这种打印机深受终端用户的欢迎，但是该企业不愿意进行必要的投入，将产品出售给终端用户。相反，该企业试图通过计算机制造商来出售其产品。对于计算机制造商，这种打印机的利润很小。销售结果令人失望。

把产品卖给更容易到达终端客户的中间商，这一做法本身具有一定的吸引力，而且在很多情况下，例如，对于全部用于最终产品的元件来说，别无他法。但是，正如上述例子表明的那样，选择中间商市场需要对各个层次的潜在利益做认真的分析。

全球化思考

企业产品和服务的性质以及对功能性的强调决定了海外销售对大多数公司都是非常重要的，无论这些公司处于哪个国家。自第二次世界大战结束以来，海外销售的重要性不断增加。世界贸易组织以及其前身关税贸易总协定所做的工作大大减少了贸易的关税壁垒与其他壁垒。通信和运输的改善进一步促进了不同国家之间的贸易。因此，对于企业市场营销者来说，没有考虑到海外市场可能会错失机会；而这些海外机会可能会比国内市场机会更具吸引力。

传统的进入国外市场的方法是依据不同的国家进行市场划分。少数几个划分变量看起来更直接。地图能够为描绘市场划分提供基础。在大多数情况下，语言、法律和货币会因国家的不同而具有不同的功能。正如我们先前所述，有些时候，地区之间、国家之间的业务习惯也可能不同，其结果是企业为不同的国家制定不同的营销战略；所谓多中心的方法，即假设每一个国家的情况都不同，而需要制定一个独特的营销战略。

国家之间的显著差别往往会掩盖不同市场的很多相似之处，这意味着制

① E. Raymond Corey, "Key Options in Market Selection and Product Planning", *Harvard Business Review*(September-October, 1975): 119 - 128.

定全球战略或区域战略十分必要。然而，许多公司制定的战略除了关于语言与货币的考虑不同之外，基本上适用于所有国家。比如在化工业，美国的杜邦公司（DuPont）和陶氏化学公司（Dow），德国的赫司特公司（Hoechst）与巴斯夫公司（BASF），法国的罗纳·普朗克公司（Rhone-Poulenc），日本的朝日公司（Asahi）都在世界市场上展开竞争，而它们在世界范围的基础是标准化的产品，这些产品以世界市场价格出售。又如在计算机行业，美国的IBM，日本的东芝（Toshiba），意大利的奥利维蒂（Olivetti），法国的布尔（Bull）也都在世界市场上互相竞争，它们都出售非常标准化的产品，其价格也都在慢慢地朝着世界水平逐渐一致。

在某种程度上，一些战略还不够全球化，许多只是为主要的经济地区如美国、欧洲和亚洲市场制定的。众多美国公司正在欧洲的许多国家巩固其子公司的运行，以达到集中的欧洲运营。例如，美国伊莱克森（Electro Scientific Industries, Inc.）是一家为全球电子行业制造精密生产工具的制造商，已经在荷兰建立了集中运行的机制。位于荷兰的美国伊莱克森欧洲公司是负责销售和营销的办事处，职责包括客户支持、订单处理和备件的分销。

为了进行市场细分，还需考虑其他可变因素。一种可能是自由贸易区或其他形式的综合经济体，如欧盟、欧洲自由贸易区（与欧盟关系紧密）、拉丁美洲的安第斯条约（the Andean Pact）与南方共同市场（the Mercado Sur）、东南亚国家联盟（东盟）以及近期的北美自由贸易协定。另一种可能是国家因素，不同的国家在政治或历史方面显示了许多相似之处，如斯堪的纳维亚半岛上的国家。还有另一种可能是商业习俗的相似之处。比如在欧洲南部与地中海接壤的一些国家，或者是北欧说德语的国家，这些国家都有类似的商业习俗。还有另一种可能是将一些面临同等水平政治风险的国家归为一类。

小结

营销战略的基本目标是要比竞争对手更能有效地满足客户的需求，并且能为公司盈利。满足客户需求这一目标最终需要对每个客户制定不同的战略。在某些情况下，这种情况确实会发生。在某个国家提供军事需求品的国防承包商往往只有一个客户。在有许多客户的市场上，生产和营销方面的经济规模会将企业推到另外一个方向。这一极端情况在商品产品中有所体现，卖方没有必要试图判断个别客户的需求。大多数企业营销人员在这两个极端情况之间经营，他们不断面临着压力。为了达到经济规模或者关键规模，他们可能需要聚集细分市场；为了更好地满足客户需求或应对竞争对手的威胁，他们可能需要进一步细分市场。

正如我们在本章讲述的，市场细分的过程既需要分析又需要创新。这个过程也是动态的，因为企业内部状况的变化与外部环境的变化会导致细分过程环境的改变。例如，柔性制造提高了企业对特殊客户需求的应对能力，也增加了企业能够切实提供服务的细分市场数量。越来越复杂的营销信息系统正大幅度地提高企业确认客户需求的能力以及对营销战略的应对能力，从而充分利用企业日益增强的能力。需要特别说明的是，市场细分过程需要考虑客户不断改变的需求，对于企业客户来说，它们的需求同样来源于其适应自身环境的战略。

最后，应当记住的是市场细分的目的是帮助企业决定应该进入哪些市场并锁定哪些细分市场。这些都是关键的决策，必须辅之以有关投入企业的资源、人才和精力的决策。没有这些投入，即使是以最合适的细分市场为目标的最佳营销战略也不太可能取得成功。

延伸阅读

James C. Anderson and James A. Narus, "Business Marketing: Understand What Customers Value", *Harvard Business Review* 76 (November/December 1998): 53 - 65.

George S. Day, "Continuous Learning about Markets", *California Management Review* 36 (summer 1994): 9 - 31.

Per Vagn Freytog and Ann Højbjerg Clarke, "Business to Business Market Segmentation", *Industrial Marketing Management* 30 (August 2001): 473 - 486.

Rashi Glazer, "Winning in Smart Markets", *Sloan Management Review* 40 (summer 1999): 59 - 69.

V. Kasturi Rangan, Rowland T. Moriarty and Gordon S. Swartz, "Segmenting Customers in Mature Industrial Markets", *Journal of Marketing*, 56, (October 1992): 72 - 82.

Thomas S. Robertson and Howard Barich, "A Successful Approach to Segmenting Industrial Markets", *Planning Review*, (November/December 1992): 4 - 11, 48.

第七章

企业产品管理

企业生产的产品或服务是市场营销战略的核心。当转化为客户的利益时，它是能够创造市场或服务于现有市场的产品或服务。企业成功的关键在于管理好新产品的开发以适应新需求，以及对现有产品不断改进以更好地服务于现有的需求。

在本章中，我们将针对商业客户的产品管理的关键概念展开讨论。首先，我们会探讨产品、生产线，以及产品管理决策是如何受到买卖双方关系的影响。然后，我们会探讨产品质量的作用、产品市场选择（包括全球化的考虑），以及新产品的开发。最后，我们会讨论产品定位以及品牌。

产品的概念

正如我们先前所述，商业客户购买的产品或服务是为了直接或间接地在其运作中获得销售收入和利润。生产资料是生产过程中的主要因素。原材料对于许多产品的生产是很关键的。零部件或许是一件组装产品不可缺少的一部分，或者与其他产品、系统捆绑并且转售。维护、维修和运营补给是生产过程中不可或缺的环节。同样，很多服务对于生产过程和企业的其他职能也是必要的。然而，对此我们不能过于强调。尽管产品与服务的物理特征很重要，但是顾客寻求的是利益，而不仅仅是物理特征。并且，客户购买产品或服务的理由远远大于其物理特征。从非常现实的意义上说，产品并不在于它本身是什么，而是它能做什么。与利益密切联系的是质量这一概念。质量不仅指产品的物理特征，而且涉及产品的方方面面。最后，从公司的角度来看，需要把产品放在整个商业战略中加以考虑。也就是说，除了它对企业利润的贡献之外,企业对于其产品还有没有其他目标?一种产品是如何与其他产品相关联的?在公司的运行上,产品有什么影响?

在图 7.1 的示例中,消费者所购买的“整个产品”应被看做是有形属性和无形属性的结合,消费者可以从中获得利益和价值。这个例子旨在说明特定的问题,因此并不全面,对于某些消费者来讲,产品属性的重要性将会不同。对于一些客户来讲,联合产品开发或许是一个重要的属性。对于另一些客户,它或许是对企业营销活动的支持。这表明,产品并不是营销战略的固定内容。相反,它是一个变量,其特征可以被改变、增加或者是削减,而这取决于特定客户或市场部门的需求。

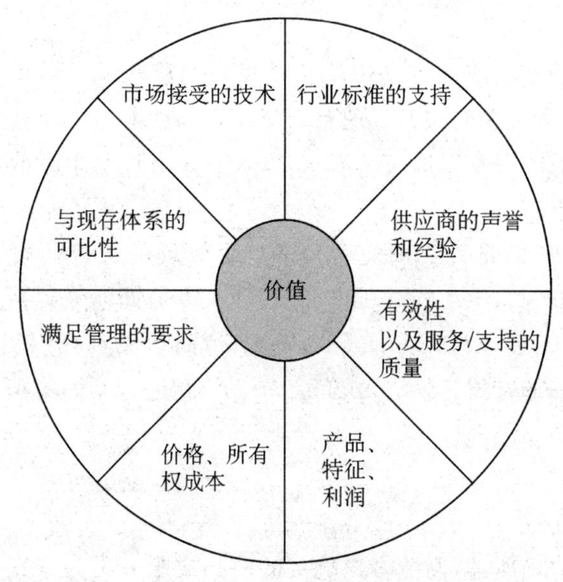

图 7.1 从整个产品看待价值

资料来源:Adapted and reprinted with permission from Regis McKenna fron a presentation made by Regis McKenna, Summer 1994.

当涉及中间分销商时,我们应该认识到与分销商有关的可行性、信誉或服务也是整个产品的一部分。对于通常被认为是没有差异的日用品产品,整个产品的概念意味着在包装、产品线的完整性、提供一站式购物或特殊服务的特征上也可能存在差异。因此,对于所有产品而言,整体商品的开发应以其核心或一般特征为起点,并考虑适用于某些特定消费者需求的其他特征。

质量的概念与产品的概念密不可分。最初,质量主要指的是制造质量,随着戴明(Deming)对统计方法的强调和克罗斯比(Crosby)对符合规范的强调，质量这一概念已经扩展到消费者眼里的企业活动的各个方面。第二章所描述的战略与绩效分析研究，介绍了相对质量这一概念。相对质量即那些消费者在做购买决定时所依据的有形和无形的特征，消费者购买的产品与竞争者的产品相对的质量。[①] 尽管来自战略与绩效分析的研究证据表明，相对质量是企业盈利能力的一个关键因素，但是看起来却是日本的企业比世界其他地区的企业更意识到质量的重要性、质量计划的潜力，而且，最重要的是，质量不是静态的，而应该是企业不断努力的重点。正如我们将在随后所讨论的，越来越有必要让营销人士参与企业的质量管理流程。

除了要比竞争对手更好地满足客户的需求外，产品这一概念也意味着企业必须考虑到产品在市场中的作用，这一作用要比提供利润重要得多。第二章所描述的波士顿咨询公司管理方法，提出了用现金牛业务为问题业务、支持研发、基金分红等投入现金，以及用明星业务建立主导地位，以便在增长放缓时，可以成为多产的现金牛业务。但是，产品还有许多其他的作用。其作用之一或许是支持其他盈利能力更大的产品，如同乐泰公司通过引入 Bond-A-Matic® 黏合剂配置系统以促进黏合剂的销量。产品其他的作用可能是抵御竞争对手的攻击，进入新的市场，补充和促进现有产品的销售，或者是如 IBM 公司一样，在不经意间开辟了个人电脑生产线新的组织形式。

产品线

产品线同产品本身一样重要。一组产品由于发挥类似的功能而密切相关。产品线管理是产品管理中最重要的内容之一。多数企业一开始只有一条产品线，或者是非常有限的产品线。不可避免的是，产品线的扩大会引发一些问题。在什么情况下，我们应该增加产品的种类？我们是否应该增加一些低端产品？我们是否应该把产品范围扩展到新的领域？

增加产品的种类或深度或许能更好地满足消费者的一些特定需求，提高企业作为一个全线供应商的形象，或者是阻止竞争对手的攻击。但这样做的代价是生产的复杂性和生产成本也随之增加。例如，一家大型工业企业为了满足市场需求，经过精心选择，引入了一种新产品，该产品包含 5 个独立包装的零部件，以目录编码的形式提供包装。在三年之内，客户对大包装中的各

---

① Robert D. Buzzell and Bradley T. Gale, *The PIMS Principles: Linking Strategy to Performance* (New York: The Free Press, 1987).

个小包装有不同的要求，导致产生了超过 2 000 个目录编码。最后，虽然总销售量很大，但是有些目录编码卖的很少，引发了该企业对其盈利能力的质疑。制造和工程部门抱怨说，这样的产品线扩张是不可接受的。尽管这个例子比较极端，但却说明了以满足客户需求为由扩大产品线可能会产生的问题。对于大多数企业，为了适应客户需要和内部运作的平衡，定期修剪产品线是必须的。帕累托法则(Pareto's Law)经常被称为 80－20 法则，该法则认为一小部分的项目清单代表了很大比例的价值或影响。分析通常显示，大多数公司的利润是由占相对较小比例的产品提供的。明智地修剪产品线可以不断地提高利润，发挥工程设计和制造能力，而不会影响客户关系。

生产线可以延长。在生产线高端增加产品可能会获得更高利润并提高企业形象；但也可能引起竞争对手的报复，受到客户的抵制，使企业偏离其基本竞争力。在生产线低端增加产品可以阻止竞争对手的攻击，充分利用该公司的形象，并创造增加生产量的机会，但也可能蚕食现有的生产线，给公司形象造成负面影响，或者再次偏离企业的基本竞争力。例如，通用电气公司的医疗系统业务曾面临来自一家日本竞争对手企业对其 CT 扫描仪的攻击，该竞争对手计划生产一种又小又便宜的机器。通用电气公司如果引进一种类似的产品，就可以挫败其攻击，但是这可能会影响大型的、利润高的扫描仪的销售。在这种情况下，通用电气决定，新产品与该公司的竞争力相匹配，与其让日本人蚕食自己的销售，倒不如自己来。然而，从另外一个方面来看，该企业发现，制造低端产品不符合其长期专注于产品功能而不是成本的企业文化。

企业可充分利用现有的竞争力扩大生产线的范围或宽度，拓宽视野，并奠定新的重大发展机会；但存在的风险是，可能会分散对现有业务管理的注意力并超出公司的能力。例如，埃克森(Exxon)为变速电机开发出一种专利技术，为此该企业收购了变速驱动器领域一家重要的公司瑞恩电气(Reliance Electric)。埃克森希望借助瑞恩电气的经验将这种新技术商业化。后来，事态的发展证明，新技术的前景被高估了，而且以石油产品为主营业务的埃克森公司并不熟悉变速驱动器业务。这个尝试并不成功。

买卖双方关系：一个关键的关联性因素

第三章所讲到的企业客户和供应商之间的密切关系与相互依存性对产品管理过程有着重大影响。正如下文将要介绍的，许多新的商业产品是在客户的具体要求下开发的。买方与卖方的关系可以有多种形式，基于这些关系所做的决策能够对产品的管理过程产生实质性的影响。

我们发现买方与卖方的决策越来越基于相互之间密切的关系，有时是合作性质的伙伴关系，在这种伙伴关系中，产品决策是达成共识后作出的。企业间的合作伙伴关系在日本尤为强劲。例如，四国岛(Shikoku)Kakokki 公司是一个日本包装机械制造商，拥有约 60 个长期为该公司的产品提供零部件的小供应商。这些供应商实际上是“四国岛家族”的合作伙伴。它们不仅为四国岛提供机械零件，而且还积极尝试为客户设计创新性的、节约成本的解决方案。它们之所以进行这样持续的努力，部分动机是因为不论环境好坏，四国岛都会一如既往地与它们合作。

买卖双方保持密切的关系是日本企业的行业规范，这也是其他国家企业营销的特点，在拉丁美洲和欧洲的一些国家尤为明显，在美国的程度稍微低一些。尽管有许多可取的方面，但这种买卖双方的关系也需要认真地加以管理。大客户可以明显地影响产品开发，但有时这种影响可能会阻碍供应商服务其他客户。例如，一家大型电力公司打算与一家制造商密切合作，开发用于地下电力系统的一种特定设备。随着这些产品进入市场成熟期，只有这一个客户继续对该设计感兴趣。在某些情况下，客户可能会将共同开发看做是专利，并且会竭力限制供应商将产品提供给其他企业。一些造纸机制造商与造纸厂紧密合作设计新的改进方案，它们通常同意在长达两年内不向其他造纸厂提供改良的设计方案，并以此作为它们成为造纸厂唯一供应商的条件。随着关系逐渐密切，客户有可能成为主要或唯一的订单来源。这也可能给客户过多的讨价还价能力，并且将供应商与客户的利益绑在一起。

质量的作用

我们之前探讨过质量的重要性日益突出。从早期对质量的关注重点放在生产和合规这两方面来看，我们发现，企业广泛采用某种形式的全面质量管理(TQM)。不幸的是，最近的一项调查显示，大多数的营销管理人员并没有真正地理解质量的概念，也没有看到质量对提高利润率的作用。然而，该研究的专家表明：全面质量这一概念重点强调消费者要求的产品质量，它要求市场研究人员成为质量小组的参与人员，以合适的方式进行领导或合作。[①]

---

① David W. Cravens and others, “Marketing's Role in Product and Service Quality”, *Industrial Marketing Management* (May 1988): 285 - 304.

在美国，质量改进通过马尔科姆·鲍德里奇国家质量奖（Malcolm Baldrige Award）而得到了广泛的宣传。该奖项通过使用1 000点的计分制来评价一系列与质量相关的因素。营销人员感兴趣的是，这一计分制将300点计分分配到客户满意度上，这表明了质量环节中市场参与的重要性。在质量领域的一个新发展是ISO9000，国际标准化组织在1997年颁布的一个国际标准。这一发展对市场营销者尤为重要。ISO9000以及它的各个规则为企业消费者提供了一个对它们的供应商指定质量流程的明确方式，而且由外部审计人员规定认证的标准。该标准最初在欧洲使用，欧洲的许多产品都符合ISO9000标准。而后，美国和日本也开始使用这一标准。许多非欧洲企业最初将其看做是故意设置的、在欧洲进行贸易的障碍，但现在，ISO9000标准已被许多制造商接受，将它作为质量管理的宝贵指南。截至2002年12月，ISO9000条款从1993年1月的27 816个已经增长到561 747个，已在159个国家和经济体获得认证。知情的观察员已经表示，他们认为ISO9000标准将成为多数企业（包括产品和服务的制造商）质量环节实际上的起点。对于那些采用领先于竞争对手标准的企业，这意味着该企业拥有很大的竞争优势。为了充分利用ISO9000标准，市场营销人员必须参与到质量过程中，以确保产品和服务不仅符合设计规范，而且也能比竞争对手更好地满足客户的要求。①

产品/市场选择

正如我们在第六章讨论过的，市场选择对产品决策至关重要，并随之而来引起一系列问题。某一个产品设计是否能适应多个细分市场？如果不能，企业是否应该尝试让其产品适应一个或少数几个细分市场？另外，为了服务几个细分市场，企业是否应该调整其产品，并考虑随之而来的产品决策的复杂性？

美国国际纸业公司（IP）是世界上最大的纸业公司之一。该企业面临的问题是，在最近收购了两个包装系统之后，如何从众多的机会中进行选择。该公司从一家意大利制造商收购了Resolvo系统，该系统可以生产牛奶、果汁和无气饮料的纸质包装，具有几乎无限长的货架寿命。从一家美国制造商收购

① H. Michael Hayes，“ISO9000：The new Strategic Consideration”，*Business Horizons*（May-June 1994）：52－60.

的常青(Evergreen)系统是一个专门为货架寿命有限的新鲜牛奶和果汁等产品设计的。国际纸业公司在需要包装的产品以及现有包装方法的基础上设计了一个矩阵,如表 7.1 所示。这一矩阵显示了不同产品的常用包装方法,以及运用 Resolvo 或者常青系统可以成功地提高产品竞争力的地方。根据国际纸业公司对这些包装方法使用的理解,它能够更好地分析其处在哪些机会中,是这两个系统中的某一个,还是全部有竞争优势。加上其他的细分市场特点,国际纸业公司可以把范围缩小到那些最好的机会上。

表 7.1 国际纸业公司液体产品包装的产品市场分析矩阵

产　品	市场/应用					
	软包装	金属罐包装	玻璃瓶	塑料瓶	折叠硬纸盒	盒中袋
酒精类饮料						
雪碧			4	4		
啤酒		4	4			
葡萄酒	4R	4R	4R			4R
非酒精类饮料						
碳酸饮料		4	4	4		
不含气果汁	4R	4R	4R	4R	4R	4R
新鲜果汁	4E		4E	4E	4E	4E
无碳酸矿泉水	4E/R	4E/R	4E/R	4E/R		
奶制品						
鲜牛奶	4E		4E	4E	4E	4E
保鲜牛奶	4R	4R	4R		4R	4R
其他	4E/R	4E/R			4E/R	4E/R
烹饪产品	4E/R	4E/R	4E/R	4E/R		4E/R

注：4：代表产品包装的普通方法;R：Resolvo 体系可能的市场应用;E：常青系统可能的市场应用。
资料来源：埃洛帕克(美国)公司(Elopak Americas lnc.)设计的矩阵。

企业营销特有的一点是在垂直市场细分的基础上提供不同的产品。各种横向细分或许需要产品有相同的具体特征,但可能也要求有不同的无形特征。垂直细分给企业营销人员提供了许多不同的选择。正如我们前面提到的,美国铝业公司能够给轴承制造商以铸块的形式提供新的铝合金。另外,它也可以为轴承制造商或柴油发动机制造商提供铅制铸件。它还可以给柴油发动机制造商或工业供应商提供成型的轴承,作为替代品出售。其他许多产品也存在着类似的选择，要求产品适应市场需求。例如，在没有应用软件的情况下，计算机可以直接出售给罗姆电信公司（Rolm）这样的设备制造商，再由罗姆在增加必要的软件和其他定制的功能后，将产品转售给终端用户。但如果直接将计算机销售给最终用户，往往必须连同软件一起出售。

全球化思考

几乎毫无例外，主要的业务产品和服务供应商都是全球性的企业。波音和空中客车几乎在每个国家都开展业务。多年来，通用电气、卡特彼勒（Caterpillar）和其他工业产品生产商是主要的出口商，为美国的收支平衡作出了积极贡献。阿西亚-布朗-勃法瑞公司（ABB）、日立、松下、爱立信、阿尔卡特、西门子、好利获得（Olivetti），以及许多其他非美国制造商同样在全世界做生意。四大会计师事务所（普华永道、毕马威、德勤和安永）在世界上大多数国家的主要城市都设有办事处，麦肯锡、理特（A. D. Little）等主要的咨询公司也是如此。在重工业建造行业，柏克德（Bechtel）、依巴斯柯（Ebasco）和美国西图集团（CH2M-Hill）是国际舞台上的主要竞争者。

尽管上述著名企业都参与了国际市场，但是大量的市场营销人员并没有追逐全球市场，或者仅仅是国内市场需求疲软时才偶尔这样做。我们首先要考虑在什么情况下国际市场会具有吸引力，然后分析在产品管理上有何选择。

从广义上讲，大多数的商业产品或服务都会进入不同的国家。对于许多企业来说，国外市场意味着有更多的获利机会。不过，至少在美国，正常的做法似乎是主要在国内市场销售新产品。只有当产品在国内市场成功引入后，企业才会考虑出口，可以出售给邻国，也可以对产品稍加改进后销售到世界市场。库珀（Cooper）和克莱因施密特（Kleinschmidt）的研究报告指出，83%的企业使用的都是这种先进入国内市场后国外市场的策略，与此相比，只有17%的企业在最初设计产品时会直接考虑世界市场。然而，有趣的是，这17%的企业不论在国内还是国外，其新产品上市都有较高的成功率并且取得了较高的利润。[①] 很明显，在给产品命名、选择原材料、设计其外观等方面做一些额外的考虑，不仅能在国内市场得到回报，而且确保了随后向国

---

① Robert G. Cooper and Elko J. Kleinschmidt, *New Products: The Key Factors in Success* (Chicago: American Marketing Association, 1990), 35 - 38.

际市场转向的成本较小。在许多情况下,考虑世界市场可能是一件很简单的事情,例如在电气设备设计中增加双电压能力。即使是在更为复杂的情况下,考虑世界市场同样会有回报。例如,对于微软来说,如果在其发展的早期阶段考虑到各国市场的编程要求,那么引进微软工作软件将变得极为简单。

显然,世界市场的机会对于一些企业比另一些企业更有吸引力。正如我们将会讨论的,这在很大程度上取决于管理哲学或企业对世界市场的适应性。为设计成功的全球性产品,全球战略专家提供了以下三个重要的准则:[①]

- 在分析世界各地的客户需求时,企业营销人员既应寻求共同点,又应寻求差异。
- 全球化产品设计师应设法将产品的全球共核部分最大化,同时也要考虑到在共核之外为具体的地区量身定制。
- 最好的国际化产品从一开始设计时就应考虑国际市场,而不是在国内产品的基础之上再做调整。

假定世界市场能够提供有吸引力的盈利机会,那么企业的产品战略应该如何制定呢?有三个一般性的可行做法。首先,也是最简单的,在不调整产品的情况下进行产品出口。对于在性能方面有巨大竞争优势的或者是可以以极低的价格出售的产品来说,这种做法可能会成功。人们通常将这种方法与所谓的种族中心主义的世界观相连,这一观点假定世界其他地方都是"像我们这样"的。对于大多数企业来说,是在多国战略与全球战略中作出选择。多国战略通常与多中心的世界观相联系。该观点认为,每个国家的情况都不同,以至于需要一个独特的营销战略。在这种情况下,企业要针对每一个有业务的国家,对其产品和营销组合的其他要素进行广泛调整。全球战略是建立在地理中心世界观的基础之上的。该观点认为世界各国市场的相似多于差异。在这种情况下,企业认为,为了满足当地需求,产品可以依照高度的标准化来设计并稍加适度的调整。

以往的很多讨论都集中在哪种方法最有效。泰德·李维特(Ted Levitt)认为,技术推动世界向趋同的方向发展,市场的全球化即将来临,国际市场营销人员的目标应该是能够以较低价格出售的标准化产品。[②] 另一方面,大前

① George S. Yip, *Total Strategy* (Englewood Cliffs, NJ: Prentice Hall, 1992), 85-102.

② Ted Levitt, "The Globalization of Markets", *Harvard Business Review* (May-June 1983): 92-102.

研一(Kenichi Ohmae)主张的方法是对营销组合进行广泛的调整以适应当地的情况。[①] 事实上,这些观点之间的差异并不像看起来那么大。两种观点都认识到,为适应当地的喜好和习惯做法,有必要对产品进行一些调整。需要注意的是,在决定调整的程度时应考虑到一系列环境因素。如果市场规模经济占重要地位,那么标准化是必须的。在语言不是一个重要因素或者国际标准盛行的市场上,标准化可能是合适的,就像微电子元件、化工以及机械工具行业。在标准不同的地方,比如一些电气设备或者视频设备,产品调整是必需的;为了满足某个国家的具体要求,也必须进行产品调整,其中很明显的例子是财会和税务软件产品。

新产品开发

产品开发一直以来是产品管理的关键要素之一。近年来,随着技术的快速变化以及产品生命周期的缩短,新产品的重要性日益明显。在3M公司,寿命不超过5年的产品现在占到销售额的25%。[②] 博思艾伦咨询公司(Booz Allen Hamilton)对欧洲和美国的700家工业与消费类企业的研究也同样说明了新产品的重要性。[③] 这些企业的高级管理人员表示,他们期望从新产品和新技术中获得可观的收入来源和利润。新产品表现出来的重要性极大地推动了旨在寻找改善新产品开发流程的方法的研究工作。美国营销科学研究院(MSI)是一个半工业半学术的研究机构。它最近宣布,产品生产流程的改进是客户最优先考虑的事情。这连同其他一些关键问题都列举在表7.2中。欧盟(the Ewropean Union)也已采取了一些行动,重点支持新技术和新产品的研究和开发,其中包括欧洲信息技术研究与发展战略计划(ESPRIT)、欧洲先进通信技术研究发展(RACE)和欧洲工业技术基础研究(BRITE)。[④] 在日本,国际贸易工业部将各个行业广泛地组织起来,试图通过新产品开发来提高日本的竞争力。

---

① Kenichi Ohmae, The Borderless World: Management Lessons in the New Logic of the Global Marketplace (New York: Harper Collins Publishers, 1991),58 - 60.

② George S. Day, "Managing the Marketing Learning Process", *Journal of Business & Industrial* Marketing 17, no. 4(2002): 246.

③ Booz, Allen & Hamilton, *New Product Management for the 1980s* (New York: Booz, Allen & Hamilton, 1982).

④ 有趣的是,这些欧洲计划对非欧洲公司也是开放的,例如,参与该计划的美国的公司就包括苹果计算机欧洲公司、摩托罗拉、IBM欧洲公司、杜邦。

表 7.2　计算机 Beta 测试问题

识别问题	产品使用	改进的机会
• 产品的功能是否和预计的一样？ • 产品的性能是否满足设计期望？ • 产品性能是否满足用户期望？ • 关于什么是适当或卓越的性能，在公司管理和用户管理方面是否存在分歧？ • 产品的易用性是否可以接受（即界面、命令、操作指示、控制面板、易于安装，等等）？ • 所需要的接口与其他的硬件、设备、材料、软件和通信媒体是否能正常运作？ • 产品的安装、初始化、故障排除、维修是否容易操作？ • 产品是否发生故障、关闭或出现意外？ • 这些原因是否能查明？	• 哪些应用是预计到或未预计到的？ • 产品多长时间使用一次？ • 产品每次使用多久，有多少人使用？ • 用户反馈了产品有什么优点？有什么缺点？ • 产品在工作程序中有无变化？有何变化？ • 产品是否需要用户在工作习惯或工作步骤上做改变？做何改变？ • 谁在产品中获得最多/最少的利益？有没有人受到负面影响？ • 什么功能/特征最常用/最不常用？	• 为了满足最低限度的客户需求，还需要哪些附加的功能和（或）特征？ • 哪些功能/特征目前看起来是不必要的或是可选的？ • 使用模式和（或）应用程序是否让人想到产品的物理特征、用户界面速度、容量以及其他功能的变化？ • 产品是否方便安装？ • 如何使产品更容易诊断和（或）修复？ • 是否应该提供更多/更少的模型或配置？ • 什么样的注意事项应当纳入用户手册？

资料来源：Adapted from Voedisch, Lynn, "For Beta or For Worse", *The Industry Standard*, May 8, 2000, pp. 239 - 242.

尽管新产品以及对新产品生产过程的关注很重要，但对于许多企业来说，开发新产品很多时候都是偶然的。在这些企业，新产品经常是有创造力的几个人想到一个新主意并且实施的结果，或者是由于某个客户给供应商组织中的某个合适的人提出了新产品要求，而不是企业良好的产品管理过程的结果。在许多情况下，企业似乎接受了这样的想法：新产品的开发经不起正常管理环节的检验，新产品的失败通常是情有可原的，并评论说："90％的新产品都会失败。"事实上，并不是90％的新产品都是失败的。根据一项调查表明，只有24％的新工业产品是失败的。[①] 其他

① Robert G. Cooper, "New Product Success in Industrial Firms", *Industrial Marketing Management* (1982): 215 - 223.

的研究也提供了类似的数据证明。更重要的是,新产品的成功率受良好的管理的影响。

库珀在对加拿大工业企业的一项研究中发现,市场导向、产品的独特性以及产品对该企业的技术/生产流程的适应性是关键成功因子。[①] 正如图7.2所示,当以市场为导向、产品独特并非常符合企业技术/生产时,成功率为90%。在这三个因素都低时,成功率下降到7%。因此,市场营销人员所面临的挑战是要管理一个流程,该流程能够有效地引进真正的独特产品,或者竞争优势并适应企业的生产及其他竞争力。虽然研究工作还在继续,但是过去20年的重大进展已经使我们对如何做到上述三点有了更多的了解。

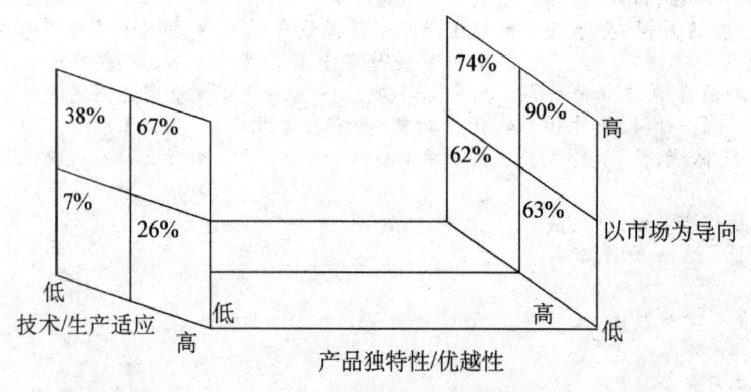

图7.2　新产品的成功因素

资料来源:Robert C. Cooper, "The Myth of the Better Mousetrap: What Makes a New Product a Success?", *lvey Business Journal* (formerly *lvey Business Quarterly*), Spring 1981, Volume 46/Number 1, p. 75, Copyright © 1981, lvey Management Services. Reprinted with permission from lvey Management Services.

产品开发过程

所有对产品开发过程的研究发现了某些共同的基本要素。克劳福德(Crawford)将它们描述为五个阶段:[②]

- 战略规划。战略规划主要关注产品开发的目标和对开发过程的指导,它从每年的营销计划中吸收某些抵御竞争者攻击的特点,从正在进行

① Robert G. Cooper, "The Myth of the Better Mousetrap: What Makes a New Product a Success?" *Business Quarterly* (Spring 1981).

② C. Merle Crawford, *New Products Management*, 4th ed. (Homewood, IL: Richard D. Irwin, 1994).

的商业规划中寻找产品开发的方向和市场重点，并以对相关市场和内部资源的审计为基础进行机会分析。其中的一个关键工作是制定产品创新章程来指导整个产品开发过程，并确保产品开发与商业目标以及市场选择一致。

- 概念的产生。需要建立一个团队或者组织几个核心人物集思广益并筛选产品开发过程的创新部分，该阶段也需要激发客户、员工、大学人员或其他潜在来源的各种奇思妙想。
- 技术先行评估。这一阶段侧重于概念开发和测试筛选，这两项工作都是为了了解客户和探讨技术上的可行性。这一阶段的任务还包括在初步营销、技术以及运营计划基础上进行初步的商业分析和预算。
- 技术开发。在这一阶段，最终想法得以成型，资源聚集了起来，团队也组建起来，原型工作已经完成，并且进行了 α 测试(即企业内部的原型测试)与 β 测试(即与客户的原型测试)，制定营销计划的工作已经开始，并且已做好进行全面的商业分析的准备工作。
- 产品商业化。在这一阶段，生产和营销所必需的组织结构开始到位。初始产品运营完成，市场营销计划得到进一步开发，市场测试工作完成，主要是为了测试营销计划的各种要素，计划得到较好调整，产品正式投入生产。

正如艾比(Aaby)和迪森查(Dicenza)所建议的，产品开发过程可以被看做是一个漏斗，如图 7.3 所示。在合作阶段，应该采取集思广益的方法来吸收各种新的科学创新想法。在这个早期阶段，企业的工作涉及标杆分析(将企业本身的科技与竞争对手的相比较)、理念产生、产品-市场选择、定位、概念开发和测试。资源的累积投资较低，管理的参与也往往较少。但也正是在这一阶段，任何不太可能成功的想法可以随时终止，而不会造成严重的经济损失。管理层的作用应该是确保选择的目的明确，以及协调市场营销、研发、工程和制造部门合作参与。在执行阶段，关注的范围越来越窄而且控制更为严格。在这一阶段，费用开始增加，这意味着每一步都需要考量是否还要继续下去。管理层在这一进程中参与更多，但是，除了结束任务，管理层的作用一般局限在确保这一进程中的所有方面能够实施。

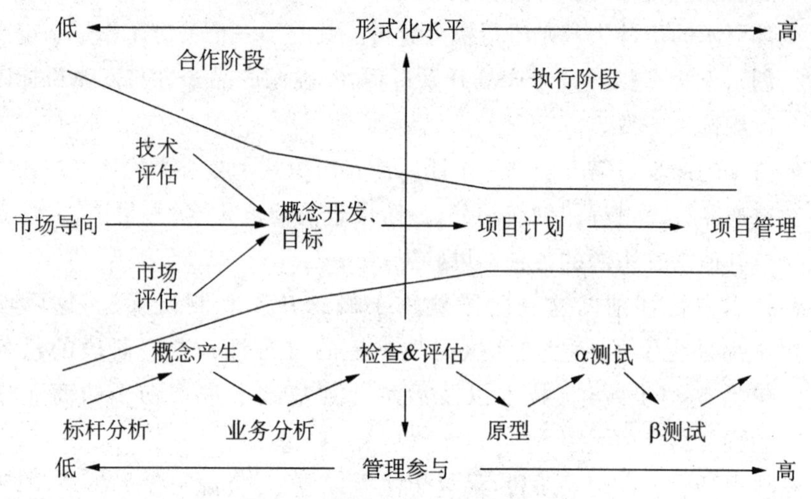

图 7.3 漏斗状的产品开发流程

资料来源：Adapted from Nils-Erik Aaby and Richard Discenza, "Strategic Marketing and New Product Development: An Integrated Approach", Journal of Business and industrial Marketing, 8 (2), 1993, 61-69. Reprinted with permission from Emerald Group Publishing Limited.

领先用户

对于企业产品，尤其是高科技产品，一个经常遇到的问题是进行市场拉动还是技术推动。据报道，美国数字设备公司(Digital Equipment Corporation，简称 DEC)的创始人肯·奥尔森(Ken Olsen)喜欢说，再多的市场研究也不能说明微型计算机的需求。另一方面，当静电印刷技术显示出它是计算机高速打印的一个很有前景的方法时，Versatec 的创始人在开发一件产品时，花了 6 个月的时间讨论未来的客户，该产品后来取得了很大的成功。与此相反的是，古尔德图形公司(Gould Graphics)在开发其新产品时，没有考虑客户需求，其产品从未获得成功。

从某种意义上说，市场拉动和技术推动的争论是不恰当的。因为技术必须总是符合市场需求的。但是，企业市场上新产品和服务开发的一个独特的方面是用户的广泛参与，用户被认为是大多数成功的新产品的开发者，这些产品最终被制造商商业化了。例如，一项研究发现，用户是 82%的商业化科学仪器的开发者。① 这种类型的研究表明，需求分析以及来自于"领

① Eric von Hippel, "The Dominant Role of Users in the Scientific Instrument Innovation Process", *Research Policy* 5(1975): 212-239.

先用户”（即那些比其他客户更早地具有某种需求的用户，这些需求在某个市场将会比较普遍，他们是通过获得解决方案能够极大受益的客户）的解决方案数据可以提高一些领域的新产品开发的能力，这些领域以变化快为主要特征。

Beta 测试

领先用户这一概念的许多方面也适用于 Beta 测试，该测试是原型实地测试的一项重要活动；也是大多数工业产品能够有效投放市场的要求之一。如表 7.2 所详述，Beta 测试的目的是找出产品设计或产品性能的问题，了解该产品是如何使用的，并寻找改进的机会。和领先用户一样，Beta 测试成功的关键是要找到好的 Beta 测试点，最好是潜在的早期产品使用者，或者是认为新产品有高增值潜力的消费者。好的 Beta 测试点具有如下特点：

- 企业属于一个目标细分市场吗？
- 该企业是否具有开发这类技术或生产这类产品的经验？
- 他人是否知道该企业有一个新产品解决方案的潜在需要？
- 企业是否显示出使用先进技术的迹象？
- 企业是否因为面临激烈竞争以及新产品上市的时间压力，而被迫进行创新？
- 企业是否对产品线频繁作出改变，这样就能测试所有的选项？
- 企业是否被认为是一个行业先驱？
- 企业内是否有一个有影响力的“高姿态”的人掌权？他是否愿意与供应商合作？
- 个人/企业是否愿意被当做参照物？

新产品引入

将产品推介给新客户，或者是将很不同的产品推介给现有的客户，营销人员需要考虑到改变供应商或接受新产品可能引起的恐惧、不确定和怀疑（FUD），尤其是在企业客户的业务绩效高度依赖供应商的产品的情况下。那些资源有限且不为多数人所了解的小型供应商尤其会经历这几种心理。因此，产品引入过程需要认识到，这些心理可能会延长客户的决策过程。正如图 7.4 所示，有许多方法，尤其是业绩证明和行业先驱接受的证明可以有效减少这些负面心理。①

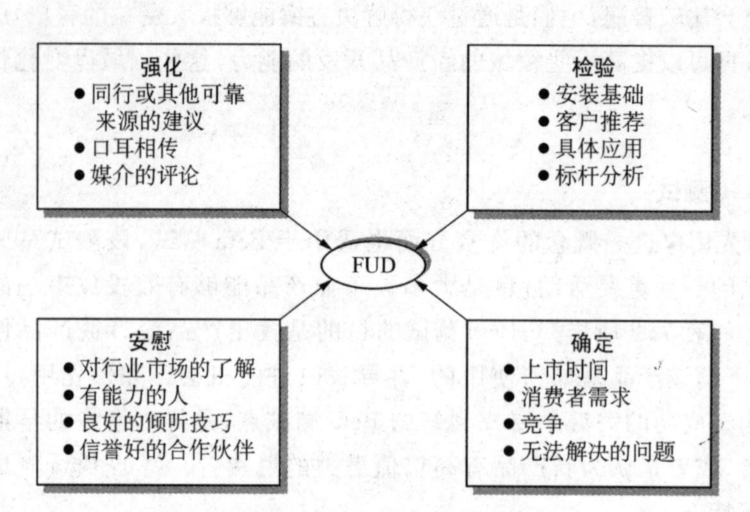

图 7.4 什么可以降低 FUD?

资料来源：Adapted from "Relationship Marketing" by Regis Mckenna, Addison-Wesley, 1991, pp. 86 - 87, published by Century Business Books. Reprinted by permission of The Random House Group Ltd.

产品定位

产品定位主要关注产品在消费者心目中的位置，它建立在与竞争对手所提供的感知价值相比较的基础之上。尽管商业采购过程意味着对不同的竞争对手进行全面的利益分析，但它受到消费者先验观念的强烈影响。在许多情况下，消费者的先行观念是购买决策的决定因素。例如，多年来，消费者对IBM的可靠性和服务的看法都反映在这个评论中："购买IBM是不会错的。"当然，该企业在消费者心目中所占的位置将最终取决于消费者对IBM产品的体验。产品定位的目的是为了影响产品设计、产品开发以及客户介入，以便能够最大限度地使该定位与企业目标相一致。正如多维尔(Dovel)所主张的，定位应该是产品设计与开发的基础，并且是企业业务计划的一个关键主题。②

我们在前文中指出，产品开发的一个关键因素是定位声明，明确阐明企业想要在消费者心目中占据什么样的位置。大多数产品都具有很多属性，但

---

① Regis McKenna, *Relationship Marketing* (Addison-Wesley, 1991), 86 - 87.

② George P. Dovel, "Stake It Out: Positioning Success, Step by Step", *Business Marketing* (July 1990).

是企业的定位建立在两到三个属性或利益上，这些对于目标细分市场中的消费者最为重要。例如，日立将其 256K 集成电路芯片定位在可靠且快速的信息存储和检索的核心利益上。这个简单的声明易于理解，并且反映了客户的观点。该声明为日后的产品开发工作提供了指导，并成为推广计划的制定基础。

要制定一个好的定位声明，要做到概念的简单明了、直截了当，是一项艰巨而重要的工作。完成这个过程有多种建议，其中大多数都以下列类似的步骤进行：

- 确立目标市场。
- 确保你的产品战略符合你的商业战略。
- 从客户的角度理解关键属性或利益。
- 确定相关的一系列竞争对手。
- 理解竞争对手的定位。
- 选择你想要的或能够占据的市场定位。
- 写出你的定位声明。
- 从竞争对手的角度找出该定位的弱点。
- 检查该定位声明是否不利于其他人，包括同行、销售人员和客户。

应该注意的是，产品定位的概念也适用于公司。试以施乐公司为例。作为一家根基扎实的复印机制造商，施乐公司购买了科学数据系统以进入计算机业务领域。后来的结果令人失望，部分原因是因为市场拒绝承认施乐是计算机领域里一个认真的玩家。如今，施乐公司将自己定位于“文件处理专家”，这种定位易于客户理解，并为该公司的产品开发工作提供了很强的方向感。

国际市场营销人员面临更多的问题。在微软的早期发展阶段，其子公司已获准根据个别国家国内的目标市场需求来调整定位战略。随着其他产品的出现，许多产品都把目标锁定在横向细分市场，即跨越国界的细分市场。对微软以及其他处于类似情况下的公司来说，这引发了一些棘手的问题。例如，谁应该为全球范围的产品定位负责，总部还是子公司的经理？或者，如果总部坚持子公司重新定位自己的产品，将会遇到什么问题？正如我们在“全球化思考”这一部分所讲到的，能够最初从全球的角度考虑的产品的规划可以帮助解决这些问题。

在确立了理想的市场定位后，企业面临的下一个问题是如何最有效地把预期定位宣传给市场。鉴于企业营销特有的、专业的采购，经验丰富的买家，紧密的买卖双方关系等性质，这种宣传应该建立在技术和业绩的基础之上。事实上，企业营销的性质就是进行大量的宣传。通常与消费品营销紧密联系的品牌在企业产品和服务的宣传中也起到很重要的作用，帮助人们认识公司或产品，或两者兼而有之。

品牌

根据美国市场营销协会的定义，品牌是一个名称、一个术语、一个符号、一个象征或者一个设计，抑或是所有这些的组合。它意在确认一个或一组卖方的商品或服务，以把它们与其竞争对手的商品和服务区分开来。如果运用得当，品牌可以传达很多涵义。对企业而言，一个品牌能够表明一个企业的性质、产品类型，以及它的可信度和服务水平。公司希望通过新技术在一些市场上建立领头羊的声誉。对产品而言，一个品牌能够表明这个产品有形或无形的属性，或客户可能获得的利益，因为在一些市场上，该公司希望根据客户的利益为其高质量的产品树立一个好名声。在以上这些情况下，公司都会把其宣传集中在产品品牌上，而所有这些努力都具有一个共同的终极目标：创造新的销售(从竞争对手那里获取的市场份额)或诱导重复销售(保持客户的信任度)。

与消费者市场一样，品牌资产通过建立品牌知名度影响买家的选择，并进一步影响企业对企业的市场，因此，这使得品牌的重要性得到越来越多的认可，而且越来越多的企业致力于树立一个积极而强有力的品牌形象。然而，因为企业对企业交易所固有的独特的环境因素，以及组织采购过程的复杂性和所需的各种手续，可能会使环境的不同明显地影响到品牌资产的开发和利用，而现有的品牌资产模型都是侧重于消费者商业，因此不能充分地解决这些问题。

图 7.5 是从企业营销视角建立的一个品牌资产模型。① 从本质上看，这个模型是对艾克(Aaker)的品牌资产模型进行的扩展，以便考虑企业市场交易的独特性。② 这个模型的基本要素有：(1)卖方变量/营销工作；(2)环境因素；(3)购买公司的因素；(4)卖方的品牌资产；(5)风险程度；(6)品牌资产的

---

① George P. Dovel, "Stake It Out: Positioning Success, Step by Step", *Business Marketing* (July 1990).

② David A. Aaker, *Managing Brand Equity* (New York: The Free Press, 1991).

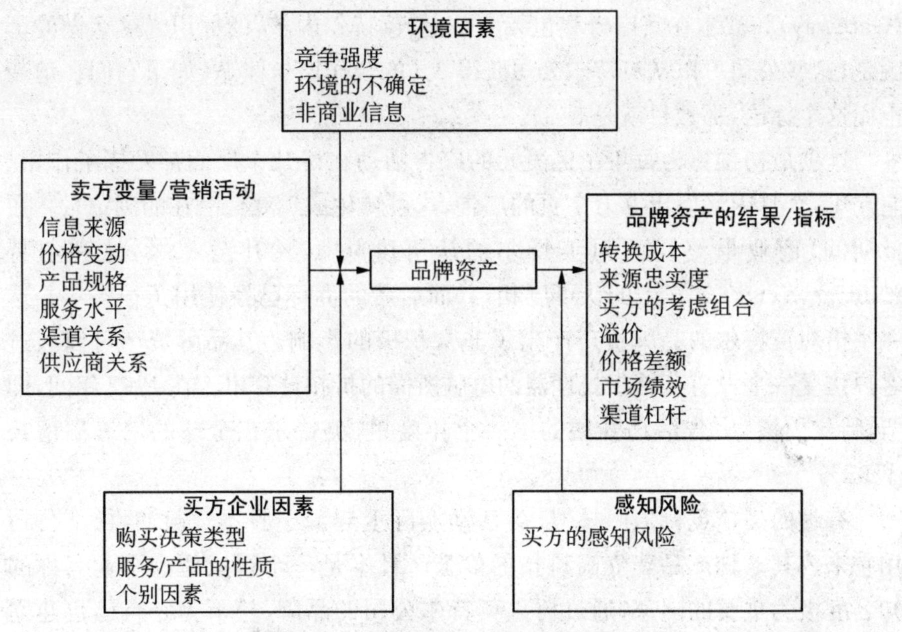

图 7.5 企业市场中品牌资产模型

资料来源：Adapted from John Kim et al.，"Examining the Role of Brand Equity in Business：A Model，Research Propositions，and Managerial Implications"，*Journal of Business-to-Business Marketing*，5(3)，1998，65－89. Copyright © 1998，The Haworth Press，lnc.，Binghamton，New York. Reprinted with permission from The Haworth Press，lnc.

结果或指标。就像在这个模型中所展示的那样，卖方的品牌资产是卖方营销工作的结果。这些努力被环境和买方因素所中和。反过来，卖方的品牌资产又会通过影响购买组织的选择过程冲击其市场地位和战略竞争力。品牌资产及其成果之间的这种关系会被可预见的买方风险所中和。

建立品牌以及进行品牌宣传的力度又引发了很多问题。对一些公司而言，正是很强的品牌认同感使得消费者对公司的产品产生偏好，从而使得销售价格更高或市场份额更大。而对另一些公司而言，品牌认同为其销售队伍初次上门拜访客户铺平了道路。在某些情况下，品牌可以提供一个方便的方法来描述某个特定的产品。拿个人电脑的核心——微处理器的主要制造商英特尔举例来说，英特尔曾连续生产名为 8086、286、386 和 486 微处理器的几代产品，不幸的是，英特尔公司没有获得商标以保护其数字系统，因此，它的竞争对手如 AMD 公司、Chips and Technologies 公司和 Cyrix 公司也能用 386 和 486 的名字。如 Cyrix 就给自己的芯片命名为 X86。

为了回应这一行为，1991 年英特尔鼓励其他公司如 IBM、康柏、捷威(Gateway)和戴尔在其广告和包装上贴上“英特尔内核”的标识。这么做的诱因是，这些公司可以从英特尔公司获得 3%的合作广告津贴(如果它们在包装上用这个标语，那数目就是 5%)。

这项最初预算为每年 1 亿美元的广告活动在好几个层面都发挥了作用。它在 18 个月内激发出 9 万多页的广告，这可转化成 100 亿潜在的浏览量。在此期间，商业最终用户对英特尔的认可度从 46%升至 80%，这和纽特(Nutrasweet)在客户中的认可度相当，而后者的商标已经使用了很多年。这一举措对英特尔的品牌资产产生了非常积极的影响。其品牌资产可以通过客户接受一个没有英特尔处理器的电脑所需的折扣计算出。在 1992 年间，即“英特尔内核”广告活动开展的第一个年度里，英特尔在全球的销售额增长了 63%。

有趣的是，“英特尔内核”广告活动实际上起源于日本。起初，松下公司用它来为其电脑产品建立高科技的信誉。日本是一个视威望和企业名称的知名度极为重要的国家，通过树立英特尔公司的品牌，松下为它自己也建立了信誉。①

关于品牌，常常会出现目标互相冲突的情况。曼维尔(Manville)公司的子公司舒勒国际(Schuller International)曾在曼维尔品牌名义下卖出了其大部分的屋顶和绝缘产品，因为根据市场调研报告，分销商和承包商都很看好曼维尔这个品牌。但是，金融分析师却告诫曼维尔：使用曼维尔这个品牌会对其股票价格产生不利影响，因为人们会把曼维尔和石棉导致的健康问题联系在一起，即使曼维尔现在已经不再生产石棉产品。在这种情况下，曼维尔公司又用舒勒的名字重新建立了品牌，但必须承认的是，这样做可能会失去与部分客户的密切关系或客户对品牌的认同感。

一般情况下，选择一个品牌名称似乎是一门艺术而非科学。比如说，有人建议有些公司在建立自己的品牌时，应该使用能够传达产品使用功能的名字。有些公司确实这么做了，如乐泰公司的 Bond-A-Matic®胶机。但也有很多公认的好品牌并没有这么做，如苹果的麦金托什(Macintosh®)电脑，数码的阿尔法(Alpha®)微处理器和美国电话电报公司(AT & T)的 PBX 系统的梅林(Merlin®)系列产品。比品牌本身更重要的是该品牌所传递的信息，即公司希望由品牌联想到的利益或属性，以及该信息传递的清晰性和创新性。

---

① David A. Aaker, *Building Strong Brands* (New York: The Free Press, 2002): 12-13.

小结

产品管理和新产品开发应该成为管理者优先考虑的问题。传统上，产品是企业营销组合中最重要的因素。然而，发展新的单个产品并不能够有效地与他人展开竞争。那些能够在正确选择的市场背景下管理产品组合的企业，以及那些能够通过有效的开发流程来开发新产品以提高新产品成功率的企业，相比不能做到这些的企业更具有竞争优势。关键成功因子包括制定整个产品的解决方案来满足广大客户的需要，管理产品线来确保客户需要和企业运作需要的平衡，营销人员参与企业的质量流程，克服新技术导致的恐惧、不确定和怀疑的宣传战略以及提高企业有效地投放产品的能力。这一切需要新的、不同的组织方式，资源的投入，与其他职能部门合作的加强，产品开发过程的改进，有效的新产品测试和与能够较早接受产品的客户建立全面的关系。

延伸阅读

David A. Aaker, *Managing Brand Equity* (New York: The Free Press, 1991).

David A. Aaker, "Measuring Brand Equity Across Products and Markets", *California Management Review* 38, no. 3(1996): 102 - 120.

David A. Aaker, *Building Strong Brands* (New York: The Free Press, 2002).

David A. Aaker and Robert Jacobson, "The Value Relevance of Brand Attitude in High Technology Markets", *Journal of Marketing Research* 38 (November 2001): 485 - 493.

David A. Aaker and E. Joachimsthaler, *Brand Leadership* (New York: The Free Press, 2000).

Clayton M. Christensen and Michael Overdorf, "Meeting the Challenge of Disruptive Change", *Harvard Business Review* 78 (March/April 2000): 66 - 76.

Robert G. Cooper, Scott J. Edgett and Elko J. Kleinschmidt, "New Product Portfolio Management: Practices and Performance", *The Journal of Product Innovation Management* 16 (July 1999): 333 - 351.

Robert G. Cooper and Elko J. Kleinschmidt, "New Product Processes at Leading Industrial Firms", *Industrial Marketing Management* 20(1991): 137 - 147.

Robert G. Cooper and Elko J. Kleinschmidt, "Benchmarking Firms' New Product Performance and Practices", *Engineering Management Review* 23 (fall 1995): 112 - 120.

David W. Cravens, Nigel Piercy and Ashley Prentice, "Developing Market-Driven Product Strategies", *Journal of Product & Brand Management*, 9, no. 6(2000): 369 - 388.

Marion Debruyne, Rudy Moenart, Abbie Griffin, Susan Hart, Erik Jan Hultink and Henry Robben, "The Impact of New Product Launch Strategies on Competitive Reaction in Industrial Markets", *The Journal of Product Innovation Management* 19 (March 2002): 159 - 170.

George P. Dovel, "Stake it Out: Positioning Success, Step by Step", *Business Marketing* (July 1990).

Abbie Griffin and John R. Hauser, "Integrating R&D and Marketing: A Review and Analysis of the Literature", *Journal of Product Innovation Management* 13 (May 1996): 191 - 215.

Cornelius Herstatt and Eric von Hippel, "From Experience: Developing New Product Concepts via the Lead User Method: A Case Study in a Low-Tech Field", *Journal of Product Innovation Management*, 9(1992): 213 - 221.

Eric von Hippel, "Get New Products from Customers", *Harvard Business Review* 60 (March/April 1982): 117 - 122.

Ralph W. Jackson, Lester A. Neidell and Dale A. Lunsford, "An Empirical Investigation of the Differences in Goods and Services as Perceived by Organizational Buyers", *Industrial Marketing Management* 24(1995): 99 - 108.

Jon R. Katzenbach and Douglas K. Smith, "The Discipline of Teams", *Harvard Business Review* 71 (March/April 1993): 112.

Kevin. L. Keller, *Strategic Brand Management: Building, Measuring, and Managing Brand Equity* 2nd ed. (NJ: Pearson Higher Education, 2003).

Eric M. Olson, Orville C. Walker and Robert W. Ruekert, "Organizing for Effective New Product Development: The Moderating Role of Product Innovativeness", *Journal of Marketing* 59 (January 1995): 48 - 62.

Barry N. Rosen, "The Standard Setter's Dilemma: Standards and Strategies for New Technology in a Dynamic Environment", *Industrial Marketing Management* 23(1994): 181 -190.

Glen L. Urban, Bruce D. Weinberg and John R. Hauser, "Premarket Forecasting of Really-New Products", *Journal of Marketing*, 60,47 - 60.

第八章

服务营销

服务营销是否应该和产品营销的管理有所不同?① 对服务的定义有多种。一个比较普遍的定义是:“一方能够提供给另一方的任何行动或表现,其本质上是无形的,不会导致所有权的转移。它的产生可以和一个有形产品联系在一起,也可以没有联系。”②基于这个定义,我们认为对上述问题的回答既是肯定的也是否定的。给出肯定的回答是因为我们相信有很多证据表明服务营销需要不同的视角。采用不同的视角还可以有一个额外的好处,那就是大多数“产品业务”可以从服务营销者那里学到很多东西,因为随着产品进入产品生命周期的成熟阶段,产品业务通常会越来越重视服务的提供。

企业市场服务的特点

我们认为提供一个区分服务和商品的架构是有用的。传统上认为服务具有四个特点:不可感知性(服务在购买之前不能被看到、尝到、触摸到、听到或闻到);差异性(服务的质量取决于服务的提供者及其与顾客的互动);不可分离性(服务通常不能和提供者分离);不可储存性(大多数服务不能被保存供以后使用或出售)。从这个视角来看,企业市场服务的范围非常广泛,从包括维修、技术支持、培训、监督监控、安装和工程服务的产品售后服务,到涉及IT 运作、生产和设备管理等极其复杂的外包项目,再到管理咨询和银行投资

① Donald Cowell, The Marketing of Services (London: Heinemann Professional Publishing, 1984), 73.

② Philip Kotler, *Marketing Management: Analysis, Planning, Implementation and Control*, 11th ed. (Englewood Cliffs, NJ: Prentice-Hall, Inc., 2003), 200.

服务,以及高级管理人员的教育和培训这样难以把握的领域。

- 不可感知性。在很多情况下,顾客在服务发生前无法评价服务的好坏。例如,人们有时指责管理咨询师们"放烟雾弹",因为他们无法提供确凿的证据证明顾客将要购买的服务确实如预期的那样。显然,要克服这个缺陷,服务提供者的信誉至关重要。有句经典的口号是:"没人因购买 IBM 产品而被解雇。"这也适用于著名的麦肯锡公司提供的管理咨询服务。产品化是解决这个问题的另一种方法。产品化原本是软件业出于担心不能生产足够优秀的软件而新造的一个词。现在软件供应商高度重视顾客的需求,为顾客提供的是一个完整的包括高质量的程序说明书、培训和服务的软件包。产品化的核心就是以打包的方式提供有用的性能。同样,如果佐以使用说明书和以前所获成功的证据等,无形的服务也可以变得更有形,从而也更易于理解。
- 差异性。如果说产品的开发和组装一般是在公司内部由质检人员监督进行的,那么服务则往往在远离公司办公室的地方,有时是在客户的设施内,在客户的直接或间接参与下提供的。因此,某些企业对企业的服务高度依赖顾客对流程的参与,并要求顾客的深度参与。例如,中国最大的财务软件提供商之一用友软件(UFIDA)花费了两年时间帮助日立(中国)公司建立企业资源规划系统。① 因为其顶级管理人员要求客户深度参与到创造和交付的过程中,以确保服务取得成功,这项工作也可以以战略管理工作坊的形式进行。在另一些时候,如营销调研或制定税务方案时,客户只需在最初和最后阶段参与。无论哪种情况,为确保提供的服务达到预期的水平,对服务人员的培训变得非常重要。
- 不可分离性。大多数服务的提供和消费是同时进行的。因此,服务提供者和客户的互动非常关键。对提供服务的人员进行培训,提高他们的服务质量以及与客户互动的技能,这对于确保服务的成功是非常必要的。
- 不可储存性。对很多服务来说,很关键的一点是公司无法储存服务。正如我们将在第十章讨论到的,有些在因特网上提供的服务实际上一直被保存到交付给顾客为止。但是,在大多数情况下(例如:维修服务、管理咨询等),不管使用与否,公司必须一直保持提供服务的能力,而且管理这种能力是非常重要的。要达到服务能力的最优化,服务提供者必须准确预测顾客的需求,并且与顾客密切地合作。要解决这个问题,可以使用某些策

① http://www.ufsoft.com.cn/show/dispcase.asp?cid=6614&kid=002006.

略来改变需求。例如,可以用差异化定价来刺激“非高峰时间”的服务需求。从提供服务的角度来说,使用兼职雇员也有助于解决这个问题。

在有些情况下,其他顾客的参与也可使服务增值。试以哈佛商学院、瑞士国际管理发展学院或中欧国际商学院的高级管理发展项目为例。当然,这种项目本身因其有趣且见解深刻的课程而具有价值。但是,与资深教授的授课同样重要,甚至更为重要的是,参加这个项目的各大公司高级管理人员可以相互交流思想和见解。① 同样,A·C·尼尔森(A. C. Nielsen)调查组织提供的服务也经常高度依赖客户竞争对手的参与,以便作出最佳比较。

服务特点对营销的启示

对于新加入一家服务公司的经理们来说,若能首先觉察到服务人员与客户接触的强度和深度,则表明他们的洞察力强。与商品销售人员不同,专职服务人员提供的不是静止的物体,他们在行为上的差异更不容易被预计和控制。此外,在服务中,员工和顾客接触的强度很大,顾客与员工打交道的经历,以及顾客对员工的服务态度、能力和个性的看法都直接影响到服务的质量。因此,关注员工的招收、配置、发展、动机和冲突处理能力在服务业中都是非常重要的;当然这些方面对其他业务也很重要,但它们在服务业的作用决不能低估。② 如图 8.1 所示,显然人的因素对于公司的战略起着核心作用。③

图 8.1 的模型显示服务营销战略必须以组织目标为出发点。在有些公司,服务是核心业务,而在另一些公司,服务可有助于加强核心产品战略的差异性。④ 因此,这些公司可能会放弃单纯追求服务利润的最大化,甚至愿意提供免费的服务,如客户支持或技术支持,从而在产品上实现盈利。⑤ 和所有营销一样,服务营销必须是由客户需求所推动的。因此,市场细分和客户需求、

---

① Michael D. Hartline, James G. Maxham III and Daryl O. McKee, “Corridors of Influence in the dissemination of Customer-Oriented Strategy to Customer Contact Service Employees”, *Journal of Marketing* (April 2000): 35 - 50.

② Scott Ward, Larry Light and Jonathan Goldstine, “What High-Tech Managers Need to Know About Brands”, *Harvard Business Review* 75 (July/August 1999): 85 - 95.

③ Cowell, *The Marketing of Services*: 110.

④ Valerie A. Zeitham and Mary Jo Bitner, *Service Marketing: Integrating Customer Focus Across the Firm*, 3rd ed. (Boston: McGraw-Hill Irwin, 2003), 2.

⑤ Joseph P. Guiltinan, “The Price Bundling of Services: A Normative Framework”, *Journal of Marketing* 51 (April 1987): 74.

客户关注点(即客户最关心的是什么)一样至关重要。①

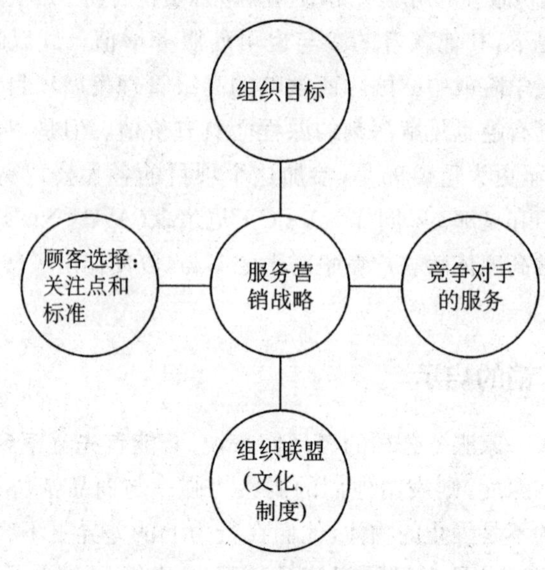

图 8.1 服务营销战略架构

图 8.2 显示的是其他的启示。在 A1 象限中,所需求的服务是市场上标准化的服务,存在竞争且利润率低。在 A2 象限中,顾客的需求超出标准化服务,而且要求一定程度的服务定制。虽然顾客并没感觉服务上的变化,但是

对顾客核心业务的重要性	低	高
高	顾客界定的质量决定服务质量(通过灵活性和顺应性创造的价值) A2	和客户正在进行的协作发展 A4
低	与市场标准的顺应性 A1	我们(商户)对质量规范的定义 A3
	客户对外来服务复杂性的感知	

图 8.2 细分识别架构

① Joseph P. Guiltinan, "The Price Bundling of Services: A Normative Framework", *Journal of Marketing 51* (April 1987): 74.

对公司来说，这些服务起着关键的作用。因此，关系管理和信誉通常为供应商创造更高的利润率。对于那些被看成是复杂但不是关键性的服务（象限 A3 所示），虽然没有竞争，但是顾客的购买意愿受到一定限制。在象限 A4 中，服务的重要性以及被感知到的复杂性一般会使得价格对顾客而言不那么重要。

正如第六章讨论的那样，顾客细分市场需求的不同也要求有不同的决策过程。这种不同促使一个专门进行设备管理的欧洲公司进行了广泛的市场调研，以更好地理解设备服务外包的决定是否合理。如图 8.3 所示，外包的两个主要动机是减少对员工的依赖和降低成本。①

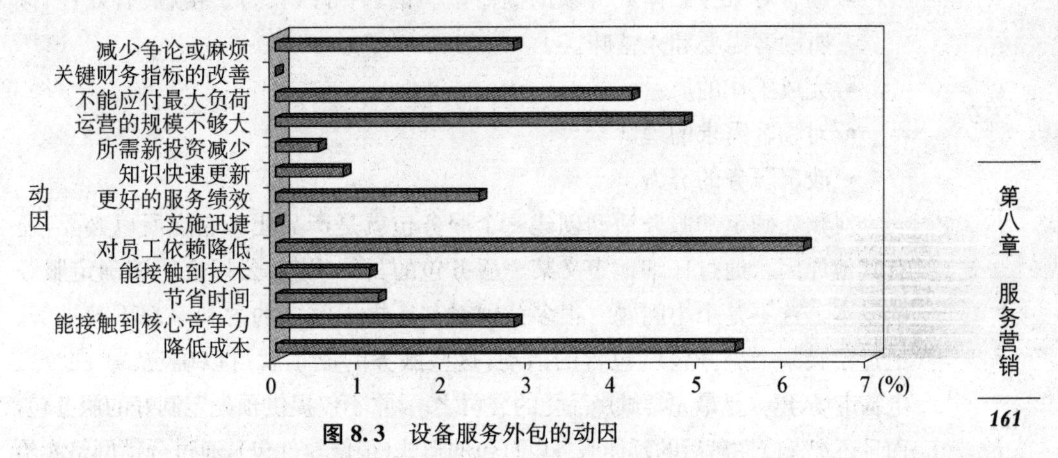

图 8.3　设备服务外包的动因

资料来源：Martin Fog, Mikkel Skov and Per Jenster, "Integration of Internettet i Firmatets Forretningsstrategy; Teoretiske og Praktiske Vurderinger fra en Industriel Virksomhed", *Ledelse og Erhvervsøkonomi* 63.3 (September 1999): 191.

服务产品化

近年来，产品化一词在软件业得到使用。因为担心没有足够的优秀软件，软件供应商们现在非常关注顾客的需求，为顾客提供一个包括高质量的使用说明书、培训和服务的软件包。产品化的核心是以均衡的软件包的形式提供有用的性能。从本质上来看，产品化是从"附加产品"这个概念发展而来的，这个概念认识到顾客感兴趣的不仅是产品的物理属性。把附加产品的概念运用到服务中，即所谓的"产品化"。

---

① Martin Fog, Mikkel Skov and Per Jenster, "Integration af Internettet i Firmatets Forretningsstrategy; Teoretiske og Praktiske Vurderinger fra en Industriel Virksomhed", *Ledelse og Erhvervsøkonomi* 63,3 (September 1999): 191.

在与商业组织打交道时，我们常常会看到非均质性带来的挑战和管理交货质量带来的挑战。因为很难把产品和服务相分离，所以要确保给顾客提供的是预先定义好的服务就会面临挑战。当提供的服务涉及大量员工且经常和顾客的企业有密切互动时，要保证管理服务质量和服务水平都有相当大的难度。①这两个概念有什么意义呢？服务水平指的是服务中投入了多少活动。服务质量则是对实际交付的服务水平的感觉经验。如图8.2所示，服务水平和提供的功能性有关，从一个象限到另一个象限有显著的差别。服务质量指的是客户感觉到的经验和标准。这些标准包括：

- 顾客对服务总体或分项的满意度。诸如：订购、易于接触、有效性、倾听顾客需要和人情味。
- 完成工作的质量。
- 对顾客需求的理解。
- 改善服务的努力。

对预先确定的服务活动创建一个服务包就是产品化。它之所以必要，还有其他原因。通过仔细地定义某个服务包的具体规范，公司也能够确定服务的成本。这不是个小问题。很多公司对其所提供服务的盈利率都不甚了解。通过定义某个服务包所包含的活动，这些服务的成本就可以确定。② 在个人电脑市场，惠普是最先尝试产品化的公司之一，它不仅提供预先定制好的服务包，而且还把保修期满后的延伸服务以打包的形式(很像软件包)，通过分销网络卖给中小企业。③

示例8.1　免费样品的处理

一个为食品和调料品行业生产专业化学品的国际公司一直为其技术支持和免费样品提供战略而苦恼。该公司发现有些顾客实际上是在定购免费样品，而且这些样品在很大程度上满足了客户的实际需求。后来公司改变了策略，对其顾客进行细分，并向评为“C”和“D”级的客户提供收费的样品。如果这些客户订购一定量的样品，公司将对客户样品的缴费情况进行信用评估。

---

① William H. Davidow and Bro Uttal, “Service Companies: Focus or Falter”, *Harvard Business Review* 67 (July/August 1989): 84.

② Valerie A. Zeithaml, A. Farasuramen and Leonard R. Berry, “Problems and Strategies in Services Marketing”, *Journal of Marketing* 49 (spring 1985): 34.

③ Diane Lynn Kastiel, “Service and Support: High-Tech's New Battleground”, *Business Marketing* 73 (June 1987): 66.

不是所有的顾客都在寻求标准的服务。对有些如处在 A2 和 A4 象限里的顾客来说,最重要的是满足他们的具体需要。如果不采用模块提示的方法进行内部管理的话,这种服务的管理难度将会非常大。即使一个公司只是为有特殊需要的客户进行合同调研,也必须使用基础板块,即某个项目的成本结构。投资银行和管理咨询公司也是如此。

示例 8.2 售后服务

一个固定式压缩机的分销商提出,在产品保修期满后有三种水平的售后服务:

(1) 基本服务。公司车间里的维护和修理,客户把压缩机送到车间,并在修好后取走。修理时间为 8 天之内。

(2) 银质服务。随叫随到的技术服务。技术服务工程师为客户上门解决问题。答复时间为 48 小时之内。

(3) 金质服务。技术服务人员会在 6 小时之内就作出回应。服务包还包括一个预防性的维护服务合同。根据合同,技术支持人员保证产品的运行时间超过 99.6%。

这三种水平的服务在价格上差异很大。

无论是提供标准服务还是定制服务,营销队伍必须为具体的顾客或顾客群选择相关的服务。图 8.4 所示的服务提供模式是一个有用的工具。

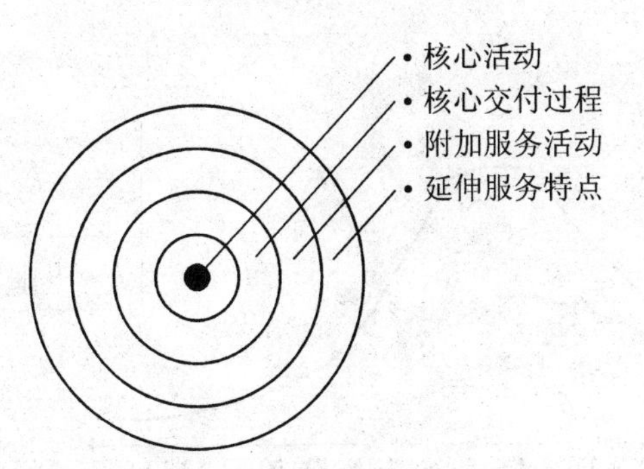

图 8.4 服务提供模式

位于图 8.4 核心的是基本服务,它可以被认为是为了某项商业活动必须完成的最基本的活动。围绕核心的是必要的交付和内部流程。附加服务活动指的是不属于核心活动,但可以创造差异性的额外服务。对于一个法务办公室来说,这可能包括每季度为顾客更新有关法律变化的信息。最后,延伸服务是指那些可以提高公司信誉从而创立独特的品牌资产的活动。这个模式也可用于界定涉及有形产品的服务，但是，像培训、技术支持、客户服务和物流服务等服务通常都是附加在有形产品上的。

服务数字化

我们在前文提到过某些服务的不可储存性所带来的挑战。应对这一挑战的方法之一就是自动化和数字化。对很多产品来说，网上诊断已经是标准化的做法，这不仅涉及IT设备，也涉及其他产品，从造纸机到卡车，都可用遥控诊断。安永会计师事务所(Ernst & Young)创立了安永在线为客户提供网上服务和信息，大多数服务都已数字化，可以实现实时接触和交付。

售后服务

很多生产型公司日益认识到产品销售后还可以赚钱，而且利润率通常高于最初销售的产品。生产冷却系统、电梯和卡车(都是耐用品)的厂家发现，设计、安装、维护和维修服务的收入是公司总收入的一个重要部分。对某些市场来说，对这些方面的需求是原来产品销售市场的四到五倍。[①] 图 8.5 显

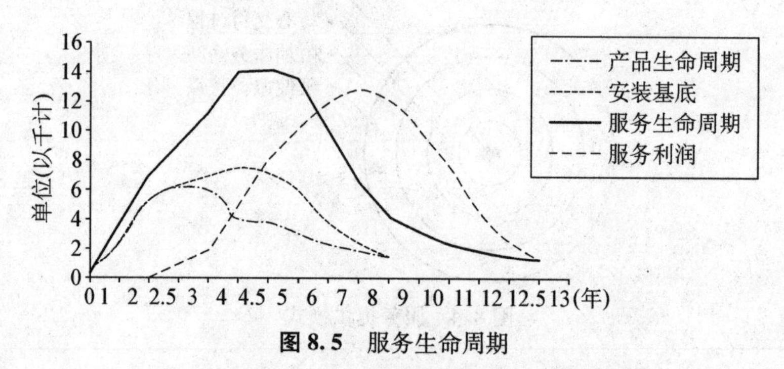

图 8.5 服务生命周期

资料来源：Reprinted by permission of *Harvard Business Review*. From George. W. Potts, *Harvard Business Review* (September-October 1998), 33. Copyright © 1988 by the Harvard Business School Publishing Corporation, all rights reserved.

① George W. Potts, "Exploit your Product's Service Life Cycle", *Harvard Business Review* (September-October, 1998): 32 - 33.

示的是服务生命周期和对这个潜在收益市场的开发情况。但是很多公司往往忽视了这个机会而造成浪费。导致这种服务价值不能得到充分开发的原因通常包括：欠周全的服务营销计划、人手匮乏，或是人员、系统和组织能力不佳。①

首先，管理层应该专注于界定什么是正确的服务，而不是只对顾客提出的零件和服务的要求作出反应。与公司接近产品市场时必须做的事情相似，营销部门必须仔细地细分客户群，考虑到不同的需要和支付服务的能力。无论把顾客划分为“基本需要型”、“躲避风险型”，还是“牵手型”，都只是举例说明提供的服务如何因不同的顾客群而不同。② 图 8.6 显示的是如何弥补销售收入的损失。

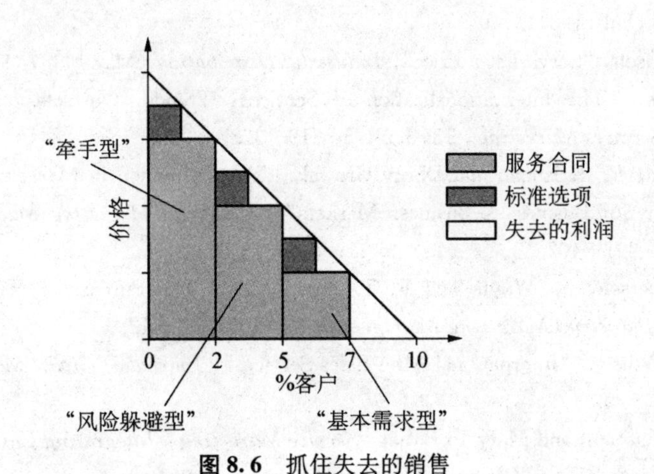

图 8.6 抓住失去的销售

资料来源：Russell G. Bundschuh and Theordore M. Dezvane, “How to Make After-Sales Services Pay Off”, *The Mckinsey Quarterly*, 4(2003): 3. Reprinted by permission of McKinsey & Company, lnc.

小结

所有的商品和服务都由一个核心要素构成，周围围绕着大量可选择的要素。如果首先考虑核心服务产品，我们可以依据其可感知性和顾客需要以实物方式呈现的程度把它们分为三大类。可感知的服务质量有两个因素：技术

---

① George W. Potts, “Exploit your Product's Service Life Cycle”, *Harvard Business Review* (September-October, 1998): 36.

② Russell G. Bundschuh and Theodore M. Dezvane, “How to make after-sales services pay off”, *McKinsey Quarterly* 4(2003).

因素和功能因素。服务过程中的技术质量通常是良好服务质量的前提，技术质量必须达到可以接受的水平。售后服务可以给产品增值，而且通常被看做是构成产品所必须的一部分。

延伸阅读

Donald Cowell, *The Marketing of Services* (London: Heinemann Professional Publishing, 1984).

Christian Gronroos, "Relationship Marketing: Strategic and Tactical Implications", *Management Decision* 34, no. 3(1996): 5-14.

Philip Kotler and Paul N. Blood, *Marketing Professional Services* (Upper Saddle River, NJ: Prentice Hall, 1984).

John R. Johnson, "Service at a Price", *Industrial Distribution* (May 1998): 91-94.

Saeed Samiee, "The Internationalization of Services: Trends, Obstacles and Issues", *Journal of Services Marketing*, 13, no. 4/5: 319-328.

Arun Sharma, R. Krishnan and Dhruv Grewal, "Value Creation in Markets: A Critical Area of Focus for Business-to-Business Markets", *Industrial Marketing Management* 30 (June 2001): 391-402.

Stefan Stremersch, S. Wuyts and R. T. Frambach, "The Purchasing of Full-Service Contracts", *Industrial Marketing Management* 30 (2001): 1-12.

Timothy L. Wilson, "International After-Sales Services", *Journal of Global Marketing* 13, no. 1(1999): 5-27.

Valerie A. Zeithaml and Mary Jo Bitner, *Service Marketing: Integrating Customer Focus Across the Firm*, 3rd ed. (Boston: McGraw-Hill Irwin, 2003).

第九章

企业市场的定价战略

在营销决策中没有多少决策像定价这样看似简单。与其他营销决策相比，定价的决策可以快速作出并立即执行，而且在很多人看来，定价只是在很容易确定的成本之上“合理”加价。事实上，定价决策是营销者面对的最复杂的决策之一。定价对销售量和销售收入有着最直接的影响，因此它对利润也经常会有出乎意料的影响。因为顾客所付的价格将反映顾客对产品或服务价值的感知，所以其他所有的营销决策都是伴随着定价决策制定的。也就是说，公司为其产品或服务所确定的价格应该代表公司对于提供给某个目标市场的产品或服务价值的看法，因此应该考虑到诸多因素，如：顾客可以得到的所有有形和无形的利益，如何使顾客容易得到产品，销售队伍如何使产品增值。最重要的是，公司对竞争产品的评估。最后，就成本对公司价格的影响而言，成本其实是很难确定的，而且在成本基础上加价多少算是“合理”也没有定论。

本章将回顾企业市场上制定和实施价格政策时所要考虑的因素。

经济学家对价格的看法

所有经济学教材都对价格有广泛的论述，所以我们认为有必要在这个话题上区分经济学家和市场营销人员的观点。对经济学家来说，价格对资源的竞争起着重要的分配作用。因此，经济学理论关注的是价格机制如何运作以配置资源，从而达到最佳的生产水平和产品结构。在研究定价机制时，经济学家的主要目的是回答诸如“什么决定各种商品的价格”之类的问题。隐含在他们研究背后的要求是，对需求曲线、边际成本曲线和边际收益曲线作出简单明了的假设。

一般认为，经济学理论最擅长解释存在所谓完全竞争的市场（即存在数量众多的买家和卖家，且产品基本上相似的市场）的定价问题。正是在这种具有完全竞争特点的市场上，我们可以看到熟悉的向上的供应曲线和同样熟悉的向下的需求曲线，两条曲线的交叉点就是价格。在只有一个供应商的垄断市场，我们看到利润最大化价格由处于公司边际成本和边际收益曲线相交点的销售量决定。但是，我们必须认识到，无论哪种情况，需求曲线、边际成本曲线和边际收益曲线这些众所周知的概念决定了在具体情况下只有一个正确的或最佳的价格。这在营销决策中是很少见的。

经济学理论在解释寡头垄断市场的定价问题上则不那么成功。寡头垄断市场指的是市场上只有少数几个竞争者，相互知根知底，并且不断地寻求产品性能、优质服务或人际关系的差异化，顾客的数量也相对较少，他们通过和供应商的积极协商或设计自己的采购政策来获得最理想的价格。有关这个市场的理论，如：张伯伦模型（Chamberlin model）、拐折的需求曲线（kinked demand curve）、博弈论（Game Theory），要么不足为信，要么由于它们严格的假定而局限非常大。[①] 但是，正是在这种寡头垄断市场上，大多数公司希望获得顾客的青睐、竞争优势和市场份额。因此，企业营销者在定价决策过程中必须了解经济学理论以外的东西。

营销人士对价格的看法

总之，无论是供应曲线和需求曲线的交叉点，还是边际成本曲线和边际收益曲线的交叉点，在经济学家眼里价格是一个固定的点。与此形成鲜明对比的是，营销学者把价格看做是在一个机会范围内的区域，这个区域由公司成本的 3C[竞争对手（competitors）、顾客（customers）和成本（costs）]所决定，即成本、顾客的价值认知和竞争对手同类产品或服务的价格（见图 9.1）。

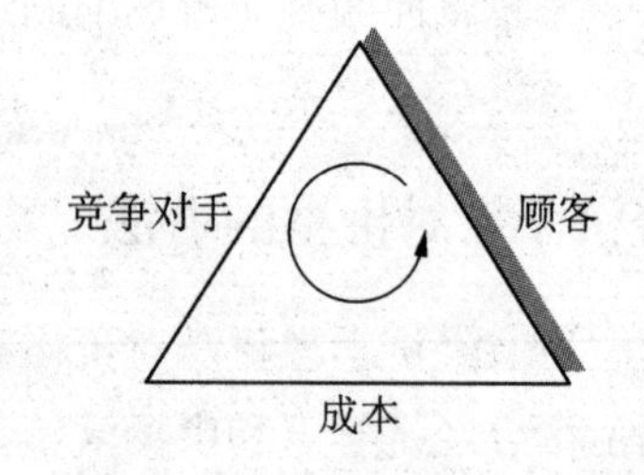

图 9.1 定价决策的机会范围

① 对寡头垄断价格的详尽论述参见 Ralph G. M. Sultan, *Pricing in the Electrical Oligopoly: Competition or Collusion*, Vol. 1 - 2 (Boston: Harvard University Press, 1974)。

如果是新产品，或者和竞争对手的产品有很大差异的产品，这个范围就会很广，给营销人士相当大的定价灵活性。在另外一些情况下，如成熟产品或产品差异化很小的产品，其定价的灵活性则很小。但是，即使在这些情况下，选择细分市场的机会还是存在的，这给定价带来更大的自由度。

3C中每一个因素对定价决策的影响各不相同。对成熟产品来说，竞争对手的价格可能是最主要的决定因素，公司所决定的价格都是从竞争角度出发的，要么给予额外溢价，要么制定更低的价格。对处于产品生命周期引入期的新产品而言，内在的顾客价值和成本的预期表现是价格的主要决定因素。

在3C之外，大多数营销人员必须在公司有关定价政策的总体目标背景下作出定价决策。公司的最终目标当然是获得利润，但是给营销人员下达的利润目标则可以有不同的形式。在一些小公司，利润目标可能是投资回报或销售回报。在另一些公司，利润目标可能是预期总利润，即除掉营销费用后的净利润。而且除了利润外还有其他目标，如获得或保持市场份额、规避政府的反托拉斯行动、把其他产品或服务的品牌同质化降到最低、阻止竞争对手的攻击，或开拓新市场。

在下一节，我们将首先讨论3C因素，然后讨论与定价决策和定价目标有关的其他因素。

公司的成本

成本显然是定价决策中一个主要的考虑因素。尽管很少有公司完全依赖成本定价，但是成本是利润的主要决定因素，并为定价设立了一个明确的最低限。首先我们有必要区分固定成本、半固定成本和可变成本。固定成本是指不根据生产量变动的成本，包括工厂、设备、长期租赁或长期债务的利息。半固定成本指的是不根据生产量变动，但可在短期内因管理决策而变动的成本，包括销售队伍的工资，或其他一般管理费用、研发费用，或广告投入费用。可变成本指的是直接根据生产量而变动的成本，包括原材料、直接生产劳动力、运输费和销售人员的佣金。

在定价决策中，成本有很多关键方面需要考虑。首先，没有多少公司会在固定成本上追加投资，因为这些成本不能在一定时间内收回。做到盈亏平衡是必须的，但是没有多少公司满足于此。因此，价格不仅应该覆盖可变成本，而且必须超出一定的量以便总贡献量（收益减去可变成本）可以覆盖所有的固定成本，并且还能获得一定的利润、研发经费或投资其他机会的资本。其次，更没有多少公司会把价格定得低于可变成本。因此，一个公司的可变成本成为了定价的底线。另外，我们必须认识到，“总成本”这个术语只有对应一个具体的量才有意义。[1]

图 9.2 表示的是一张熟悉的盈亏平衡图，从图中我们可看到这些关系。一个关键的概念是单位贡献毛利，即每个单位收益和每个单位可变成本之差。总成本除以单位贡献毛利即可算出盈亏平衡量，即收益等于总成本。图 9.2 显示的是像目标投资收益那样预期毛利保持恒定的情况。这里所指的销量是收益等于总成本加上预期毛利。尽管大部分公司会避免把价格定得低于总成本，但有时这种定价可以获得正的边际贡献，即使还不能完全覆盖固定成本。

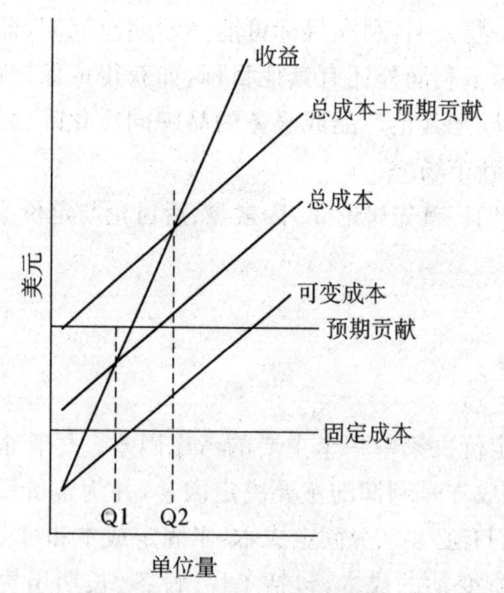

Q1＝盈亏平衡销量＝固定成本/边际贡献
Q2＝预期贡献销量＝(固定成本＋预期贡献)/边际贡献

图 9.2 盈亏平衡分析

固定成本与可变成本的关系是定价的一个重要方面。在固定成本高的行业里(如：化工业或造纸业)，企业必须有高边际贡献来覆盖固定成本。在

① Philip Kotler, *Marketing Management*: *Analysis*, *Planning*, *Implementation and Control*, 11th ed. (Englewood Cliffs, NJ: Prentice Hall, Inc., 2003), 478.

经济放缓时，企业的固定生产能力大大超过行业需求，企业为了保证至少经常性地获得边际贡献，而承受巨大的压力去获取订单，从而导致价格大战，但就算是大幅度的降价也仍要保证价格不低于可变成本。另一方面，在固定成本低的行业里（如：以人员成本为主的大多数服务业），公司面对的不惜一切代价获取订单的压力较小，所以公司更有可能通过减少人员或其他可变成本来应对经济放缓。

对大多数公司来说，可变成本不仅涉及经济规模，而且会随着生产经验的积累下降。对有些公司而言，这种经验曲线效应如此之大，以至于成为了价格政策的一个关键决定因素。[①] 例如，在半导体业，经验曲线效应可达到25%（即累积量每翻一倍，可变成本下降25%），行业观察人士注意到德州仪器公司以非常低的价格引入产品，因为该公司预计未来的成本会因低价刺激的销售量而进一步降低。这种形式的渗入战略不仅刺激了对产品的需求，也使得公司能够抢先奠定一个高市场份额地位。我们将对此作详细介绍。很多日本公司采取另一种形式的渗入战略，它们先估计生产达到预期量时的一个目标价格，然后逆向亏本生产产品直至扭亏为盈，这也会产生一个可接受的贡献。

最后，我们应该注意到财会方法对成本的影响，尤其在涉及资产折旧、存货估价和固定资产估价的情况下。当固定成本包含折旧成分时，折旧的加速进程会使得成本增加。使用LIFO（后进先出）方法计算存货的公司会比使用FIFO（先进先出）的公司显示更高的可变成本。在有些情况下，公司会要求其业务单位按照重置成本，而不是历史成本为资产估价，这会导致更高的折旧费，因而提高了固定成本。因此，运用比较保守的财会方法作为定价决策基础的公司与不那么保守的公司之间会有很大差异。

公司的顾客

对于企业营销人士来说，定价最突出的一个特点就是顾客不是交换过程中被动的物体，而是一些专业人士，他们会仔细分析公司提供的产品或服务的内在价值，以及和竞争对手相比的相对价值，比较自制和购买的可能性，并制定一系列战略，通过最低价买入产品或服务以实现价值最大化。即便如

---

① George S. Day and David B. Montgomery, "Diagnosing the Experience Curve", *Journal of Marketing* 47 (spring 1983): 44 - 58.

此，我们还必须认识到买家之间也存在很大的差异，价格在购买决定中的重要性也是因人而异的。

这种对价格重视程度的不同来源于两方面。首先，各个公司对价格本身的重视程度各不相同。有些公司会把它们的目标定为获得一个在买方和卖方看来都“合理的”价格。在多个供应商竞争的情况下，这些公司通常会要求供应商报价或投标，并且依靠投标过程来确保公正性。当只有一个供应商时，如在满足即时生产体制的情况下，买方会要求供应商提供成本信息以衡量某个价格是否合理，而“合理性”本身又是颇具争议的问题，涉及成本核算和边际利润。还有少数买方可能会直接满足于供应商的价格，即使这个价格对供应商更有利。

其次，买方公司对于产品或服务的性能和特色的要求也各不相同。例如，杜邦公司意识到买方的这种差异，因此在提供某一种化学品时设置了两种水平：标准水平和优质水平。后者包括提供一些额外的利益，如产品杂质更少、交付更迅速、客户服务更好，等等。对此，杜邦公司在标准水平基础之上加收5%的费用。①

公司的竞争对手

制定定价决策时必须考虑已有的竞争对手。如果是新产品，则应考虑潜在竞争对手的存在。对于已经存在竞争对手的成熟产品，公司定价的灵活性将取决于顾客对公司与竞争对手之间产品差异的感知。这种结合了顾客价格感知的定价灵活性可用图9.3表示。

与竞争对手产品的差别 \ 顾客的价格感知	低	中	高
差别大	非常大	比较大	有一些
差别适中	比较大	有一些	几乎没有
无差别	没有	没有	没有

图9.3 竞争市场的定价灵活性

① Robin Cooper and W. Bruce Chew, “Control Tomorrow’s Costs Through Today’s Designs”, *Harvard Business Review* 74 (January/February 1996): 88-97.

如果公司具有很大的竞争优势且很多顾客不太在乎价格，那么该公司可以选择高价战略。在执行这种战略时，最关键的是销售队伍要找准正确的客户，而且有效地宣传公司产品或服务本身包含的额外价值。但不可避免的是，有一部分顾客会对价格越来越敏感，或者销售人员不能让顾客充分地相信这个额外的价值，或者随着产量的增加足以把价格降到和竞争对手持平甚至更低。在这种情况下，公司不得不放弃高价政策，按照价格敏感度来细分市场。

现有竞争者彼此之间至少都有一定的了解，它们的存在还会带来其他的议题。例如，在一个寡头垄断行业，总体价格水平是如何确立、上升或下降的？我们发现，在很多行业，价格领袖通常是那些规模大、信誉好、有经验的公司，它们在决定这个行业的总体价格水平上起着主导的作用。在有些情况下，价格领袖可能首先调价，然后行业里的其他公司都跟着调价。更普遍的情况是，在降价时，往往首先降价的是小公司，但是只有价格领袖的行动才能最终使新价格合理化。

这些举措造成的价格动态是复杂的。需求上升可能会带来提高行业价格的机会，但有些公司为了提高市场份额而选择放弃涨价。同样，成本上涨也会使公司面临把增加的成本转嫁给消费者的压力，但是，有些公司也会为了提高市场份额而放弃涨价。因此，价格领袖的角色也是当之不易的。带头涨价可能会使公司失去很大的市场份额，而带头降价又可能导致公司收益的减少，而且如果竞争对手很快跟进的话，市场份额也不会明显提高。尽管有这些困难，寡头垄断行业还是倾向于寻找这样的价格领袖企业发挥稳定价格的作用。

对很多公司来说，一个关键的议题是，当竞争对手试图通过出更低的价格抢夺公司的重要客户时，如何对此作出恰当的反应。当然，方法之一是采取和对手一样的降价举措。但是，在很多情况下，竞争对手出的价格是不会公开的，或者公司无法做到这个价格。因此，欧洲一家包装材料生产商在遇到类似情况时，很快对竞争对手的一位关键顾客开出了一个极低的价格。竞争对手如果效仿这个价格将承受巨大损失，否则就会失去相当一部分的生意，无论怎样都要承受一定的损失。当然，该公司试图通过这种报复阻止竞争对手将来再次发动威胁公司地位的攻击。①

① George E. Cressman Jr. and Thomas T. Nagle, “How to Manage an Aggressive Competitor”, *Business Horizons* 45 (March - April 2002): 23 - 30.

定价情况

公司在做定价决策时可能面临两种不同的情况。第一种是为引入的新产品定价，第二种是为现有产品定价。

新产品定价

我们在第七章已讨论过，新产品这个术语有很多含义。有些人用来指世界上全新的产品，有人用来描述公司的新产品，还有人用来指那些只是在原有基础上稍加改进的产品。本章所说的新产品指的是那些世界上从未有过的产品或者和现有产品明显不同，以至于有相当大的定价灵活性的产品。

对大多数新产品来说，它的机会范围是很广的。它的上限是至少部分顾客基于产品的价值而愿意支付的最高价格，下限通常接近可变成本。例如，当坎伯兰金属公司(Cumberland Metals)推出打桩机上用的卷曲金属垫时，它确定的价格上限是1 000美元，而下限是50美元。在机会范围的最高端定价被称为撇脂定价(skim pricing)，即单位贡献最大化。在很多情况下，高额定价会沿着顾客需求曲线而下滑，即当顾客群中认为产品最有价值的那部分人逐渐购买之后，价格会随之下降。个人电脑行业就是使用撇脂定价或下滑定价的一个经典例子。在最低端定价叫做渗透定价(penetration pricing)，目标是实现单位销量最大化，并建立领先的市场地位。

表9.1显示的是分别适用于撇脂价格和渗透价格的因素。撇脂法尤其适用于市场需求状况不确定或不明了的情况，公司具有强有力的专利地位，或者其他因素可以阻止对手的反应，而大规模的推广活动需要获得高额的边际贡献。公司价格沿着供求曲线下滑的速度由很多因素决定，主要是顾客需求和对手的反应。渗透法尤其适用于低价格会带来高需求的情况，随着销售量的增加，经验曲线效应会导致成本的迅速下降，过低的价格会阻止竞争者的进入，或至少帮助公司奠定市场份额的领导地位，从而奠定一个有利的成本地位。①

① Joel Dean, "Pricing Policies for New Products", *Harvard Business Review* 54 (November/December 1976): 151-152.

表 9.1　影响新产品定价的因素

撇脂定价法	渗透定价法
无弹性需求 需求不确定 强专利 需要推广资金 生产能力有限 增产幅度小 专利生产 全新的产品 没有多少替代品 价格/质量推论	有弹性需求 经验曲线效应 规模经济 增产幅度大 容易复制 没有"精英"细分市场

已有产品的定价

为已有产品定价不仅要考虑顾客需求，还要考虑竞争态势。这包括两个方面的考虑：第一，公司希望自己相对于竞争对手的价格处于什么样的地位？在这个问题上一般有三种选择，即高于、相等或低于对手。如图 9.3 所示，如果选择高于对手的价格，那么要考虑顾客对价格的在意程度和公司竞争优势的大小。如我们将在价值/质量/价格一节中讨论的那样，公司在考虑顾客对相对质量的感觉的同时，也要考虑把价格定得高于、等于或低于对手价格时的利润率。在有些情况下，即使公司具有竞争优势，但是采取竞争性的价格战略还是会对公司更为有利。

第二点要考虑的是行业价格水平和定价政策。在很多行业，价格水平和价格政策都是由价格领袖制定的或受到价格领袖的重大影响。苏尔丹(Sultan)基于他对电子产品业定价的里程碑式的研究，认为价格领袖可以选择某个定价战略并强加给对手。① 这种选择可以出于两个考虑。一个是供需关系随时间波动的模式，另一个是为不同交易单独定价。

在需求猛增或供应紧张时，价格领袖可以选择压力定价法来抵制希望市场价格快速上涨的心理诱惑。从本质上来说，价格领袖对于任何短期价格上调都起到了阻止作用，从而对其竞争对手造成价格-成本挤压，并阻止新竞争者进入。或者，价格领袖可以采用机会定价法，在生意好的时候提高价格以限制顾客产生的良好感觉和感受到的公平性。虽然机会定价可以使公司在

① Kotler, *Marketing Management: Analysis, Planning, Implementation and Control*, 260.

短期内增加利润，但是存在明显的风险，如：新竞争者的进入，现有竞争者受它们短期利润增长的刺激而采取更有攻击性的举措，以及消费者产生的负面印象，以至于未来可能失去消费者的惠顾。

在对单个交易定价时有两种方法可供选择。黄金标准定价指的是不考虑竞争状况，对所有顾客都采取相同报价的政策。多年来，这是 IBM 对其计算机主机和通用电气对涡轮发动机采取的典型定价政策。另一种方法是协商定价，这里指的是不同的交易可以根据具体的竞争态势和顾客的具体情况，包括顾客的议价能力而单独定价。黄金标准定价有一定的吸引力。它消除了竞争者和顾客对市场价格不确定性的疑虑，具有一定的公正性，因为它对所有的顾客一视同仁。协商定价也有它的好处。它可以给公司带来较高的利润，不像黄金标准定价那样可能造成公司在短期内失去市场地位。此外，大客户可能觉得应该享受优惠的价格待遇，而另一些对价格敏感的客户也希望有机会使用它们的协商技巧。

图 9.4 显示的是前文提到的各种因素的组合。不同的战略组合由不同的字母代替。A 战略包括黄金标准定价和压力定价，B 战略包括协商定价和压力定价，等等。价格领袖和跟随者的战略必须分开考虑。因此，A－B 意味着价格领袖采取黄金标准压力定价法，而跟随者采取的是协商压力定价法。无论是领袖还是跟随者，它们共同面对的问题是，如果有选择的话，哪种组合是切实可行的。

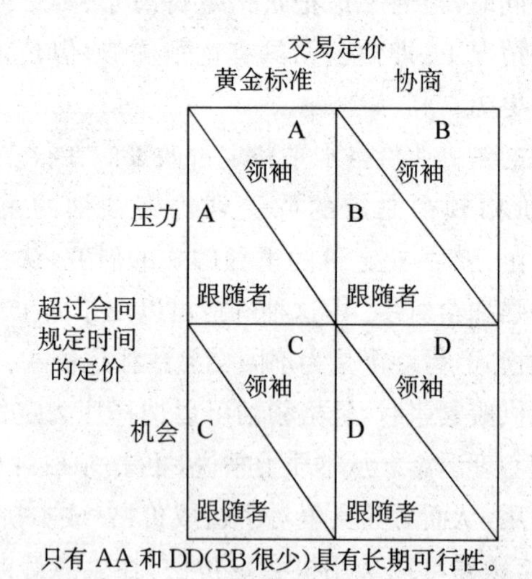

图 9.4　密集行业的价格领袖和跟随者的定价战略

资料来源：Reprinted by permission of *Harvard Business Review*. From "Pricing in the Electrical Oligopoly" by Ralph G. M. Sultan, Vo. 1 (Boston: Harvard University Press, 1974), pp. 329 – 333. Copyright © 1974 by the Harvard Business School Publishing Corporation, all rights reserved.

一般来说，价格领袖不能采取黄金标准定价，除非它的主要竞争对手也跟着采用这一政策。这意味着从长远来看，A－B，B－A，C－D或D－C都是不可行的。当然也有例外。在电脑主机业，IBM多年来一直采用黄金标准法，而RCA、霍尼韦尔、通用电气和其他竞争者则采用协商法。但是在多数行业，如果一个主要的竞争者采取协商定价法，那么其他所有公司都要采用这种方法。例如，在电子电度表生产商中，当一家厂商放弃黄金标准定价法时，其他所有厂商都转为协商法。第二条普遍法则是C－C不适合价格领袖，因为黄金标准定价法和机会定价法不兼容。第三条普遍法则是如果价格领袖执行压力定价，那么跟随者也必须采取同样的政策。因此，A－C、A－D、B－C和B－D一般也不可行。第四条普遍法则是如果领袖采取机会法，那么跟随者也会纷纷效仿。

因此，只有三种战略组合具有长期的可行性：A－A、B－B和D－D，而且事实上，这也是寡头垄断行业最常见的三种定价行为。但是，究竟选哪一种呢？使用B－B的例子很罕见，这可能是因为协商法的目的是为了获得最大利益，这与在有可能涨价的情况下而不涨价的哲学相互矛盾。所以，剩下的选择就是A－A和D－D。黄金-标准压力价格可预测性更高，因而使得长期规划更简单，而且可能会降低营销和其他成本，从而降低风险。但是，要想A－A组合收到成效，价格领袖必须愿意抵制偶尔偏离这个政策的诱惑，或者当跟随者偏离了黄金-标准政策时，领袖愿意采取攻击性的降价行动来加以阻止。在很多情况下，这样做对价格领袖来说，代价过于高昂。而且，协商机会定价也有它的优点。因此，D－D似乎是寡头垄断行业最可行的战略。

需求概念

我们熟悉的下滑的需求曲线表明如果价格降低，需求量就会增加。但是，正如我们前面已经介绍过的，企业市场的独特性就是衍生需求，即组织购买只是为了满足它们自己的顾客的需求。因此，价格对行业需求的影响和对个人消费者的需求截然不同。

行业需求

有些产品或服务与顾客生产的产品或服务的量直接相关。在这种情况下，需求从根本上取决于顾客需求的水平，而对某种产品或服务的行业需求或总需求不一定受价格的影响。例如，在汽车工业，汽车生产商所需消音器的数量取决于整个行业汽车的销售量。因为消音器价格只占整车价格的一小部分，所以其变动对于消音器的总需求没有任何影响。在这种情况下，对消音器行业需求的价格弹性接近于零。所以，对于全体消音器生产商来说，它们几乎没有什么动力去寻求降价。另一方面，在个人电脑业，存贮芯片是个人电脑总成本的一个重要部分，因此芯片价格的下降，如果能让利给消费者的话，将极大地影响行业需求。在这种情况下，对存储芯片需求的价格弹性就不是零，所有生产商可能都会对更低的价格颇感兴趣。

从长远来看，大宗产品的需求也与顾客生产的产品或服务的量有关。有些大宗商品可以使顾客的成本得到实质性的下降。例如，在早期的供电业，单位输出电价的降低和涡轮发动机效率的提高使得电厂能够降低电价，从而刺激了对电的需求，也因此刺激了对涡轮发动机的需求。在这种情况下，降低涡轮发动机的价格符合所有生产商的利益。但是，现在的涡轮发动机似乎已经达到了最佳功率，进一步提高其功率越来越难以实现。因此，对涡轮发动机的需求更有可能和其他大宗商品一样，由商业周期推动，大多数顾客都是为了扩张目的而购买的。

我们在前面介绍了准确估计需求的行业价格弹性的难度。但是，我们还是可以就需求是位于弹性区内还是非弹性区内作出判断。如果是前者，行业价格上涨会导致收益下降；如果是后者，那么行业价格上涨则会使得收益增加。这些判断对于确定一个行业的价格水平起着重要的作用，并能有效地影响对竞争对手价格举动的反应。

公司需求

尽管企业营销人士面临很多行业需求不具备价格弹性的情况，但是公司层面的需求几乎总是具有高度的交叉弹性，要么受到竞争对手价格的影响，要么受到替代材料价格的影响。对于与顾客生产的产品或服务的量直接相关的产品或服务，其价格直接关系到公司的利润。虽然对福特汽车公司来说，它不会因为消音器降价而提高购买量，但是如果沃克（Walker）的价格更低，那么福特会从沃克而不是海斯-奥尔滨（Hayes-Albion）购买更多的消音器。同样，汽车生产商也不会因为钢材价格的变动而增加或减少购买用于保险杠的钢材量。但是，同样可用做保险杠材料且具有很多优良性能的工程橡胶，它的价格对钢材购买量有重大影响。对于产品和服务的供应商来说，了解直接竞争产品和替代品在单个交易水平上的价格至关重要。

在很多情况下，大宗商品的购买和产出水平没有直接关联。相反，大宗商品主要是用于提高效率，从而保持或提高利润率，或者是替换过时或性能较差的设备。在这些情况下，购买的决定一般都是酌情作出的。在有些情况下，当顾客仔细分析成本、利益和购买对利润率的影响时，价格会变得很重要。在另一些情况下，买方主要考虑的是功能性而较少考虑价格，这在像医疗业这样几年内就能把成本增长转嫁给最终顾客的行业里尤其如此。

价值/质量/价格关系

企业市场人士主要考虑的是性能和价格的关系。例如，如果一个公司在产品性能或服务上优于竞争对手，它是应该制定一个溢价从而获得较高的边际利润，还是应该制定一个和竞争水平相当或更低的价格，从而有可能享受一个更大的市场份额呢？巴泽尔(Buzzell)和盖尔(Gale)利用战略与绩效分析数据库建立了一个相对质量、相对价格和价值的框架来解决这个问题。[①]我们在这里要强调的是，在战略与绩效分析概念里，相对质量反映的是一个公司产品和服务的所有属性(价格除外)与竞争对手相比带给顾客的感受。相对价格指的是公司相对其主要竞争对手(即同一市场上最大的竞争者)的价格水平。价值指的是相对价格与相对质量之比。

如图 9.5 所示，我们可以绘制一个可比的质量价格关系曲线。大多数公司都基本位于一条恒定价值曲线上，即无论处于溢价、平均价还是经济价位置上，提供的价值都是一样的。但是，有些公司却远离这条线，处于质优价低(价值较大)或质次价高(价值较小)的位置。在巴泽尔和盖尔看来，位于可比价值曲线上的供应品往往保持市场份额。位于溢价区的业务平均利润率最高。令人意外的是处于更好的价值地位(如质优价低)的业务也同样利润丰厚。显然，没有收取溢价所损失的利润通过较低的总成本得到补偿，而这个较低的总成本来源于市场份额的增大以及随之而来的营销成本的降低，这使得公司可以以低于溢价的价格提供优质的产品。

① Robert D. Buzzell and Bradley T. Gale, *The PIMS Principles: Linking Strategy to Performance* (New York: The Free Press, 1987).

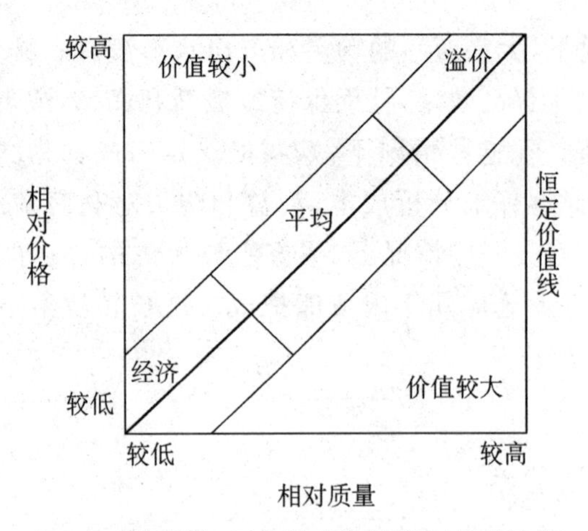

图 9.5　价值图：五种相对价格/相对质量地位

产品线定价

到目前为止，我们都是从公司只生产一种产品的角度讨论定价的。事实上，大多数公司提供的都是一组大小性能不同的相关产品或一组可以互相替代或补充的产品。因此，定价的目标是使这组产品的利润最大化。给产品线定价的基本方法与给单个产品的定价方法相同。需求或价值是制定价格的上限，而成本是下限。但是，我们也必须考虑很多其他因素。

需求的相互依赖

如果产品是互补的，那么产品往往会一起出售，所以销售量会很大。在这种情况下，可以给一种产品制定一个诱人的价格来促进其他产品的销售。例如，乐泰公司在给其速干胶的配置系统 Bond－A－Matic®定价时就考虑了这一点。该系统可用来配置金属、橡胶、塑料和其他生产材料的速干胶。

当产品可以互相替代时，对一种产品的定价必须确保不会影响另一个利润更高的产品的销售。在前面提到过的杜邦公司的例子中，它在确定其标准产品和高级产品的价格差异时必须考虑这一点。

成本的相互依赖

在很多情况下，当产品一起生产并在同一个产品线上销售时，计算的是联合成本。如果通过制定单个产品的价格来反映总成本的差异(即可变成本加上分配的固定或联合成本)可能会忽略不同产品面临的竞争差异，或该产品在公司营销战略中扮演的角色。当然，可变成本可以为价格制定一个下限。如果产品的定价达不到这个最低限，那它对整个产品线的贡献就值得怀疑。产品的价格能超过可变成本多少不仅取决于面临的竞争和产品的角色，还要考虑客户的需求和总产品线的利润。

大小或容量不同的产品

通常产品线是由不同规格和不同容量的产品组成的。例如，电动摩托生产商的产品线可以包括从 1 马力到 100 马力的摩托，或一个磁盘驱动器的生产商可以提供好几个不同存储量的款式。那么，如何处理产品线上各产品之间的关系呢？两个常见的方法分别是与产品的规格和容量成正比，或与产品成本成正比。这两个方法容易计算，道理也很明显，但都没有考虑竞争对手的产品情况和客户的需求，因此很可能错失重要的获利机会。

捆绑定价

在很多情况下，供应商把产品线上的产品捆绑定价对公司是有利的。捆绑定价可以以一个低于单个产品总价的价格提供一个产品的组合，或者可以把竞争优势较小的产品和竞争优势较大的产品捆绑在一起销售。是否进行捆绑取决于很多因素。有时客户会向供应商施压，要求拆开捆绑在一起的产品，因为它们不想买所有的产品或服务，如附加的培训或特殊应用辅助服务。在另外一些情况下，把具有较大竞争优势的产品和竞争优势较小的产品捆绑在一起，会给客户甚至管理结构留下负面的印象。美国司法部要求 IBM 把电脑主机和软件分开销售就是一个例子。

涉及分销商的定价

如果公司直接向客户销售，那么它对产品或服务的价格有完全的掌控权。如果涉及分销商或其他中间商，那么在定价的过程中必须考虑它们提供给客户的产品和服务价格。这牵涉到两个关键问题。首先，分销商的边际利润是多少？这反映了分销商的职能。在大多数情况下，某一特定类型产品的正常边际利润会随着时间而改变，以反映行业经验和竞争态势。例如，在美国的机床制造业，提供全套服务的分销商的边际利润在 7.5%～15%之间，具体数字视产品而定。

第二个很重要的问题是，生产商对分销商所售产品或服务的价格控制程度如何？在大多数工业化国家，纵向价格固定（即生产商和分销商就价格签订一个具体协议）是非法的。从理论上来说，分销商可以自由地制定任何价格，不用考虑通常的边际利润率。但实际上，生产商可以对分销商的价格施加相当大的影响。如果愿意的话，生产商可以要求分销商严格按照它提供的指导价来定价，而且这样做通常是合法的。不遵守这一规定的分销商往往被解约。

价格管理

在本节我们将讨论三个问题：(1)标价和净价；(2)折扣；(3)交易价。

出于很多原因，生产商可能公布的是价目单上的标价和打折表，而不是净价。在涉及分销商的情况下，这个标价意味着用户指导价。使用这种通常带有一定折扣的标价有利于价格变动，因为只需要改变折扣水平，而无需一个一个地改变产品的价格。使用这种价格也有利于提供数量折扣，这在企业营销实践中非常普遍。另外有传言显示，至少某些采购代理商喜欢这种标价加折扣的做法，因为他们可以把折扣说成是他们在采购过程中积极讨价还价的结果。

折扣还可用于很多其他方面。我们在前文已经讨论过，给分销商的功能折扣反映了分销商提供的服务水平，或生产商服务某一市场的成本。在一个特定行业里，提供有限服务的分销商，如只提供库存和销售，可能会得到 20％的折扣，而提供库存、销售和服务全套服务的分销商，可能会得到 23％～25％的折扣，或者按通常的表达方式，为 20％加 5％。大型初始设备生产商一般另外获得 5％的额外折扣，这既反映了它们的职能，又反映了购买量，通常表示为 20％加 5％再加 5％。在另一些情况下，折扣可能严格按照购买量来定。例如在钢材业，具体的折扣按照卡车载货量而定。

与标价和折扣密切相关的是付款条款。虽然很多产品都是按净价提供的，并规定一个付款时间（如付款期为 30 天），但是很多公司还是提供现金折扣（如付款期是 30 天，如果在成交后 10 天内付款，给予 2％的现金折扣）。制定什么样的付款条款需要考虑行业惯例和公司的具体情况。例如在季节性非常强的桌上型收音机行业，扬声器生产商通常给收音机生产商提供一个延长的付款条款。与此同时，磁铁供应商给扬声器生产商也提供一个延长的付款条款。出于统一所有客户付款条款的考虑，一个大磁铁供应商宣布对扬声器生产商也采取 30 天的付款条款。虽然这一新举措附带有一定程度的降价条件，但扬声器生产商仍然拒绝接受修改后的条款，因为它们无法在规定的时间内筹措到所需资金。

企业营销的性质决定了考虑产品和服务实际销售的交易价的重要性。如马恩(Marn)和罗谢洛(Rosiello)指出的那样,大多数公司每天面对的是成百上千的顾客和订单,每一个具体的定价决定都可能提高或损害公司的利润率。① 他们用“落袋价格”来指供应商在考虑了交易折扣、现金折扣、数量折扣、成交量奖励、协商折扣、推广支持补贴和运输费后获得的真实价格。他们发现,“落袋价格”带从电脑外围供应商的 70%,专业化学品公司的 200%,到扣件供应商的 500%,范围非常之广。有时,客户可以设法获得比实际成交量大得多的数量折扣。另一些时候,销售代理会滥用定价权。还有些情况下,客户没有及时付款仍可获得现金折扣。一般来说,管理层认为有利可图的客户可获得位于“落袋价格”带低端的价格,而管理层认为无利可图的客户则可能得到较高的价格。

马恩和罗谢洛认为,管理层在制定价格时应该了解他们称为“落袋价格”分析法中每个要素的价格敏感度,并对每个要素进行仔细的管理。“落袋价格”分析法尤其有利于制定合理而深思熟虑的价格政策和明确定价权威。②

特殊议题

在本节,我们将简单地讨论一些有关定价的特殊议题,包括跨国定价的议题。

密封投标

企业营销的一个特点是经常使用密封投标,即购买者要求正式的报价或投标,没有随后协商的机会。有些买家对于产品或服务有非常全面的具体要求,因此作出购买决定完全取决于价格。更常见的是,购买决定建立在“最低且最好的投标”基础之上,这意味着对产品或服务的某些属性要加以评估,并据此对投标价进行增减。在公共采购的情况下,通常的做法是公开所有的标书,让投标者有机会来决定各竞争产品的各个方面。在私人采购的情况下,

① Michael V. Marn and Robert L. Rosiello, “Managing Price, Gaining Profit”, *Harvard Business Review* (September/October 1992): 84 - 94.

② Michael V. Marn and Robert L. Rosiello, “Managing Price, Gaining Profit”, *Harvard Business Review* (September/October 1992): 84 - 94.

虽然做法各异，但通常很少公开竞争产品的情况。

无论哪种情况，确定价格都是富有挑战的。为此，专家们提出了很多模型来帮助定价，这些模型基本上都是建立在预期价值法基础之上的。我们可以用下列方程式来表示：

$$E(X)=P(X)Z(X)$$

其中 X＝投标价，Z(X)＝投标价的利润，P(X)＝以这个价格获利的可能性，E(X)＝投标的预期利润。该公式的假设是，投标价应该是能带来最大预期利润的价格。

实证表明这些模型的应用非常有限。在普遍采取封闭式投标的建筑业，一项对建筑公司的研究表明，不到 10％的受访者在准备标书时使用过统计投标模型、投资清偿表或概率模型。① 这反映了这些模型在使用上的诸多问题。概率估算非常主观，尤其在缺乏类似回报的长期统计数据时。很多利润之外的其他目标也可能影响投标价，诸如后续工作的前景、保持工作队伍的稳定、积压工作的多少，等等。此外，一次交易的投标价可能影响未来的交易价格，投标人可能会利用封闭式投标，尤其是公开的封闭式投标，来表达未来的定价意向。

鉴于个中操作的复杂性，投标价或报价的最后确定在很大程度上依赖管理者的经验和直觉。但是在合适的情况下，预期价值模型可以在这个决策过程中起到一定的辅助作用。

价格垄断

我们在前文讨论过寡头垄断市场中价格行为的特性和价格领袖的作用。在低需求时期，面对盈利压力，竞争对手往往采取某些咄咄逼人的举措来争夺订单，以获得至少高于可变成本的贡献，这时追随价格领袖而产生的价格稳定性很容易被打破。在很多行业，这种攻击性的定价导致了价格战，促使管理者寻求和竞争对手达成一致的价格水平，或寻求别的方法来消除价格竞争。在美国，这种协议违反了《谢尔曼反托拉斯法》(*Sherman Antitrust Act*)，在欧盟则违反了《罗马条约》(*Treaty of Rome*)第 85 条(《罗马条约》是奠定欧洲经济共同体的基础)。除此之外，大多数工业化国家都禁止这种协议，尤其

---

① Paul D. Boughton, "The Competitive Bidding Process: Beyond Probability Models", *Industrial Marketing Management* 16, no. 2 (May 1987): 87 - 94.

是那些阻碍、限制或扭曲竞争的协议。例如，德国有由联邦卡特尔管理局执行的反卡特尔立法，英国1980年通过的《竞争法》(*Competition Act*)授权公平交易总理事调查包括价格垄断在内的反竞争行为。

价格垄断与一个行业内追随价格领袖而产生的价格稳定之间有本质的差别。在美国，司法部一直很关注“自觉共处”这个现象。这个概念认为违反《谢尔曼反托拉斯法》不一定需要一个特定的协议来实现价格垄断，竞争者可以通过长期打交道而对定价形成一个共识，就像明显的合谋一样影响行业价格。因此，司法部经常要求公司中断那些有利于“自觉共处”的做法，如在短时间内，行业里所有的竞争者同时调价而且调价幅度一致。例如，商业报纸上宣布的铝价格的调整就被视为更多的是针对竞争对手，而不是给客户看的。司法部因此成功地说服主要生产商停止这种做法。另一些行动则更为严厉。例如在某个行业里，主要的竞争者被严令禁止公开价格，并被要求修改以前计算价格的方法，以确保所有的报价都是独立进行的。

世界各国对价格垄断的关注程度，以及什么样的做法算是违法都各不相同。例如，在瑞士，某些形式的价格协议仍是合法的。但是，企业营销人士应该充分理解并遵守反垄断法或有关竞争政策的规定。

出口定价

影响出口市场定价的因素和国内市场一样，即顾客感知价值、竞争对手的价格和公司的成本。对于初次进入国外市场的出口商来说，它们不太可能对客户和竞争者有深入的了解，因此它们更多地依靠成本来定价。如果使用这种方法定价，出口商首先确定国内生产成本，加上管理、研发、日常开支、货物发运费、经销商边际利润和自己的利润，按国内货币计算出整个交易的价值，或按现有汇率转换。当出口产品和当地的竞争产品有相同的出厂价时，如果出口国货币为强通货，那么它的用户价就会高出很多，从而导致销售量减少。另一方面，如果出口国货币较弱，那么实际用户价就会较低，从而导致盈利减少。

因此，出口价格的计算应该基于顾客感知价值和当地的竞争态势。对于首次出口商，很多资源可以帮助定价。例如，在美国，美国对外商业服务处(the U.S. Foreign and Commercial Service)提供了很多有用的信息。在确定了目标价格后，公司可以在考虑汇率的基础上，根据成本链进行反向推导，从而确定对外销售的贡献水平，然后评估这个机会是否有吸引力。

当价格确定后，就要考虑汇率波动的问题。用国内货币进行交易核算可以避免汇率波动的负面影响，但是相对于当地竞争者的竞争地位可能要受影响。卡特彼勒(Caterpillar)作为最大的挖掘机械生产商，在面对来自美国和日本的主要竞争对手时，可以用美元来计算它在墨西哥的交易。一个更普遍的做法是用当地货币交易时，采用套期保值。如果是生产多种产品的跨国公司，可以根据公司水平上的任何套期保值来定期计算世界各地的交易风险。另外，很多公司认为汇率波动带来的利润变化从长远来看会趋于平衡，并把这看成是一个正常的交易条件，而无需特别考虑汇率问题。

转移定价[1]

转移定价是一个公司的销售部门、分公司或分支机构向同一公司的另一个部门、分公司或分支机构出售原材料、元件、成品或服务时收取的内部价格。无论是只在国内市场，还是在多国市场运作的公司都可以使用转移定价。

需要使用转移定价的主要原因是，买卖部门分属不同的战略业务单元或分属不同的利润中心，同时出售部门也向外部市场销售。使用这一价格的前提是，购买部门应该从同一公司的出售部门而不是从竞争对手那里购买，而出售部门也应该出一个比较公允的价格，通常低于市场价一定的比例，因为它的销售成本较低。不幸的是，各部门之间的交易很少能顺利进行。出售部门总是认为购买部门是掌控之中的客户，因此提供的服务水平不像对外部客户那么高，而收取的价格可能还高于市场价，尤其当它面临利润压力时。购买部门在感觉到这种不公正的待遇后，可能会选择和外部供应商做生意，从而导致内部关系紧张，并引起客户的质疑。在很多公司，这种状况已经促使公司制定出复杂的政策，既考虑到这种对单个战略事业单元进行绩效评估的体制，又希望做到公司水平上的利润最大化。这些政策起到了一定的指导作用，但我们可以从具体实施的方法上看出，这个非常复杂的问题没有找到一个容易的解决办法。

当买卖部门处于不同的国家，而且转移价必须考虑不同国家税率差时，这个问题变得更为复杂。从交税的角度来看，公司当然希望制定一个转移价，做到低税率国家高利润、高税率国家低利润，从而最大限度地降低世界范围内的交税总量。在意识到这种潜在的避税行为时，很多国家都通过相关法

---

① 详尽论述参见 Clive R. Emmanuel and Messaoud Hehafdi, *Transfer Pricing* (London: Academic Press, 1994)。

律来限制公司使用这种转移价，并在各国之间就建立一个相似的利润和税率计算体制达成一致。即便如此，公司在转移价方面还是有相当大的灵活性。但如果是单纯为了把税收负担降到最低，这种做法有可能会给管理者带来负面影响。例如，一个美国的大制造商提高了瑞士分部的转移价以规避瑞士高额的企业收入所得税。这样做严重地损害了瑞士地区经理的利益，因为他的收入和瑞士分部的利润紧密挂钩。有些公司因此采用两种利润计算方法或依靠利润以外的其他标准来衡量经理们的表现。

倾销

倾销指的是以低于成本价或低于出口商国内市场价向海外市场出售产品。该做法适用于国内市场需求低且产能过剩的情况，因为在海外市场低价销售可以给固定成本带来正收益，而不会影响国内市场的价格。当某个国内生产商提出因为海外竞争者的低价销售而遭受损失时，倾销就会成为一个议题。例如，美国商业部于 2004 年认定中国电视机厂商有倾销行为，并威胁要对中国销往美国（中国最大的电视机出口国）的电视机征收 20%～25%的进口税。[①]

出口国之间关于倾销的贸易政策是最具争议的话题。世界各国的制造商都在积极寻求反倾销保护。但是很难在真正受到倾销伤害和针对合法竞争者的自我保护之间划清界限。正如我们介绍过的那样，确定成本本身就存在很多问题。但是，大多数国家都有反倾销法，对认定有倾销行为的外国公司强行征收反倾销税。

有关倾销的规定是关贸总协定乌拉圭回合里的一个主要议题，该协议包括了很多程序和方法上的变动。可以向关贸总协定的后继者世界贸易组织投诉某国的反倾销行为。但是，作为生产商来说，首先应该熟悉乌拉圭回合的有关规定，以及计划发展贸易的国家的反倾销法。

灰市[②]

灰市指的是商品绕过正常经销渠道，由授权的中间商以低于市场价出售。这可以由很多种情况引起。例如，在一个国家，原始设备生产商（OEM）

---

① http://www.china.org.cn/english/2004/Apr/93012.htm.

② 对灰市两难局面的优秀论述参见 Frank V. Cespedes, E. Raymond Corey and V. Katsuri Rangan, "Gray Markets: Causes and Cures", *Harvard Business Review* (July/August, 1988): 75-82。

通常获得生产商额外的折扣，它可能会超额订购，然后经小幅涨价后卖出多余的商品，使得这些商品的价格低于正常经销渠道的价格。美国控制数据公司(Control Data Corporation)就曾经历过这样的问题。一个冒牌原始设备生产商根据原始设备生产商协议购买了该公司的磁盘驱动器，再以低于经销商和其他中间商的价格出售。在国际市场上，当一个产品在一个国家因为需求过剩而低价销售时，这些多余的产品就会流入其他国家。例如，一个大型制药公司通过中国香港的代理向一家内地客户大量销售某种药物。而实际上来自内地的订单是假的，香港的代理以低于正常价向其他国家的客户出售了这些药物，给制药公司和经销商造成严重的损失。

虽然灰市不太可能被完全消灭，但公司可以采取很多措施来减少灰市的发生。公司可以重新构建数量折扣机制，从而使得超额订购不那么有利可图。对于不同的交易阶层(如：原始设备生产商、增值中间商、分销商)，可以进行合理化改革以更贴切地反映所提供的服务。公司还可以通过保修政策要求客户只从授权经销商那里购买。更为重要的是，公司要认识到，应该把重点放在整个市场的利润优化上，而不是看中从某个客户那里获得的销售量或利润，这样做能有效减少导致灰市销售的行为。

调价政策

很多涉及企业市场的产品或服务交易都是在相对短的时间内完成的，因此报价就是发票价。但是，在很多情况下，生产周期可能很长或者一个总括订购单会覆盖很长的时间，如果又恰逢通货膨胀，或者供应商的成本本身变化性很大，那么供应商会提出调价的要求。

当未来成本具有很大的不确定性时，有些生产商的报价会“依据装货时的实际价格调整”。这样做尽管保护了生产商免受利润损失，但却把成本变化的风险转嫁给了购买者，并引起对供应商调价行为的性质的质疑。因此，即使在成本不确定的情况下，很多购买者都要求卖方使用约定价格。在很多行业，买卖双方达成妥协，卖方的价格可以根据原材料或劳动力的价格变动进行调整，但是这种调整必须依据某种第三方指数。例如，在美国，经常使用的是劳工统计局计算的指数。虽然这些指数不一定反映某个生产商的成本变化，但是这些指数的公正性及有升也有降的特性使得它们被普遍接受。

小结

定价决策的复杂性加上影响价格的因素固有的不确定性使得一些公司尽量避免进行本章介绍的这种综合分析。但是对价格的精心管理可以带来利润的极大提升,1%的价格改进可以提高10%的运营利润,这也说明了此类分析的重要性。

价格决策和价格政策不仅需要考虑公司的成本,还要考虑客户对价格的敏感度和竞争对手的状况。定价的情形千差万别,但首先要区分新产品和已有产品。对企业营销人士来说,衍生需求的概念非常重要,因为衍生需求影响到行业和公司的需求。国际定价包括很多国内定价的基本原则,但也必须考虑倾销、转移价和汇率波动等问题。

与可以通过供需曲线交叉点计算出的"正确"价格相反,我们强调在一个机会范围之内考虑定价的重要性,除了少数情况外,这个范围会给公司带来很多的选择。在进行选择时,不仅应该考虑公司的外部环境,还要考虑公司的目标以及其和产品线上其他产品的价格关系。

但是,仅有好的分析是不够的,还要制定相应的政策,并把这些政策清晰地传达给那些负责价格实施和管理的人,以确保这些政策得以恰当地实施。

延伸阅读

Walter Baker, Mike Marn and Craig Sawada, "Price Smarter on the Net", *Harvard Business Review* 79 (February 2001): 122-127.

Robin Cooper and W. Bruce Chew, "Control Tomorrow's Costs through Today's Designs", *Harvard Business Review* 74 (January/February 1996): 88-97.

Robin Cooper and Regine Slagnulder, "Develop Profitable New Products with Target Costing", *Sloan Management Review* 40 (summer 1999): 23-33.

George E. Cressman Jr. and Thomas T. Nagle, "How to Manage an Aggressive Competitor", *Business Horizons* 45 (March-April 2002): 23-30.

Robert J. Dolan, "How Do You Know When the Price Is Right?", *Harvard Business Review* 73 (September/October 1995): 174-183.

Robert J. Dolan and Abel P. Jeuland, "Experience Curves and Dynamic Demand Models: Implications for Optimal Pricing Strategies", *Journal of Marketing* 45 (winter 1981): 52-62.

Bradley T. Gale, *Managing Customer Value: Creating Quality and Service that Customers Can See* (New York: The Fee Press, 1994).

Sandy D. Jap, “Online Reverse Auctions: Issues, Themes, ad Prospects for the Future”, *Journal of Academy of Marketing Science* 30 (fall 2002): 507.

Michael H. Morris and Roger J. Calantone, “Four Components of Effective Pricing”, *Industrial Marketing Management* 19, no. 4 (November 1990): 321 - 329.

C. M. Sashi and Bay O'Leary, “The Role of Internet Auctions in the Expansion of B2B Markets”, Industrial Marketing Management 31 (February 2002): 103 - 110.

Arun Sharma, R. Krishan and Dhruv Grewal, “Value Creation in Markets: A Critical Area of Focus for Business-to-Business Market”, *Industrial Marketing Management* 30 (June 2001): 397 - 398.

David Shipley and Elizabeth Bourdon, “Distributor Pricing in Very Competitive Markets”, *Industrial Marketing Management* 19, no. 3 (August 1990): 215 - 224.

Hermann Simon, “Pricing Opportunities-And How to Exploit Them”, *Sloan Management Review* (winter 1992): 55 - 65.

Stuart St. P. Slatter, “Strategic Marketing Variables under Conditions of Competitive Bidding”, *Strategic Management Journal* 11 (May-June 1990): 309 - 317.

第十章

电子商务营销

几年前，电子商务开始兴起并得到惊人的发展。2000年，我们见证了网络公司的纷纷倒闭，预言家们便很快撤回了对电子商务潜力的美好预言。但是，在企业对企业的营销中，电子通信的使用早于网络的出现，而且即使在网络公司倒闭大潮中仍然得到迅猛发展。虽然读者们可能在别处已经读到过对电子商务的全面报道，但是为了本书的完整性，我们还是要在这里对电子商务与企业对企业营销的关系做简单的介绍。

对电子商务很难作出确切的定义，因为这取决于谁在下定义。例如，世界贸易组织把电子商务定义为"……通过电子通信网络进行的产品生产、宣传、销售和分销"。而美林公司（Merrill Lynch）把电子商务定义为信息交换的电子交易。"这些交易可以包括企业对企业的商品和服务交易；财务支付；信用卡、借记卡、自动取款机和电子转账；发行卡片和资金处理、支付账单、支票兑换、旅行服务及其他信息服务。"①

有些对电子商务的定义，如世贸组织的定义，强调所有商业活动都是通过电信网络进行的。在另一些定义中，电子商务则被看成是通过使用因特网技术进行的商业活动。② 我们对电子商务的定义是：运用电子通信技术来帮助产品和服务的买卖，以及通过电信网络来交换信息，包括公司内和公司间通过电子数据交换（EDI）、电子邮件、电子表格、文件传输、计算机辅助设计（CAD）/计算机辅助管理（CAM）图表传输等电子手段的信息共享。这个定义强调的是电子通信技术在营销过程中的广泛使用，可以是在全部营销职能过

① PricewaterhouseCoopers LLP, *E-Business Technology Forecast* (Menlo Park, CA: May 1999), 1.
② 关于电子商务的定义，请访问 IBM 的主页 http://www.ibm.com/ebusiness。

程中的运用,也可以是对部分或全部职能的支持。本章使用的电子商务这一术语都是指使用电子通信技术促进营销效果。

从提供特殊商品的小公司到最大的跨国企业,电子通信技术尤其是因特网的使用,正日益成为公司营销战略中不可分割的一部分。企业对企业的电子商务包含了组织之间买和卖的电子交易,其中又以电子采购为主要职能,电子商务已成为提高交易成效的重要手段。此外,企业对企业的电子商务已经取代企业对消费者的电子商务,成为了电子商务中增长最快的领域。原因之一是购买方能够大幅降低购买产品的成本,从而提高交易效率。

另一个原因是全球市场的迅猛增长。世界各国公司都可像当地公司一样容易地参与到全球市场中来创造利益和影响。那些执行企业对企业营销战略的公司可以扩大影响范围,显著降低成本,提高效率,并有机会占领利润丰厚的新市场。但是,这些机会也伴随着风险,谨慎的经理们需要准确的信息来制定适合所在公司的企业对企业的战略。电子商务不会替代传统的营销规划,但对营销和销售是一个重要的延伸和补充。

电子通信和运用

我们将在本章介绍一系列与电子通信、电子商务有关的术语。下面我们将简单介绍几个关键术语。

在通信网络方面,以下三个术语得到了广泛的使用。①

- 因特网:因特网是一个基于因特网协议(IP)和相关标准的全球性公共网络。这项技术为相互连接的网络提供了一个标准手段,使得任何一个系统都可以和其他系统进行交流。这个术语经常包括通过网络发布的强大的资源空间——万维网、电子邮件和越来越多的其他基于因特网通信的网络运用。
- 企业内联网:互联网技术、软件和其他功能在一个私有网络内的运用,专供企业内部使用。内联网可以和公共的因特网隔离开来,但通常都是和因特网相链接的,而通过安全防火墙系统来阻隔未授权的链接。
- 企业外联网:外联网使用因特网/企业内联网技术为企业及外延机构服务,包括设定的客户、供应商或其他合作伙伴。外联网通常向经过选

① "What's an extranet and other key terms", Richard R. Reisman, President, Teleshuttle Corporation, http: //www. teleshuttle. com/media/extradef. htm 12/14/04.

择的合作伙伴开放。

下面介绍的是直接或间接用于电子商务的几大类应用软件。

- 电子数据交换(EDI)：20 年前，在电子商务这个术语出现时，很多公司都在使用电子数据交换，通过高宽带电话线连接来交换标准格式的计算机可读数据。交换的信息通常是有关交易的信息，有些也包括产品报价或其他信息。① 电子数据交换的数据传输主要使用 VAN(一个用于参与者之间传送电子数据交换的增值网)，为不兼容的网络之间的链接和安全传递数据提供必要的基础设施。电子数据交换的一个缺点是，为贸易伙伴设置 VAN 账户的成本相对过高。电子数据交换也可通过因特网来进行，但是安全性和可靠性较差。
- 企业资源规划系统(ERP)：企业资源规划系统指的是整合一个业务需要用到的所有商业软件，包括规划、生产、销售和营销。通常，这是在生产资源计划基础之上延伸到整个企业的全套软件系统。② 最初，企业内部使用的是内联网，后来应用服务器被越来越多地用于连接基于网络的电子商务，企业主要使用外联网和企业资源规划软件系统，其应用范围包括简单地通过路由器链接到公司网站，以及与商业伙伴之间整合企业资源规划功能。
- 客户关系管理(CRM)：客户关系管理系统通常和企业资源规划系统相结合来帮助公司确定、获得和保留客户。从广义来看，客户关系管理系统可定义为任何用于加强客户关系的系统。
- 销售能力自动化(SFA)：销售能力自动化系统有时是客户关系管理系统的一部分，可以帮助公司管理整个销售流程，包括订单输入、售后跟踪、顾客跟踪、销售预测和客户历史数据。

电子商务对企业营销的启示③

根据本书介绍的企业营销管理思维范式，营销是组织把自身能力和竞争

① Chapter 5, Electronic Commerce, Third Annual Edition, Gary P. Schneider, Thomson Course Technology, Boston, MA, 2002 for a comprehensive discussion of EDI and its transition to e-electronic commerce.

② Chapter 2 in E-Stewart McKie, *Business Best Practices*, (New York: John Wiley & Sons, Inc., 2001), for a comprehensive discussion of ERP and is relation to E-business Management.

③ Wilson, Susan G. and Ivan Abel, "So you want to get involved in E-commerce", *Industrial Marketing Management*, 31(2002): 85 - 94, for further implications.

力与客户的需要和愿望有效结合所进行的一系列活动。当我们提及电子商务对组织营销的启示时，这种思维范式依然有效。在电子商务中，我们前面介绍的分析方法和好的营销决策也仍然有效，但是电子商务影响了营销组合的构成方式，及其通过信息技术和电信技术来实现的方式。在第十一、十二章，我们将讨论因特网如何作为一个工具来辅助调查和追踪市场和影响者。本章将重点讨论电子商务如何影响关键性的营销决策。

对产品(服务)的启示

营销战略的核心仍然是提供满足客户的需要和愿望的产品和服务。通过使用因特网，公司能够提供更多的应用信息和产品服务来进一步加强实物产品。像书和软件这样的产品可以完全进行网上销售。很多商业服务，包括从旅游服务、旅馆预订到复杂的数据库和咨询报告也可以通过网络进行。此外，因特网也促进了产品和服务定制的发展。

电子技术也进入到制造公司增值链的各个阶段。现在，产品日益复杂且生命周期不断缩短，这要求在产品的设计、开发和控制过程中使用大量的新技术，并实现自动化。联合建模系统使得不同地区的工程师可以同时在一个计算机辅助设计(CAD)上工作。可视化软件使得人们可以看到他人设计的设计图的三维图像。此外，供应链的性质也随着元件、组装和子系统设计的外包而发生改变，这迫使公司建立相关系统来管理各个独立组织之间的协同设计。①

拉贾什·塞西(Rajesh Sethi)、沙门达拉·潘特(Somendra Pant)和安居·塞西(Anju Sethi)观察到很多公司现在都在采用基于网络的一体化的新产品开发系统(NPD)。但是他们指出，单纯使用新产品开发系统并不能显著改善新产品的开发流程。② 公司在新产品开发中，对网络的使用存在很大差别，有的把网络当做一个工具来实现人工作业和数据交换的自动化，有的把网络当做是整合组织内部和外部新产品开发职能和流程的手段。他们建立了一个概念性的架构来指导公司有效地利用基于网络的软件应用系统。

---

① http://www.fortune.com/fortune/services/sections/fortune/tech/2003-o4design.html.

② Rajesh Sethi, Somendra Pant and Anju Sethi, "Web-based Product Development Systems Integration and New Product Outcomes: A Conceptual Framework", *The Journal of Product Innovation Management*, (January 2003): 37 - 56.

对定价的启示

因特网为公司定价和管理市场价格的动态变化提供了机会和挑战。一方面,公司可以获得大量的电子数据来帮助更好地理解客户的购买行为,加强对购买者的细分和分类,制定更准确的定价战略。公司可以获得更多的信息来应对需求波动,并更快地实现价格变动。通过使用客户反馈数据,公司可以更好地理解用户的交易,以及产品的不同性能带给客户的价值。同时,通过使用因特网,客户对价格、竞争对手的供应品和价格走势也有更好的了解,从而能更好地对供应商的价格施压。

使用因特网技术给管理公司的定价战略也带来了新的挑战。尤其是当产品战略因地区和国家或因细分市场而有所不同时,或当网上价格与其他渠道的价格不同时,挑战尤为明显。但是,这些困难并不意味着公司应该取消不同地区或不同渠道的价格差异。无论如何,对于客户来说,存在这种价格差异的理由必须充分(例如:价格较高是否是因为购买更容易、支持更好或售后服务效率更高等)。

对于小企业而言,互联网使其可以针对新的细分市场采取机会定价策略,从而获得丰厚的收益增长。而当经济规模的发展提供了降低成本的机会时,使用互联网可极大地提高公司通过降价来锁定新客户的能力。例如,通过基于互联网的定价战略,美国建筑产品分销商前 500 名的市场份额从 1993 年到 2001 年发生了显著的变化。在 1993 年,前十名的公司占有 40%的市场,而 8 年后,它们的市场份额增加到 70%,其余的 490 家只能分享其余 30%的市场。①

公司可以通过三种途径从定价政策的灵活性中获利。② 第一,价格水平和价格沟通上的准确性对提高盈利能力非常重要。关键是对"订价无差异"区间(即客户不会改变他们购买行为的价格区间)的理解。清晰地了解产品在这个区间的具体位置会对利润产生明显的影响。但是,确定这个区间的界限是非常困难的,既费时又费钱。有些技术,如联合分析,可以有效地用于确定这个区间。因特网也可用来有效地确定这个区间的界限。例如,拥有大批客户的公司可以对每 25 位客户提价 2%,并跟踪调查提价对销售的影响。

① Walter L. Baker and others, "Getting Prices Right on the Web", *The McKinsey Quarterly*, (2001, Special Edition): 56.

② 同上书, 57-59。

第二,因特网可帮助公司对市场变化作出快速反应。传统的价格变动通常需要印刷新的价目表,分送到各销售网点,然后才能使用新的价格,这不仅需要时间,而且成本很高,并且很难与分销渠道沟通。在线价格变动则可使公司立即执行,而且没有增加什么成本或不方便。例如,在线定价可以帮助避免有些分销商动作过慢,也可以以相对较低的成本为较大的客户群服务。

第三,通过基于网络的互动,尤其是通过事后细分,公司可以更好地理解客户的行为,从而极大地提高定价的有效性。[①] 传统上使用的多为事前细分,即市场人士根据事先确定的标准,例如公司规模、应用市场、地理界限或常用渠道,依靠经理们的直觉,通过对二手资料和客户数据库的分析等方法进行市场细分。下面是一些事前细分方案的具体例子,但它们的价格敏感性只能通过估算来定。

- 重型 vs 中型和轻型卡车用户。
- 北部地区 vs 南部地区。
- 职业采购组织 vs 非职业采购组织。

事后细分是在提供产品和服务之后再来界定细分市场。公司首先通过市场调研收集目标市场成员的分类和描述性变量。然后使用多变量分析方法界定每个细分市场,并开发一个计分制的算法对所有成员进行细分。最后,可以再制定一个算法利用因特网来检验各个细分市场的价格敏感性。

在第三章,我们讨论了企业客户在采购过程中越来越多地使用因特网。现在横向和纵向的拍卖都非常普遍。这些拍卖使得价格成为决定购买的主要因素,这可能给供应商带来寻找新客户的机会,但是对现有的供应商来说也可能是个威胁。因此,公司必须就是否参加拍卖作出决定。如果参加,必须制定一个恰当的定价策略。购买者通过使用互联网也可以建立一个更大的潜在供应商资源库,这要求供应商在面对竞争局面时,了解更多竞争对手的情况。

对分销的启示[②]

在 20 世纪 90 年代末,当网络公司热达到最高潮时,有人预言互联网将淘汰传统的分销战略,以及工厂和最终消费者之间的所有中间商。这个预言当

---

① 详尽评论参见:http://www.dssresearch.com/toolkit/resource/papers/SR01.asp。

② Kevin L. Webb, "Managing channels of distribution in the age of electronic commerce", *Industrial Marketing Management* 31(2002):95 - 102 for a comprehensive discussion of this issue.

然没有实现。相反，尽管有些中间环节随着公司对"到市场去"战略的优化消失了，但是我们同样看到新的中间商正不断涌现出来。

无论是哪种情况，渠道冲突一直是企业营销人士面临的一个问题，而互联网时代的来临更加剧了这个问题。在最近对50家生产商的调查中，66%的厂家认为渠道冲突是它们实施网上销售战略时面对的最大问题。供应商如何管理这种冲突是它们成功的重要因素。

一般来说，网上贸易的来临导致了三大类的渠道冲突：

1. 因生产商和分销商目标不一致而导致的目标分歧是引起冲突的一个原因。当生产商推出互联网项目时，从提供网上产品目录、培训模块、技术规范和帮助平台，到网上订购，甚至产品运行监控和价目表，这些措施有时得不到分销商的响应，因为它们觉得自己的活力受到威胁。

2. 如果目标分歧引起的冲突没有得到解决，在客户处理、领地划分、职能履行和技术使用等方面引起的分歧则有可能造成不利的局面。这些冲突只能导致市场战略的效率低下和效果不佳。

3. 还有很多情况是因为对现实的认识不同使得行动不一致，从而导致冲突得不到解决，最终使得公司的渠道战略被瓦解。

为了减少这些冲突，公司应采取不同的措施避免产生不一致的情况。有些公司选择提供不同的产品分别进行网上直销和网下间接销售。另一些公司则授予分销商独家经销权或新品牌。还有一些公司使用价格差异法，为有些价格的产品提供增值活动(如分销商提供的人工服务)。还有一些情况下，生产商要么接替原先由分销商扮演的角色，要么建立自己的中间销售组织。另一些公司则强化了分销商的作用，甚至提供一定的经济补偿来确保分销商的忠诚度和对网上销售的支持。

如果"去中间商化"指的是供应商利用与客户的直接渠道消除分销层，那么"再中间商化"则恰恰相反，指的是供应商或生产商在中间商职能需求发生转变时，增加新的中间渠道。随着因特网时代的到来，网上也出现了新的中间商，如电子商城或电子市场、目录和搜索引擎服务、辅助选购代理，这些都创造了新的需求和再中间商化的新角色。

使用网上中间商的理由如下：在有些情况下，它们更了解客户、应用领域、产品类型或当地市场。它们可以代理多条产品线，从而有利于优化客户的购买流程。有些中间商可以根据更广的业务领域建立客户选择档案，这比生产商直接销售涉及的业务领域要广得多。因为代理多种产品，这些中间商可以通过不同类型的产品更好地了解顾客。[①]

对产品推广的启示

传统上，企业对企业的营销人士主要依赖直接销售队伍或分销商的产品推广和服务进行个人销售。这种销售人员面对面的营销模式通过各种各样的手段得以加强，包括印制广告、小册子、直接邮件、内部销售人员的电话联系和展销会。现在，因特网和其他现代通信技术使得企业营销人士推广产品和服务的方式发生了根本性的变化。电子邮件、网站和企业外联网被广泛用于提高交流速度，降低与顾客接触的成本。

正如我们将在第十一章讨论的那样，现在个人销售拜访的成本已大幅提高。因此，常规性的销售拜访已经被各种电子通信手段所取代或补充。这些手段包括电话销售、电子邮件和网站的广泛使用。人们还开发了客户关系管理系统来整合基于客户的历史数据和二手数据的数据库信息，内容涉及客户活动、客户设备和服务运行的网上监控，以及电视会议和封闭的企业内联网上的客户协作空间。

现在，几乎每个公司都建立了自己的网站为客户至少提供最基本的产品和服务信息。有些网站的功能只局限于登载产品或联系信息。另一些网站则可用来在公司和客户间就如何在网上做生意达成协议。例如，通用电气医疗系统(GE Medical Systems)的通用电气医疗集团(GE Healthcare)建立的网站不仅提供公司和产品的基本信息，还和另一个网站相链接，这个网站创立了"一个全新的电子商务模式"，使用它的电子商务总协定可以实现网上无纸订购。[②] 另一些公司允许客户使用它们自己的网页，上面有为客户具体定制的信息，内容涉及产品、内部专家、在线展示、培训或服务。

因特网使得公司可以建立客户网络，通常称为用户群。公司通过会员制和客户互动就可创造价值。这个概念来源于3Com公司的创始人和以太网(Ethernet)协议的设计者罗伯特·梅特卡夫(Robert Metcalfe)。因此，梅特卡夫定律写道："一个网络的潜在价值等于用户数量的平方。"(见图10.1[③])

① Verda Lief, Bruce D. Temkin, Kathryn McCarty, Jerremy Sharrard and Tobias P. Brown, *e-Marketplaces Reshape the B-to-B Landscape*. Accessed on 2 April, 2000. http://www.forrester.com//ER/Research/Report/Analysis/O,1338,8th,FF.html.

② http://www.gehealthcare.com/worldwide.html.

③ Larry Downes and Chunka Mui. *Unleashing the Killer App: Digital Strategies for Market Dominance* (Boston, MA: Harvard Business School Press, 1998).

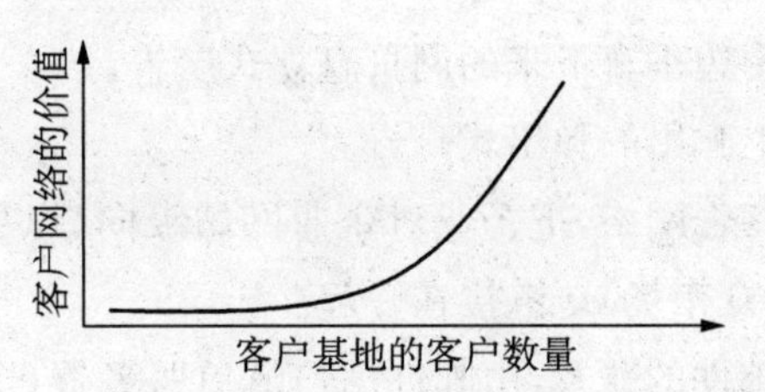

图 10.1 梅特卡夫网络价值定律的演示

例如,沃尔沃建筑设备公司(Volvo Construction Equipment)正在开发一个强有力的用户群以提升客户的忠诚度和再购买率。这还包括给顾客用电子邮件发送业务简报,并在顾客需要时提供培训课程。沃尔沃建筑设备的姊妹公司沃尔沃卡车(Volvo Fruck),为所有购买卡车的客户提供车队的所有信息和维修记录,从而免去了客户这方面的麻烦,也为沃尔沃卡车提供了一个差异性战略。

SAS(企业资源规划系统的一个主要供应商)鼓励它的用户加入 SAS 用户群,并把这作为一个获得 SAS 系统最大价值的最好方式。SAS 认为用户群提供了独特的机会来实现下列目的:①

- 加强你对 SAS 研究所的软件和服务的了解。
- 最有效地交换软硬件使用经验。
- 尽快了解研究所的新产品和服务。
- 对研究所未来的软件开发和服务的方向施加更多的影响。
- 通过担任用户群的领导职务,协调 SAS 用户群年度和地区大会,或组织一个新的用户群来锻炼管理和领导能力。

与用户群相关的是企业对企业聊天室,访问者可以登录一个在线聊天室,并对主持人提问或在论坛上提问(也称做网络论坛或网络播放),可以发起或回应投标申请书。

使用因特网做的广告正不断得到新的发展,下面几种形式的网络广告已被广泛使用:

- 横幅式网络广告,通常放在网站上用来介绍相关项目。在对 100 名商业网络营销人士的现场调研中发现,横幅式网络广告虽然使用麻烦,但

① http://support.sas.com/usergroups/benefits.html,December 22, 2004.

仍是非常有效的广告手段。①

- 从网页的右手边垂直下来的网页直立式广告。
- 在电脑屏幕上弹出的弹出式广告。
- 企业对企业广告网络，把企业对企业网站纵向（纵贯一个行业）或横向（横跨一个大众市场）地链接在一起。

随着使用电子邮件的普及，由邮件用户清单服务器（listserv）或用户列表创建程序（listbuilder）提供的邮件清单得以快速发展。根据网络解决方案，成功的公司建立了自己的内部清单，并给客户群发送简短的报告书，这取得了很好的效果。这种清单可用来有效地传发公司简报或其他信息。

虽然很多公司都有网站和网上宣传册，但是没有多少公司能够确保得到公共搜索引擎的最佳待遇，即当客户进行搜索时，该公司的名称和产品能出现在最显著的位置。这可以通过搜索引擎广告来弥补，即向提供搜索引擎的网络公司支付专门的广告费以推广公司的产品或服务。

虽然公司使用了多种方法，但它们通常采用的都是通过点击以链接到公司的网站上，而不是把潜在客户直接与公司的产品或推广活动相链接，因此也就错失了很多接触新客户的机会。在公司网络平台的设计上也存在类似问题，即如何为用户提供轻松的导航。随着 VOIP（通过因特网协议传递声音）的发展，客户只要点击网页上的人工服务，就可以通过网站（尤其是企业内联网）与客服代表进行语音对话。

完全靠使用网络取得营销成功的例子是不存在的，大多数有效的营销活动都是多方面努力的结果。公司可以通过直接的邮件宣传、电话销售、电子邮件营销、网站等多种方法来吸引市场上潜在客户的关注，激发他们的兴趣和购买欲望，促使他们作出购买选择。成功的营销活动仍然必须建立在坚实的营销分析、精心选择的客户细分市场、一体化的营销组合的基础之上。

电子商务的发展

虽然网络公司热的退潮使得很多早期热衷于因特网的人士大为失望，但是就网络对商业的启示而言，网络已经在商业中，尤其是在企业对企业的营

① Marketing Sherpa, *SPECIAL REPORT*: *Top 10 B2B Internet Marketing Tactics that Worked Best in 2000*, (2001, January 1) Know How # 13, Retrieved from http://library.marketingsherpa.com/barrier.cfm? CID=1300.

销中占有了重要的一席之地。根据美国供应管理学会(ISM)/市场顾问公司2003年10月对供应管理技术的调研报告,公司越来越多地使用互联网直接和间接地采购商品和服务,并有效地节省了费用。通过互联网直接采购材料的百分比已经超过间接采购。[①] 研究还表明大公司在互联网的使用上起到了领导潮流的作用,它们正是看中了这种更好的节省成本的机会,因为较大的购买力可以压低价格并保证供应商的参与。

研究还显示网上采购的成功秘诀是定位、设定优先考虑项和坚持不懈。大公司在提供解决方案和获得供应商参与方面处于有利的地位。但是,在参与调查的294家公司中只有23%使用过网上拍卖,而33%的公司使用了所谓的电子交易市场,其中非制造公司最多。(电子交易市场是一个基于因特网的、在买卖双方组成的社区里进行商品或服务交易的中间商。它应该有一个对所有参与者开放的结构和交易平台。)研究还表明被调查的公司中有近三分之二的公司都存在客户和供应商的网上互动,也有相同比例的公司使用了网上投标申请书。

小结

各种类型的企业营销人士都在把互联网和电子通信整合进他们的核心战略。电子商务是一个宽泛的术语,泛指通过电子技术实现的通信、商业流程和交易。企业内联网是一个只有公司员工和其他授权用户可以使用的内部网络。相反,企业外联网是一个利用因特网技术把公司与供应商、客户和其他合作伙伴相连接的私有网络。外联网使得企业营销人士可以为客户定制信息,并与特定客户在安全的环境里进行信息的无缝共享。

对企业营销人士来说,因特网是一个强大的通信媒介、一个替代性的渠道、一个新的服务场所和一个整合供应链的数据收集工具。互联网战略必须巧妙地融入公司的整体营销战略中。互联网带来了重大好处,包括降低交易成本、缩短周期时间、整合供应链、提高信息可达性、拉近与客户的关系。企业营销人士从众多网络公司的失败中可以吸取的教训是,互联网是一个补充而不是代替传统竞争工具的辅助性技术。

① Kristin Kioa and Tina Murphy, *ISM/Forrester Research Announce Results of Latest Report on Technology in Supply Management: Online purchasing continues to grow, especially larger companies* (2003, October 27). Retrieved October 11, 2004, from http://www.ism.ws/ismreport/forrester/frob102003pr.cfm.

电子商务战略必须以目标为重点进行精心策划。只有确定了目标，才能制定网络战略。这个战略应该包括考虑设立一种通过网络提供产品的形式，最显而易见的方式就是建立公司的网站。企业外联网、电子目录和客户信息都应整合进这个“产品”。公司必须考虑几个涉及分销渠道的问题，包括因特网对现有渠道和渠道合作伙伴有何影响，渠道的效率和因特网作为一个独立的市场渠道的可能性。定价问题也很重要，尤其是在交易社区和拍卖网址的影响下。最后，营销宣传战略要考虑公司在网上提供交易的能力，以及网络战略如何和其他推广手段整合。在很大程度上，互联网为在市场上与客户建立一对一的关系提供了有力的媒介作用。

延伸阅读

Anitesh Barua, Prabhudeve Konnana, Andres B. Whinston and Fang Yin, “Driving E-Business Excellence”, *MIT Sloan Management Review* 43 (fall 2001): 36 - 44.

Sandy D. Jap, “Online Reverse Auctions: Issues, Themes, and Prospects for the Future”, *Journal of the Academy of Marketing Science* 30 (fall 2002): 507.

Steven Kaplan and Mohanbir Sawhney, “E-Hubs: The New B2B Marketplaces”, *Harvard Business Review*, (May-June 2000): 97 - 103.

PricewaterhouseCoopers, *E-Business Technology Forecast*, (Menlo Park, CA, May 1999).

C. M. Sashi and Bay O'Leary, “The Role of Internet Auctions in the Expansion of B2B Markets”, *Industrial Marketing Management* 31 (February 2002): 103 - 110.

Gary P. Schneider, *Electronic Commerce: FourthAnnual Edition* (Boston, MA: Thomson Course Technology, 2003).

Barry Silverstein, *Business to Business Internet Marketing*, 3rd ed., (Gulf Breeze, FL: Maximum Press, 2001).

Stewart McKie, *E-Business Best Practices: Leveraging Technology for Business Advantage* (New York: John Wiley & Sons, 2001).

第十一章

企业营销沟通：个人销售

作为营销组合的一部分，沟通的传统目的在于告知、说服或者提醒。对某些产品来说，这些可能是做得到的，但在与商业客户沟通时，这些目的却远远没有达到。本章将建立一个更全面的框架，来探讨与客户沟通的目的，然后再讨论个人销售在沟通过程中的作用。

沟通概述

制定营销策略是为了在选定的市场或目标细分市场上，利用公司的优势来把握市场机会。如何很好地利用这些机会，取决于为了达到公司目标所确定的营销策略的实用性、策略被理解的程度以及被广泛用户所接受的程度。艾默生说，很少有更好的捕鼠器产品或服务在市场上取得成功，而没有有效的沟通交流的程序；这个沟通交流的程序的最终目标是获得客户的订单。① 为了达到这一目的，企业营销沟通必须做到以下几点：

1. 确保公司的沟通工作是针对那些潜在客户的，他们的需求接近公司的产品或服务种类。
2. 在有针对性的客户的组织内部，确定决策者和影响重要决定的因素。
3. 形成对产品或服务的认知和兴趣。
4. 转化或者协助客户把产品品质转化为收益。
5. 对产品或服务进行微调，以更好地满足顾客的需求。

① Ralph Waldo Emerson in Sarah B. Yule, *Borrowings* (Oakland, CA: First Unitarian Church of Oakland, 1889), 138.

6. 售后监测，以确保客户的满意度，同时调整营销策略以针对未来客户的需求。

沟通程序中这些因素的有效执行是公司营销策略成功的关键。在商业购买过程中，面对相对较少的潜在客户、众多影响购买的因素、经常性的谈判，加上一些技术复杂的产品或服务，最终导致销售沟通的主要方式是个人销售沟通。非个人的沟通方式，特别是直邮、电话营销和电子邮件营销，无论是在支持个人销售还是作为独立的方法来达到沟通的目标，在沟通策略中仍扮演着重要角色。在本章中，我们首先回顾企业与客户沟通的主要方法，以及整合沟通的概念，然后，我们深入讨论个人销售的特性和管理问题。

企业沟通方式

传统的个人销售、广告、促销、直接营销、公共关系被认为是主要的企业沟通方式（或者说是促销组合的构成部分）。对于企业营销来说，我们更倾向于用以下更全面的分类办法：

- 个人销售。为了销售目的，任何与一个或多个准买家面对面的互动活动。活动范围包括探寻客户、为客户提供产品或服务的信息、投标、售后服务。个人销售可以由该公司自己的销售队伍完成，可以由该公司中承担某种客户责任或者某种形式的客户端产品责任的人完成，可以由代理公司完成（通常是一个制造商的代表），也可以由一个分销商完成。
- 广告。在印刷媒体或者电子媒体上，由授权的广告赞助商所采用的任何形式的，针对内容、物品或者服务的非个人的宣讲或者促销。在企业营销中往往采用印刷媒体，面向商业社会，或有针对性地选定某个行业或职业阶层。除了提供信息，广告可以被用来征求具体的回应，如要求提供进一步的资料，或在某些情况下，提供产品或服务的订购单。
- 直邮函件。任何邮寄给特定个人从而影响其购买决策的函件。至于广告，直邮函件可能被用来提供产品或服务的信息，或征求一个具体的答复。
- 电话营销。任何与客户或潜在客户通过电话的接触。使用这种形式的商业沟通已经呈现爆炸式增长。从原来用做支持个人销售，到现在，电话营销在某些情况下已经取代个人销售作为问询的主要方式。现在电话营销已经广泛应用于资质认证，市场研究，为顾客提供订购、服务或者产品信息。

- 电子邮件营销。通过计算机网络的商业沟通和传递，特别是在商品或服务的购买和销售环节，以及通过数字通信方式的资金转移。
- 贸易展会。任何以行业展会或贸易展会或其他的方式展出产品或服务。参与贸易展会通常是旨在告知客户有关的产品或服务，以确定潜在客户、潜在的代理商或经销商。
- 研讨会、会议/技术论文。通常由公司的技术人员对新产品或者其应用所进行的任何形式的(即非商业的)技术宣讲。在某些情况下，宣讲也可由公司以外的业界公认的专家进行。
- 促销。任何通过使用样品、经销商竞赛、目录、手册，或其他手段来引起客户对产品的认知和兴趣的活动。一些促销活动，特别是经销商竞赛，重点放在公司的销售队伍或分销商的销售队伍上，旨在对销售人员提供额外的刺激。在许多情况下，经销商竞赛在刺激终端用户对产品或服务的兴趣方面都非常有效。(注：促销的传统定义通常包括贸易展览，也可能包括直邮函件或电话营销。对于企业营销来说，我们认为这些值得单独确定。)
- 公共关系。任何旨在促进或保护公司形象或其个别产品的项目。

除了上述类别，企业与客户还采取其他很多方式进行沟通。如供应商的工程师和客户的工程师在专业会议上的沟通，或可能共同参与标准制定的会议。类似的互动还发生在供应商与采购商的负责财务、产品、人力资源和其他不同管理职能的个体之间。

众多可用的与客户沟通的工具和大量的非市场渠道的沟通，都表明了市场对于协调沟通的需要。最近，已经听到很多关于整合营销传播(IUC)的概念，对这个概念特别感兴趣的是消费类产品公司，还有企业营销人员。根据美国广告代理商协会(American Association of Advertising Agencies)的定义，整合营销传播的工作目标是结合广告、直接营销、促销和公共关系等沟通方式，通过无缝集成分离的信息，从而提供清晰的、一致的和最大化的传播影响力。①

协调沟通的概念并不是什么新鲜事。长期以来，人们已经认识到通过商

① Peter Drucker, *People and Performance: The Best of Peter Drucker on Management* (New York: Harper & Row Publishers, Inc., 1977), 91.

业广告或直接促销介绍公司和其产品，了解销售队伍无法触及的影响购买的因素，可以支持个人销售。同样，人们也认识到，用于说明新产品或其应用的技术文档，在介绍新产品和提升用户接受度上可以发挥有效的作用。对于整合营销传播不断变化的关注点可能反映了这样一个事实，在许多情况下，沟通没有得到很好的协调。例如，用于促销的材料旨在支持在外的销售人员，却往往被闲置不用。因为销售人员不认为它是有效的。同样，未经过适当筛选的广告邮件有可能会浪费销售人员的时间。大多数公司都开始转向杠杆式销售的概念。销售人员应把重点放在高端销售上，即向关键客户营销公司更复杂和个性化的产品，而公司应该通过多渠道整合销售，从而移交低端销售。

对于市场营销人员来说，重要的是有一个认真制定的沟通计划，能够有效地、经济地利用所有工具使沟通在企业和客户之间以各种方式进行，并且能够被那些与客户接触的人所理解和支持。鉴于个人销售作为营销组合最重要的组成部分，我们首先讨论销售人员的作用和卖场销售人员的管理问题。还因为理解他们是理解其他传播工具是对个人销售的支持还是替代这个问题的关键。我们将在第十二章讨论这些问题。

对于市场营销人员来说，同样重要的是企业营销的分销渠道。在分销体系中，商业合作伙伴也支持个人销售。这个问题将会在第十三章进行讨论。

多渠道组合营销模式①

图 11.1 展示了一个多渠道策略的例子。许多公司都采用这种模式来完成创新型销售支持功能，特别是为中小规模的企业客户。值得注意的是，这些渠道是按照位于模式左栏的相对的销售费用来安排的。作为销售周期中一个持续的活动，销售任务被安排在模式栏的最顶端。使用这个模式时的重点是，要强调直销渠道（个人销售）为大客户提供服务时的效率最高。可以将商业伙伴（分销渠道）的重心放在中型客户上，销售人员偶尔可以为它们提供帮助以完成关键的策略交易。可以通过直销、电话销售和互联网销售为更小的客户提供很好的服务。

---

① Peter Drucker, *People and Performance: The Best of Peter Drucker on Management* (New York: Harper & Row Publishers, Inc., 1977), 243.

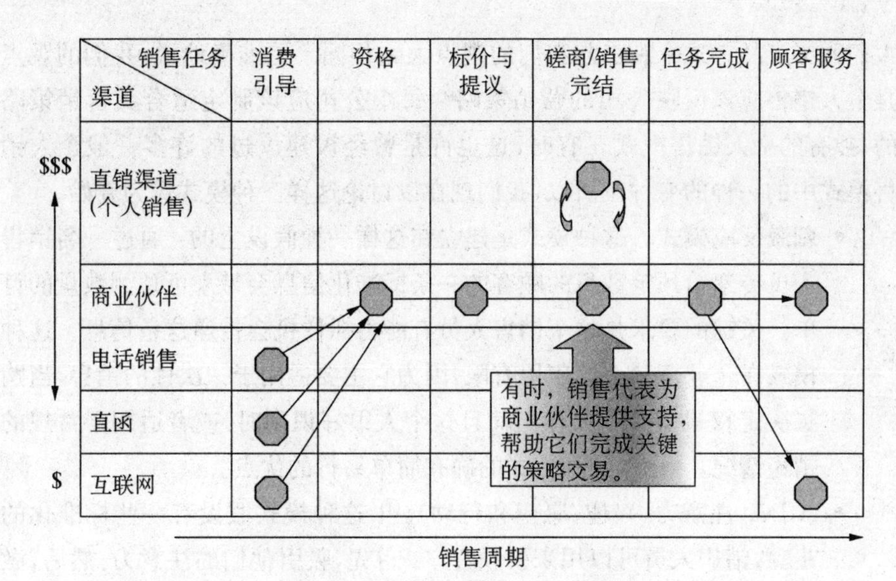

图 11.1 企业营销沟通：个人销售

资料来源：Adapted from Lawrence G. Friedman, *Go To Market Strategy*: *Advanced Techniques for Selling More Products*, *To More Customers*, *More Profitably*. Boston: Butterworth-Heinemann, 2002,243. Copyright 2002; Reprinted with permission from Elsevier Science.

销售人员的角色

销售人员应该做什么？如何管理销售队伍？准确地讲，这些是营销策略中的关键问题。几年前，德鲁克(Drucker)曾经说过："一个人可以设想，任何时候都需要卖东西。但是销售的目的是使销售成为多余的东西。营销的目的是很好地了解和理解客户，提供适合他们的产品和服务，使他们无法拒绝。"①这句话植根于这样一种观点：销售人员的任务就是将人们不想要或不需要的东西卖给他们。从一定程度上讲，这样说也许是合适的。然而，这种说法似乎是在设想产品和服务设计如此精确，以至于不需要任何修改；它们又是如此用非人工的方式被全面地解释，以至于在理解和应用方面不需要任何帮助。可事实上，这些情况在企业营销中绝无仅有。最近，又有人断言："销售就是死亡。"②然而，正如其作者解释的那样，他真正想表达的是未来的销售不同于现在。未来，销售的重点将是建立长期的联盟和友好关系以协助

① Peter Drucker, *People and Performance*: *The Best of Peter Drucker on Management* (New York: Harper & Row Publishers, Inc., 1977),91.

② Don Schultz,"Selling is Dying", *Sales and Marketing Management* (August 1994): 82 - 84.

人们购买产品。这个观点与我们的观点大致相同。更准确地说,我们的观点是个人销售应该反映公司的营销策略。每个公司应该制定适合其营销策略的、独有的个人销售模式。有时,这也许是曾经被建议过的许多一般个人销售模式中的一种的变种。所以,我们现在以讨论这样三种模式作为开始。

- 刺激反应模式。这种模式是建立在这样一种假设上的:通过一名销售人员传递给预定数目的顾客的一条标准化信息会带来可预测数量的订单。关键的要求是这个销售人员有能力抓住机会传递这条信息。这种模式在企业营销上的应用有限,因为它主要适用于一次性的销售,当购买决定权只需要一人作出而且这个人很好识别时,或者适用于常规的销售情况。然而,这种模式的确有简单易行的优点。
- AIDA(注意力、兴趣、愿望和行动)。[1] 这种模式假设有一些标准化的步骤,销售人员可以用来引领客户:首先,吸引他们的注意力;然后,激发他们对产品的兴趣;接着使他们产生购买产品的愿望;最后,拿到订单。这种模式的关键是要求销售人员有能力决定何时从这一步前进到下一步。与刺激反应模式相比,这种模式的用途更广泛一些,它可以指出在电话销售时可能会出现的一些变数。但是,这种模式在企业营销上的局限也是显而易见的。它假定只需一人作出购买决定,而且每个销售电话都可能带来一份订单。再者,事实表明,决定什么时候从这一步进行到下一步不是一件容易的事情。总体而言,考虑额外任务要求时,将这种模式作为一个起点是最适合的。
- 咨询式销售。这种模式假设如果将注意力放在如何使客户获利更多,那么顾客会很愿意与这样的销售商分享利益。这样一来,销售的高利润就不请自来了。[2] 这种模式虽然将客户最关心的事情纳入考虑范围之内,但是它却受到批评,原因如下:首先,这种模式没能充分认识到许多客户实际上不愿意与销售商建立模式中所建议的那种性质的关系。其次,它也没意识到,对许多利益提供者来说,对客户施加很大影响的机会不是很多。最后,这种模式对客户组织中销售人员与客户个体之间的人际互动情况缺乏考虑。

这些模式适合某一特定策略,在对销售人员所扮演的角色方面可能提出有

① Edward. K. Strong, *The Psychology of Selling* (New York: McGraw-Hill, 1925), 9.
② John F. Tanner Jr., "Buyer Perspectives of the Purchase Process and Its Effect on Customer Satisfaction", *Industrial Marketing Management* 25 (March 1996): 125-133.

益的建议，例如：如何挑选和培训销售人员，如何组织销售队伍。但正如上文所述，这些模式的局限也很明显。例如：无论是单个客户以及他或她的特点，或者是客户组织、这些组织的目标以及它们做生意的方式，AIDA 模式通通不予考虑。从根本上讲，客户只是被销售人员操纵的对象。更广泛地说，这三种模式是类似的。它们都没有考虑公司的营销策略，也没有将营销策略和销售人员的工作充分地联系起来。再者，在多大程度上，销售人员的行为可以影响客户对供应商的看法。上述模式都未涉及这个问题。一位大型电业采购经理说过：

> 每当供应商派一个新的销售人员来时，我们对这个供应商的看法也会发生很大变化。这些销售人员在如何代表他们委托人方面，差异很大。他们中有些强调产品个性，有些强调产品服务，有些试图面面俱到。还有些销售人员更热衷于向我们介绍一些专业知识。有一次，我们和供应商的联系全部依赖一名销售人员，当他被调走时，新派来的销售人员将我们介绍给其公司人员，人数之多以至于让我们感觉像是换了一家供应商。①

上述内容的关键点在于营销策略应该明确一种合适的个人销售模式。普通模式适用的范围很有限。在大部分情况下，模式需要经过特殊的加工以适应公司的策略，它也需要随着策略的改变而发生变化。它应该被用来指导所有与个人销售和销售队伍管理相关的领域，包括人员培训、挑选和酬金。

为了更好地理解如何开发合适的模式，我们首先介绍销售人员扮演的适于其工作角色这一概念。其次，我们将介绍环境因素可能对销售人员的角色造成的影响。最后，我们将讨论销售队伍管理和与国内外顾客有关的问题，还会讨论使用代理商和公司自己的销售队伍方面的问题。

角色概念

在本章中，我们用角色这个词将与特定的销售职位和销售指标有关的一批活动进行分类。② 在某些情况下，销售人员扮演的角色只有一种或有限的

① 节选自该采购经理与 H·迈克尔·海斯于 1974 年 7 月的私人谈话。

② Robert L. Kahn and others, *Organizational Stress: Studies in Role Conflict and Ambiguity* (New York: John F. Wiley and Sons, Inc., 1964) and Orville S. Walker Jr. and others, "Organization Determinants of the Industrial Salesman's Role Conflict and Role Ambiguity", *Journal of Marketing* (January 1975): 32-39.

几种,例如,维护、维修和运营产品的常规销售。在更复杂的营销情况下,销售人员扮演的角色也趋于复杂。例如,希望他们维系与现有顾客的关系、开发新客户、介绍新产品、从现有客户处取得订单。在某些情况下,提供售后服务。为了增加对销售人员角色的理解,下面我们将介绍一些与角色有关的概念。

角色定位和角色期待

当销售人员在扮演营销策略中规定的角色时,他们直接或间接地会与别的职位上的人员打交道。这些人员既有公司内部的,也有来自顾客组织的。这些个体会影响销售人员的角色定位。至少,公司的销售经理和客户组织中拥有购买影响力的关键人员包括在内。与销售人员角色定位有关的人员在一定程度上依靠销售人员的表现,也因此对销售人员所扮演的角色应该和不应该做的事情有一些看法。这些可以做和不可以做的事情就是角色期待。

角色冲突和边缘角色

在一个人的角色定位体系中,当他的期望和别人的期望相左时,就会发生角色冲突。这种冲突在所有社会情境中都存在,是无法改变的事实。例如,家庭的期望和雇主的期望经常发生冲突。对销售人员来说,这种冲突更尖锐。销售人员处于极限位置,换句话说,他们被夹在冲突双方的中间。在这种情况下,销售人员更容易受到角色冲突的影响,因为他们没有权力命令他人,他人也不可能理解销售人员的工作。再者,无可否认的是各方之间存在明显的目标差异。公司想以高价卖出和顾客想用低价购入之间的矛盾,销售人员无权要求顾客必须购买他们的产品,这些都是这类冲突的典型例子。即使在公司内部,销售人员面临冲突的几率也远远大于其他人员。特别是在复杂的销售情况下,当销售人员扮演多重角色或者用迥然不同的营销策略销售产品时。在这些情况下,当事关合适的刺激销售方法,或就产品销售需要花费的时间要求不一致时,产品经理的期待与销售人员的期待产生冲突就是很平常的事情了。

角色不明和角色错误

角色不明确和角色错误是相关的概念,但是产生的原因不同。当角色定位系统中的各成员的期待不明确时,就会出现角色不明。对销售人员来说,这种情况很常见。关于如何才能成功,没有现成的模式可以遵循,这是由个人销售的本质决定的。这样看来,清楚地定义销售人员这一角色所包含的方方面面是很困难的事情。边缘角色更使得情况复杂化,因为要想得到关于顾客期望的信息并不容易。当销售人员对涉及他们工作的某些反面的行为预期的理解有偏差时,就会出现角色错误。实际上,就是指销售人员没能很好理解那些工作说明上已经规定好的,或销售管理层以及别的可以合法规定销售人员行为的人员已经清楚说明了的事情。

角色积储和角色调整

除了最简单的情况,销售人员必须拥有角色积储,也就是说,他们要扮演不同的角色。在普通的社会情景中,大型的角色积储一般与销售成功率的增长有关联。然而,通常情况下,从一个角色调整到另一个角色绝非易事。其所要求的角色积储越大,发生角色冲突、角色不明和角色错误的几率越大。结果,许多销售人员不能很好地扮演所有要求的角色。

综上所述,销售人员必须能够扮演许多种不同的角色,而且要能使公司各个部门的人员感觉你代表了他们的利益,而且还要使顾客觉得你是不会让他们吃亏的。在扮演这些角色时,销售人员难免会遭遇角色冲突,也有可能会遇到角色不明、角色错误;角色调整方面的问题也有可能出现。这些问题是无法消除的。但是,恰当地管理它们是销售成功的关键。营销策略所需要的就是为销售队伍的管理提供一个框架。这样做的前提是能够很好地理解销售任务,对具体的销售情况有一个全面的认识是理解的基础。

认识销售情况

大多数销售情况都具备一些特点:①

1. 买卖双方因为循环交易或者购买周期持续时间长而保持长期的关系。
2. 多重因素影响购买是正常的。
3. 销售人员通常被指派负责特定的客户或特定地区。
4. 有衍生需求。因此,与单个客户达成的交易容易受到各种波动的影响。
5. 与客户的联系主要,有时仅仅,通过销售人员完成。
6. 销售人员的责任经常不仅限于销售。

许多附有这些特点的详细说明的营销分类方案被开发出来。在第三章,我们描述了购买方格模式。它提出从买方角度出发,根据产品是否对他们有

① James Cross, Steven W. Hartley and William Rudelius, "Sales Force Activities and Marketing Strategies in Industry Firms: Relationships and Implications", *Journal of Personal Selling & Sales Management* 21 (summer 2001): 199 - 206.

吸引力，销售任务也会发生变化。下面描述的分类方案可以使我们更好地了解在特定情景中，销售任务的本质。

销售周期

传统的观点认为销售队伍的任务就是卖东西。最近，顾问式销售被实践证明是最有效的。这种模式来源于企业营销中的关系销售。[①]销售人员可以向客户展示一个前景，即他们公司如何帮助客户提高效益。他们追求与客户的公司建立利润合作伙伴的关系。

公司需要将销售队伍完成的目标具体化。具体的配置方案取决于产品、服务或行业。但无论销售背景如何，在整个销售过程中都有特有的销售周期，如下图 11.2 所示。

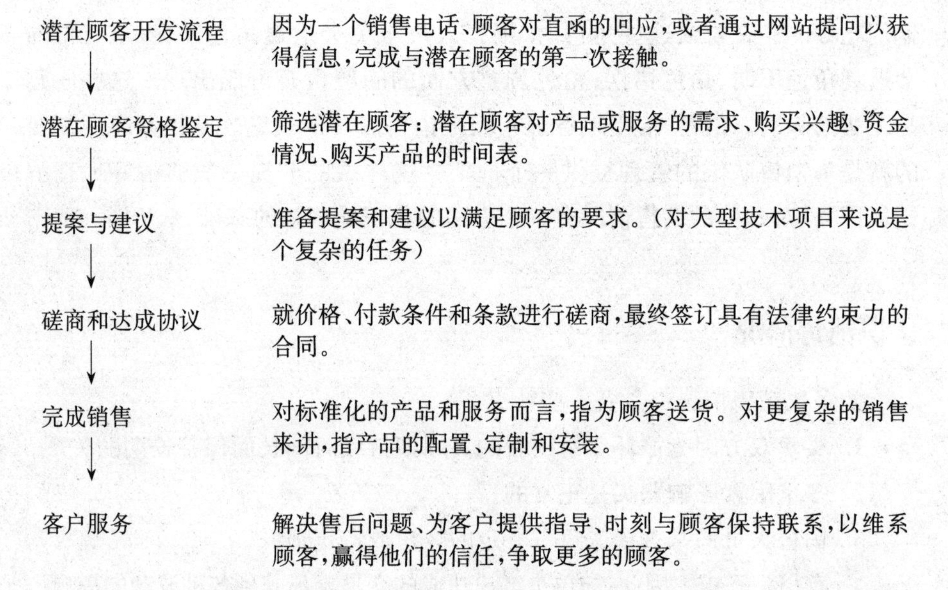

图 11.2 典型销售周期：销售过程中需要完成的任务

资料来源：Adapted from Lawrence G. Friedman, *Go To Market Strategy: Advanced Techniques and Tools for Selling More Products, To More Customers, More Profitably*. Boston: Butterworth-Heinemann, 2002, 234 - 236. Reprinted with permission from Elsevier.

① Robert J. Schultz, Kenneth R. Evans and David J. Good, "Intercultural Interaction Strategies and Relationship Selling in Industrial Markets", *Industrial Marketing Management* 28 (1999): 589 - 599.

根据产品、服务和行业的特性分类

在确定销售任务的性质时，产品、服务和行业的特性有很大影响力。例如，与销售那些高度标准化的商品相比，在销售例如主架计算机和涡轮发电机时，因为其价格高和购买周期长，销售也会大不相同。同样，承包商市场的特点是强调磋商的短期交易，其销售方式与强调长期合作和秘密投标的电业市场的销售方式肯定不同。

可以帮助决定销售任务种类的产品和服务类别包括原材料、成分、生产资料、供应、专业化服务和维修服务。上述每个方面都能对销售任务的改变产生影响。完整的可能影响销售方法的因素很多，但是关键在于识别和确认产品、服务或行业的那些能对销售人员产生很大影响的重要环节。

根据销售活动分类

许多按照销售活动来考虑销售任务的方案纷纷出炉。纽顿(Newton)的最新研究发现，销售队伍按照下列活动进行组织：①

- 贸易销售。一种主要的销售活动。其重点是通过提供销售援助来提高业务。援助既可能是面对分销渠道的，也可能是面对为了转售的生产商采购。
- 传教士销售。一种主要的销售活动。其重点是为像小企业、建筑师和医生这样的非直接客户提供个人销售援助。
- 技术性销售。一种重要的销售活动。其重点是通过为现有的客户提供技术服务和帮助来提高业务。
- 新的商业销售。一种重要的销售活动。其重点是通过为公司招揽新的客户来提高业务。

根据整体战略分类

销售人员的任务就是充分利用供应商的策略和营销计划。按照我们的定义，整体战略指供应商的策略与单个顾客的愿望以及需要相匹配。实现整体策略是市场分割的目的所在。从现实角度讲，将每个顾客都纳入分割目标的高水平的整体策略是很难制定的。对规模经济的考量限制了细分市场发展的机会。在严格定义的细分市场业务中，买方在争取竞争优势时，其经营策略是非常个

① Derek A. Newton, "Get the Most Out of Your Salesforce", *Harvard Business Review*, (September - October 1969): 130 - 143.

性化的。例如，与一个客户联合发展会被另一个客户视为竞争上的威胁。成功实施拉引策略可能会至少影响一些客户，妨碍它们实现与其竞争对手有关的产品差别化的目标。即使像电力业和电信公司这样，客户之间的竞争不是问题时，对经营战略做一些调整也许能使一种整体营销策略适应所有的困难情况。

最后，整体策略不是一成不变的。当新技术影响到制造过程时，规模经济也必须相应地调整。当个人客户要抓住千变万化的市场机会或对竞争威胁作出反应时，他们的策略也会改变。在某些行业，环境力量也会对所有或一些公司的策略产生影响。有些变化会对供应商和客户之间的整体策略造成正面影响，有些会适得其反。

从长远来看，供应商可以选择改变它们的策略来更加贴近顾客的目标，或者作为实现整体策略的方式，努力对顾客的策略造成有利的影响。

然而，对销售人员来讲，他们的任务是运用现有的策略和计划在短期内拿到指定客户的订单。所以他们的角色实际上受制于当前整体策略的级别。

高级别整体战略

通常，当整体策略级别高时，销售人员的机会也会不错。他或她会有显著的竞争优势，或至少有平等竞争的机会。获得顾客的大部分业务很重要，但也是意料当中的事情。销售人员需要了解顾客的决策过程，但是与顾客组织的个人沟通的性质是解释，而非劝说。为订货前后提供支持的各种系统的管理都得到同样的重视。销售人员在顾客组织内建立广泛的关系网，甚至发展亲密的个人关系。公司重视整体策略的后续部分的重要性，并且希望销售人员能监控客户策略和需求上的变化，并且运用这些变化为供应商策略和营销计划的后续微调提供帮助。公司监控竞争对手的活动只是为了防范自己的销售人员失去优势的防守战术。

低级别整体战略

当整体战略的级别低时，销售人员的角色会非常不同。他们成功的机会不多，且面临激烈的竞争。销售人员的任务是得到订单，但实际上，公司对他们的期望不高。了解顾客的决策过程很重要，但当他们试图对顾客的评价体系、目标，有时甚至策略施加影响时，他们与客户的沟通主要是劝说，而非解释。订单不是很多，也不确定，为售前和售后提供支持的系统很有限，甚至不存在。销售人员的个人关系网单薄，与顾客发展亲密关系的机会也不多。监控顾客策略只是希望这些策略能发生有利于销售方的改变。监控竞争对手活动主要是为了找出对手销售方式上的弱点，以及对手没能对顾客策略上的变化作出反应的原因。

尽管我们描述了两个整体策略级别中销售人员扮演的角色，实际上，整体策略是一个统一体，而不是一分为二的，所以销售人员的角色可能会发生很多变化。再者，在销售力量集中或当制造商的代理人销售大批货物时，整体策略可能不仅会随着顾客的改变而变化，可能还会因为顾客所要求的产品的不同而改变。在某些情况下，销售人员在处理一种产品的关系时，还要兼顾另一种产品。

销售人员和客户之间的互动

我们已经描述了许多分类方案或准则用来帮助理解销售人员的任务和角色。然而，个人销售的本质是与客户组织内的人员产生互动。归根结底，辨别潜在客户的愿望以及对这些愿望作出有效的反应是考察销售人员技巧和个性的关键。在考虑如何看待这种个人互动时，有许多分类方案可供销售人员参考。本教材不可能详细探讨这种互动的本质，然而，我们将简单介绍一种分类方案，它会清楚地表明销售人员和顾客之间可能的互动的复杂性。

布左塔(Buzzotta)和他的同事合作开发的这套方案将销售人员和顾客之间的关系从两维角度进行了分类：支配-从属关系和敌对-友好关系。[①] 在此基础上，他们描述了四种销售方式和四种购买方式。如下图 11.3 和 11.4 所示。

支配

敌对	Q1. 支配-敌对 顾客不愿意购买。销售人员必须努力对他们施加影响，使他们购买。销售是一场斗争；销售人员必须赢。	Q4. 支配-友好 如果有需要，顾客会购买。产品能满足顾客的需求。销售人员必须说服顾客，使他们相信自己公司的产品能满足他们的需求。这种销售是顾客、销售人员和公司都获益的方式。	友好
	Q2. 从属-敌对 顾客只有想买时才买。销售人员对此无能为力。只能指望顾客下定决心，才能完成工作。	Q3. 从属-友好 顾客只从朋友处购买。销售人员的任务就是和顾客交朋友。	

从属

图 11.3 销售行为的多维模式

资料来源：Adapted from V. R. Buzzotta, R. E. Lefton and Manuel Sherberg, *Dimensional Selling*, McGraw Hill, New York 2005. St. Louis: Psychological Associates, Inc., 1972, 22. Reprinted by permission of Psychological Associates, Inc., St. Louis, MO 63105. All rights reserved.

---

① V. Ralph Buzzota, Robert E. Lefton and Manual Sherberg, *Effective Selling Through Psychology: Dimensional Sales and Sales Management Strategies* (St. Louis: Psychological Associates, Inc. 1991), 23 - 26.

支配

Q1. 支配-敌对	Q4. 支配-友好
不能相信销售人员。他们想卖给我不需要或不想要的东西。我通过强硬和抵制的态度来对付他们。最好的防守就是进攻。	我购买商品是为了受益。我只从那些能说服我相信他们的商品比竞争对手更好的销售人员手中买东西。

敌对　　　　友好

Q2. 从事-敌对	Q3. 从属-友好
不能相信销售人员。他们想卖给我不需要或不想要的东西。我只好采取避而不见,事不关己的战略保护自己。	相互竞争的产品大同小异。既然买哪个都差不多,那么谁服务好,讨我喜欢,我就买谁的。

从属

图 11.4　顾客行为的多维模式

资料来源：Adapted from V. R. Buzzotta, R. E. Lefton and Manuel Sherberg, *Dimensional Selling*, McGraw Hill, New York 2005. St. Louis: Psychological Associates, Inc., 1972, 22. Reprinted by permission of Psychological Associates, Inc., St. Louis, MO 63105. All rights reserved.

这四种销售方式所依托的价值体系可以被解读为:“让他们买。”(支配-敌对),“该怎样,就怎样。”(从属-敌对),“你不能对朋友说不。”(从属-友好),“让他们承诺。”(支配-友好)。类似的价值体系也适用于顾客。这些模式可以用来判断不同类型的销售人员和顾客之间互动的本质,也可以帮助销售人员更有效地适应顾客个体的需求。

管理销售队伍①

虽然销售任务的主要方面在销售策略中都有具体说明,但是指挥销售队伍是销售经理的责任。许多销售工具可以帮助销售经理完成这项工作。

工作说明：起点

管理销售队伍的起点应该是工作说明。对销售目标和如何达到这些目标有一个深入全面的理解是一切的基础。只是告诉大家拿到订单是不够的。工作说明还必须阐明公司的销售方式、预期的新旧客户之间的平衡、预期的

---

① 对此主题的详尽论述参见 Gilbert A. Churchill Jr. and others, *Sales Force Management*, 6th ed. (Boston: McGraw-Hill Companies, 2000)。

产品系列销售平衡、电话销售之外的预期的活动安排(例如：参加展会)、销售支持的性质以及销售人员如何利用公司的资源。为指导人员的挑选过程，工作说明中还应该包括关于销售人员资格的内容。

人员挑选：重要决定

在销售队伍的管理中，没有几样工作会比人员挑选更重要。不经仔细考虑，匆匆忙忙下的决定得花几个月才能撤销。这个过程会对管理层造成很大负担。不幸的是，没有什么神奇公式可以用来指导挑选过程。尽管相关的研究很多，但是没有证据表明世界上存在放之四海皆准的适合做销售的个性。① 有效的挑选过程似乎有一些技巧可寻。这些技巧和公司特殊的销售状况相关联，也和公司内部成功销售人员的特点有关。由经验丰富的人员主持的精心设计的多次面试以及正式的测试(被公司的关于成功销售人员的纪录证明是正确的)会提高挑选的质量。

培训：目前的要求

培训是销售管理的重头戏。它主要包括两方面的内容：

1. 知识。与公司、公司的策略、过程、产品和规程有关的一切知识。

2. 技巧。如何分析顾客的情况、寻找顾客或者打电话的技巧以及如何应对具体来电。

知识培训一般都是直截了当的。市场经理会解释市场策略，产品专家会描述产品和服务的特点。销售技巧的培训更复杂些。普通销售培训计划可以用来介绍基本的销售概念，但是和市场策略相关的销售培训必须单独处理。为有经验的销售人员提供的培训也应该单独处理，要将他们的经验和市场策略的变化考虑在内。当公司采用团队销售方式时，有针对性的特殊培训尤显重要。

训练：不断变化的因素

按照传统，训练销售人员是销售经理的主要工作。这意味着销售经理要和销售人员通电话，观察他们的销售方式并随后为他们提供反馈意见。当组

---

① Wesley J. Johnston and Martha C. Cooper, "Industrial Sales Force Selection: current Knowledge and Needed Research", *Journal of Personal Selling & Sales Management* 1 (spring/summer 1981): 49 - 53.

织规模缩小时，销售经理递交直接报告的数量随之增加，而且当销售队伍不是按照地区进行组织时，销售经理和销售人员直接通电话的机会会减少。这样一来，训练的本质也发生了变化。现在更强调与销售人员一起发展客户和实行领土战略。或者进行团队训练，重点是以团队为单位训练如何提高销售技巧，而非以个人为单位进行。

销售支持

很少有销售人员在没有广泛的销售支持的情况下能顺利完成工作。通常，为销售人员提供支持的是商业伙伴和内部销售人员。计算机技术可以帮助销售人员进行销售演示、提高他们检查订单状态的能力，或者减少行政工作花费的时间。利用直函、电话销售、互联网来联系小顾客，或者利用个人电话来联系顾客。①

报酬②

报酬问题是销售队伍管理中最令人头痛的部分之一。可供选择的方案有以下几个：

- 直接报酬。
- 直接佣金，按照销售总额的百分比提成。
- 按照一定比例的毛利率付佣金。
- 奖金或者按照与定额有关的销售成绩发一定百分比的工资。
- 结合直接工资和一定形式的奖金。

在美国，常见的做法是直接工资，但是占主导地位的是工资和奖金。后者主要看与定额相关的销售表现。常见的报酬比例从 50－50（即 50％的工资加 50％的奖金，如果达到定额。）到 80－20。③ 但是，酬金计划的差异很大。文化因素对酬金计划的影响巨大。例如，一些北欧的公司倾向于直接工资。即使在同一个国家的不同行业，差异也不小。许多年以来，数码设备公司都是采用直接工资的方式付给自己的销售人员报酬，而计算机行业的多家公司更多采用一定形式的奖金作为报酬。

尽管没有所谓的正确酬金规则，但还是有一些准则存在：

---

① Philip B. Clark and Sean Callahan, "Sales Staffs: Adapt or Die", *B to B*, (10 April 2000).

② 对销售代表工资的评估参见 *Sales & Marketing Management* (October 1998): 98。

③ Luis R. Gomez-Mejia, David B. Balkin and Robert L. Cardy, *Managing Human Resources* (Upper Saddle River, NJ: Prentice Hall, 1995), 416－418.

- 计划应该反映整个销售任务的真实情况。在销售周期持续时间长时，或者当销售人员仅仅是决定交易的众多因素之一时，奖金报酬的形式就不是很合适。
- 计划必须易懂。通常，按照基于许多变量上的销售业绩颁发奖金的计划太复杂，销售人员理解起来有困难。这样，这些计划会失去激励的作用。
- 计划不是优秀管理的替代品。没有任何一种奖励计划能够全面指导和评价销售人员工作的各个方面。
- 当公司决定采用团队销售方法时，报酬计划必须能解释奖励计划对团队中每个成员会产生的影响，团队成员既包括一线销售人员，也包括提供支持的幕后人员。
- 计划应该是公平的。那些被认为是乱摊派，或非销售人员个人原因造成的各种意外状况而惩罚销售人员的计划注定不能激励销售队伍。
- 计划应该重视销售队伍中人员的价值。即多大程度上销售队伍中的成员会受货币奖励的激励？在不同年龄阶段和职业生涯的不同时期，这种激励是如何变化的？

职业发展：经常被遗忘的方面

销售队伍的管理必须考虑提高销售人员的销售能力、满足市场人员的需求以及未来销售队伍的管理需求。因此，认识到销售人员可能拥有的各种各样的职业发展机会是非常重要的。典型的职业发展机会可能包括以下几个任务：

- 销售人员在营销总部开始第一项任务，熟悉公司的营销策略、产品和规程。
- 销售人员被指派完成一个低级别的销售任务，然后是中等级别的任务。其目的是提供给他们展示其销售技巧和潜在的领导素质的机会。
- 营销总部指派销售人员参加一项重要的销售活动，例如：定价或支持现场销售。
- 销售人员被指派完成一项高级别的任务，可能是指挥一个销售团队。
- 销售人员进入管理层，负责现场销售或者在总部工作。

上述的一系列任务不一定都有机会在现实中得以实现，但是销售人员被指派完成的任务要有变化，要承担越来越多的责任。此外，他们还应该接受特殊任务来推广新产品或在产品介绍专责小组工作。这些都是应该考虑的方面。

特殊事项

本书无法涵盖销售队伍管理的各个方面,但是以下五方面值得特别关注。

利用代理商和直接使用销售队伍

通常,制造商的代理被认为是分销渠道的一部分,批发商情况也差不多。主要从经济的角度考虑,传统上更倾向于使用代理商。这是因为代理商不受制造商的直接控制,它们尤其适用于那些没有财力雇佣自己的销售队伍的小公司,或者一些无法在新地方或别的特殊情况下雇佣全职销售人员的大公司。例如:摩托罗拉(中国)雇佣 TCL 的手机销售人员,利用 TCL 的销售渠道出售自己的产品,以缩短与诺基亚在市场份额上的差距。①

我们在这里谈论这个话题是因为将代理商视为制造商自己销售队伍的替代品可能更合适。一个典型的代理商通常是一个个人或小公司,在一个特定的地区,只代理一个制造商或者作为制造商的补充,或同时代理几个制造商的产品。代理商不是产品的拥有者,没有权利开发票。它们按照制造商的定价出售商品,遵守制造商的政策。为了赢得代理权,代理商必须雇佣有经验的销售人员。这些人员既熟悉产品又了解自己的顾客。简单讲,代理商承担的角色几乎等同于制造商的销售队伍。

使用代理商不仅仅是一个经济学的问题,它还涉及到这个代理商的专业知识、关系网络以及公司管理代理商的能力。从节省费用的角度讲,使用代理商的优势显而易见。与雇佣一个销售人员或创建一个销售办事处的花费相比较,付给一个代理商的佣金根本不算什么。在某些情况下,代理商所拥有的专业知识和与顾客的关系是无法复制的,其价值超越了单纯的佣金。最后,虽然代理商不受委托人的直接控制,但这并不意味着它们会不顾及委托人的需求和期望。正如制造商自己的销售队伍一样,代理商的销售活动不止受佣金率的影响,还有许多别的因素能对其产生影响,特别是高水平的销售支持会极大提高代理商的工作效率。

组织现场销售队伍

我们应该怎样组织现场销售队伍?这个问题很难回答,因为现场销售队

① http://telecom.chinabyte.com/184/2220684.shtml.

伍面临频繁的重组。例如：国际商用机器公司(IBM)和美国手机制造商 AT & T 的现场销售队伍就频繁重组。从一个普通销售队伍到各种各样的多重销售队伍的组合，从向所有的行业销售所有的产品和服务到向目标行业销售有限的产品。对国际商用机器公司的首席执行官郭士纳(Louis Gerstner)来说，顾客的关注点是一个关键问题。他曾经承诺："我们将会组织我们的销售队伍，为顾客提供他们想要的东西。我们一切以顾客为出发点。"①

满足顾客所需是非常重要的，但是这并不能为如何正确组织销售队伍指明道路。有些顾客喜欢产品专家登门提供服务，有些则更倾向于行业专家，有些需要一站式服务，有些希望能代表整个公司的业务经理出马。对小公司而言，向少数行业销售有限的产品，相对而言是比较容易的。根据地理位置划分的销售队伍可以符合所有的要求，更重要的是，他们保证可以很好地展示公司的产品。当一个公司打算扩展产品线或选择开拓新市场时，它就面临一个选择：建立几个销售队伍，还是与往常一样，建立一个代表许多事业部或产品的"集中销售队伍"。在这两者之间作出选择时，要考虑销售队伍向多种市场推销的能力，销售队伍是否拥有足够的专业知识来推销各种产品，还有事业部经理对销售队伍推销能力的评价以及顾客的需求。经过选择的组织形式是各种目标冲突妥协的结果，这点是难免的。特别是当集中销售队伍被广泛运用时，事业部经理们因为无法直接控制销售队伍而感到头痛。至于制造商的代理商，解决问题的方法之一是想办法提高对销售队伍的支持级别；简而言之，就是能让销售队伍更容易地推销事业部的产品。

参与销售调研和策略发展

几乎所有的销售人员都对他们顾客的策略、产品需求和购买活动了如指掌。他们对公司竞争对手的产品和策略的了解也很全面。在开发新产品和改进营销策略时，公司应该知道销售队伍是珍贵的信息来源，但实际上对这个重要的信息源的利用不是很充分，除非有一套正式的程序来保证信息能顺畅传递。

应该有一套系统来奖励和鼓励那些提供顾客和竞争对手信息的销售人员。做到以上几点至少需要：(1)销售队伍明白公司需要哪方面的信息。(2)提供这些信息的个人将会得到承认和奖励。在考虑开发新产品和改进营销策略时，销售队伍可以和专门小组以及规划团队一样，作出宝贵的贡献。

---

① Geoffrey Brewer, "Rebooting IBM", *Sales & Marketing Management* (October, 1993): 82.

国内和国际客户[1]

我们将国内客户定义为具有多重购买影响力的人员，他们位于一个国家的不同地方。国际客户是国内客户的扩展，指具有多重购买影响力的人员位处两个或更多的国家。

通常情况下，国内客户需要一定新形式的销售队伍来为所有具有购买影响力的人员服务。这些客户一般数量众多，需要来自销售团队内部的人员提供专门的销售支持。在管理国内客户时，我们主要讨论以下三个重点。

销售覆盖

可选择的形式有：一个中央办事处集中管理所有具有购买影响力的人员；一个专门的国内客户负责小组，其销售人员被战略性地分派到国内的各个地方；或者来自普通销售团队的人员被专门指派负责当地或国内的客户。

团队协作

长久以来，销售被视为一项单独活动。销售人员与顾客的关系非常个人化。从具有购买影响力的人员那里得来的信息是高度保密的。大多数销售人员信奉"我拿到了订单"，而不是"我们拿到了订单"。因此，团队协作不是理所应当的事情。举一个可能比较极端但颇具说明性的例子，美国的卡夫食品公司(Kraft)就因为其销售人员无法完成从个人销售到团队协作的转换，而不再雇佣有经验的销售人员。精心挑选团队成员、对其进行专门培训，再辅之有效的管理措施，这些都是团队协作成功的要点。[2]

销售荣誉和报酬

采用奖励作为支付报酬的形式时，如何分配销售荣誉很重要。即使在销售团队内采用单纯薪金制度，销售荣誉也是不容忽视的事情。销售人员都有预算，年度涨薪和升迁都与是否完成预算有联系。

荣誉分配方式有许多。具体方法是给拿到订单的办事处或个人一定比例的分成，同时还要兼顾别的相关人员的利益。也有一些情况是，拿到订单的办事处根本没做什么事情，也不知道会拿到订单。

为了克服程序方法的缺点，有些公司干脆将拿到订单的荣誉分给每个销售人员。在某种意义上，这样做可以避免麻烦，但是一旦涉及数额巨大的奖

① Frank V. Cespedes, *Concurrent Marketing*: *Integrating Products*, *Sales and Service* (Boston: Harvard Business School Press, 1995), 186 - 202.

② Victoria D. Bush and Thomas Ingram, "Adapting to Diverse Customers: A Training Matrix for International Marketers", *Industrial Marketing Management* 25 (September 1996): 373 - 383.

金时，这样做就不太现实了。

有些公司让管理层来承担责任，客观地评估销售团队各个成员为拿到订单作出的贡献。然而，管理层的人员可能因为不了解实际情况而无法作出明智的判断。当多名经理负责管理团队成员时，就可能出现偏见。一个经理的沟通技巧也许比某一特定销售情况的成败更重要。

最后，还有些并不参与销售工作的团队成员，他们的工作也十分重要，却被排除在了这种只以订单论英雄的奖励制度之外。

有一种很有前途的方式是根据总的业务量或团队的利润贡献，为所有团队成员建立一个奖金库。奖金库的分配由团队成员共同决定，根据团队成员的贡献大小分配奖金。

国际客户

国际客户是国内客户的扩展，其管理和国内客户大同小异。需要额外考虑的是语言和文化差异。这些都要求进行特别培训和管理，会议和沟通的花费也会增加。例如，近几年以来，通用电气公司的塑料集团认识到了偏远地区的团队成员之间的沟通需要给予特殊关注，于是为他们建立了电脑客户数据库，世界上任何地方的团队成员都能使用。

在管理负责国际客户的销售队伍时，有一点需要特别注意：公司的组织结构。对那些在国外生意众多的公司来说，最常见的组织形式是以国家为基地，即一名经理负责该公司在某个国家的所有销售活动。在一些情况下，这个经理本质上就是销售经理，仅负责销售，也许还负责分销活动。在其他情况下，这位经理负责包括制造和财务有关的许多额外事务。在上述情况下，必须将经理的利益和考核系统考虑在内。

面对分销商的销售

与分销商打交道的销售人员的任务和别的销售任务有很大区别。当然，他们的目标是得到订单。然而，销售人员在拿到分销商的订单之前，分销商必须首先拿到顾客的订单。受制于分销商与供货商的特殊关系，销售人员扮演的角色类似于销售经理，虽然他们无法控制分销商。这项工作成功的关键包括以下内容：培训；协助分销商的销售人员有时需要与分销商联手以争取客户；协助分销商制定整体销售计划；为分销商组织的各个部分提供销售方面的帮助。担任这项工作的销售人员若能有效地处理与分销商的关系，分销商销售供货商产品的销售量会得到很大提高。

小结

现场销售队伍的频繁变动表明，将销售策略和销售活动进行合理的组合是一个持续的过程。缺乏现场销售队伍支持的产品介绍比比皆是。关于市场和销售部门之间的矛盾的报道也不鲜见。所以，在制定销售策略时，必须将顾客和销售队伍的销售方法等因素都考虑在内。除了最标准化的情况，销售人员的成功取决于他或她如何运用公司的资源，将销售和市场策略与一个特定客户的实际情况相联系。虽然个人销售是与客户沟通的最重要的方式，销售队伍的活动还需要其他非个人销售方式的支持和补充。两者需要互相配合。

销售策略应该提供一个框架，使销售队伍能够借此确定目标客户，或者将客户的特点具体化以制定详细的销售方法。现场销售管理是保证销售策略和销售活动紧密连接的关键。最后，销售策略应该考虑以下因素：个人销售的动态性质，随着外部环境和销售策略的改变而改变的销售任务。正如我们将在第十二章讨论的那样，个人销售应该得到许多其他沟通方式的支撑，同时，也应该与这些方式积极配合。这点也适用于直销。

延伸阅读

Joseph P. Cannon and Narakesari Narauandas, *Relationship Marketing and Key Account Management*, ed. Jagdish N. Sheth and Atul Parvatiyar (Thousand Oaks, CA: Sage Publications, Inc. 2000),407 - 429.

Gilbert A. Churchill Jr. , and others, *Sales Force Management*, 6th ed. (Boston: McGraw-Hill Companies, 2000).

John S. Hill and Arthur W. Allaway, "How U. S.-based Companies Manage Sales in Foreign Countries", *Industrial Marketing Management* 22 (1993),7 - 16.

William Keenan Jr. , ed. , *The Sales & Marketing Management Guide to Sales Compensation Planning: Commissions, Bonuses & Beyond* (Chicago: Probus Publishing, 1994).

George H. Lucas Jr. and others, "An Empirical Study of Sales Force Turnover", *Journal of Marketing* (July 1987): 34 - 59.

Robert N. McMurray, "The Mystique of SuperSalesmanship", *Harvard Business Review* (March - April 1961): 114.

William C. Moncrief, "Selling Activity and Sales Position Taxonomies for Industrial

Salesforces", *Journal of Marketing Research* (August 1986): 261 - 270.

William C. Moncrief, "Five Types of Industrial Sales Jobs", *Industrial Marketing Management*, 17 (1988): 161 - 167.

Sharon Drew Morgan, *Selling with Integrity: Reinventing Sales Through Collaboration, Respect and Serving* (New York: Berkeley Books, 1996).

James A. Narus and James C. Anderson, "Industrial Distributor Selling: The Roles of Outside and Inside Sales", *Industrial Marketing Management* 15 (1986): 55 - 62.

Charles J. Quigley Jr., Frank G. Bingham Jr. and Michael B. Patterson, "The Information Flow for a Business-to-Business Buying Decision Process: A Modeling Approach", The Journal of Marketing Theory and Practice 2 (fall 1993): 103 - 121.

Neil Rackham and Jon De Vincentis, Rethinking the Sales Force (New York: McGraw-Hill, 1996).

Bert Rosenbloom, "The World Class Sales Manager: Adapting to Global Megatrends", *Journal of Global Marketing* 5, no. 4 (1992): 11 - 22.

Madhubalan Viswanathan and Eric M. Olson, "The Implementation of Business Strategies: Implications for the Sales Function", *Journal of Personal Selling & Sales Management* XII, no. 1 (winter 1992): 45 - 57.

John J. Withy and Eric Panitz, "Face-to-Face Selling: Making It More Effective", *Industrial Marketing Management* 24 (August 1995): 239 - 246.

Thomas Wotruba, "The Evolution of Personal Selling", *Journal of Personal Selling & Sales Management*, XI, no. 3 (Summer 1991).

Eilene Zimmerman, "Quota Busters", *Sales & Marketing Management* (January 2001): 59 - 63.

第十二章

企业营销沟通: 超越个人销售

在第十一章，我们介绍了与顾客沟通的主要方式，同时简要论述了个人销售的作用及其管理。本章将继续讨论沟通方式。这些方式能促进个人销售，或对有些公司而言，这些方式承担沟通的全部责任，包括确保顾客购买公司的产品。我们还在本章进行了与客户沟通的成本方面的简短讨论。

个人销售的补充

不论个人销售多么广泛，实际上是不可能完成销售策略中所有的沟通目标。以影响购买为核心目标的个人销售，其可行性有待研究。举一个看似比较极端的例子，复印机销售商施乐公司（Xerox）发现其销售人员的每 25 个潜在客户中，最终只有一个会真正购买。[①] 关于顾客的研究报告表明，顾客获取与产品、产品特点及其服务有关的信息的来源非常广泛。根据一项研究显示，购买机器工具类产品的顾客更依赖产品的广告，而非销售人员的介绍。[②] 在许多行业，产品展示会是重要的信息来源。在某些情况下，顾客组织的高层管理人员，尽管不能直接影响最终的购买决定，却会根据他们对供应商的总体印象，影响对供应商的选择，而这些印象多来自广告和其他一些非个人沟通渠道。

直销、广告、促销和公关可以帮助和补充个人销售。在上述方面，营销预

① Peter Finch, "Xerox Bets All on New Sales Groups", *Business Marketing* (July 1986): 21.

② Charles H. Patti, "Buyer Information Sources in the Capital Equipment", *Industrial Marketing Management* 6 (1977): 259 - 264.

算所占的份额往往少于消费类产品所占份额。然而，一套设计完整的营销沟通计划可以提高整体营销策略的效率和效果。如图 12.1 所示：

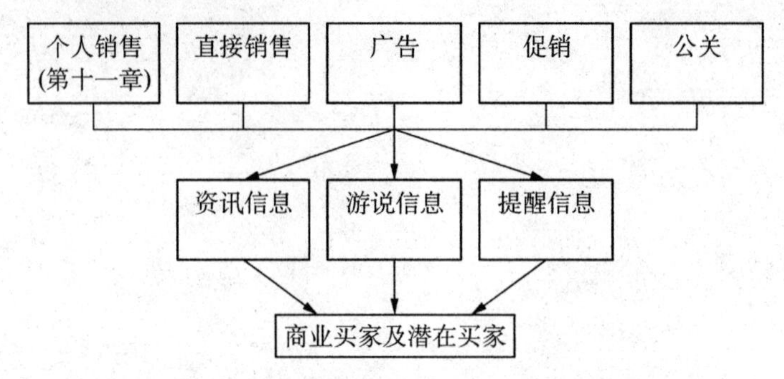

图 12.1　促进营销的工具，信息、劝说、提醒信息之间的流动

直销

虽然个人销售在沟通计划中占据重要地位，但事实上，个人销售的支出，无论是指公司的直接销售队伍又或通过非直接渠道，是受到禁止或不是必须的。因此，任何不通过销售人员而与客户有关的讨论和沟通手段，都需要纳入直销的考虑范畴。在这里，直销指有计划、有组织的，利用多种媒介的联系方式。其目的在于挖掘客户并维系与客户的关系。这些都需要开发和维持一个针对控制目标群的数据库，以管理销售并与顾客保持联系。①

直函、电子邮件和电话营销都是商业销售人员采用的直销手段。直函是将公司的信息直接发给经过筛选的个人。这些信息包括公司新产品的介绍或详尽的产品手册，甚至还包括产品样本。直函可以承担许多广告的功能。但直函的真正意义在于将信息发给潜在的目标客户。当引导消费潮流并使之成为可能时，电子邮件这种方式的影响力不可小觑，但前提条件是在发电子邮件之前要征得收件人的同意，并且允许收件人拒绝接收此类来信。②

直函

通常，直函被用来提升公司的形象、促销其产品和服务、为销售提供帮

---

① Stan Rapp and Tom Collins, *The Great Marketing Turnaround* (Upper Saddle River, NJ: Prentice Hall, 1990), 220 - 234.

② Barry Silverstein, *Business-to Business Internet Marketing*, 3rd ed. (Gulf Breeze, FL: Maximum Press, 2001), 171.

助、与分销渠道建立沟通，以及解决一些特殊的销售问题。在提升公司形象方面，直函可以帮助一个公司建立起科技领导人的形象。通过直函，特定的产品信息可以直接发给拥有最终购买决定权的人员。发直函的时间可以很灵活。根据需要，诸如新产品的价目表，或新的服务改革措施等信息都可以传递给客户。直函还使客户反馈变得简单易行。通常，公司直函中会附有一张回执卡，或客户所在地区的销售商和分销商的姓名、地址和电话。

公司保存的记录可以提供客户的通讯名单。这些名单由现场销售人员时时更新。产品价格变动的信息会同时通知给所有的客户。关于新产品和新服务的声明，或者许多技术方面的信息会及时传递给对其感兴趣的客户。这些都便于销售人员进行随后的跟踪服务。产品目录和别的促销信息可以定期直接传递到重要的潜在客户手中。利用直函可以与拥有购买决定权的关键人物建立联系。通常情况下，销售人员很难接触到他们。除了准确的通讯名单和及时的信息更新之外，直函成功的关键是向销售人员提供信息并使他们相信这些信息有助于他们工作。

对新顾客来说，可以利用从市场上购买的客户通讯名单宣传公司形象、引导消费以便销售人员进行跟踪服务，或者从客户那里获得一些其他的直接反馈。在美国，有许多公司可以提供这样的客户通讯名单。像邓白氏咨询公司(Dun & Bradstreet)这样的公司可以提供多达上千万个美国公司的名单，标准工业代码从 4 位、6 位到 8 位应有尽有。除了美国公司的名单，邓白氏咨询公司还提供美国之外的多达 2 800 万个公司的名单。需要名单的公司可以选择只购买通讯地址或更详尽的信息，例如开业时间长短、公司规模和信用历史等。需要的公司可以购买只供一次使用的通讯名单，也可以购买可供多用途使用的名单，以方便建立一个永久的数据库。关键是正确的选择通讯名单并且谨慎地过滤顾客反馈，以保证关于消费引导的信息是切实可行的。

对大部分公司来说，为直函和电话销售建立一个广泛和准确的信息库是销售沟通计划的重要组成部分。在建立顾客信息库时，有一点必须注意，那就是购买决定不是单个人完成的，而是受到多方面影响的。这一点要求公司不仅要对消费团体中的关键人员的职位和姓名了如指掌，而且还需要提供建议，避免发给客户的信息千篇一律，并要反映出个体的功能性利益。如果在邮件中将顾客的姓名拼错或称呼与事实不符，那么即使是最好的邮件，其效果也会大打折扣。这也更说明数据库信息的准确度是何等重要。莱因德(Rhind)在编写如何在欧洲建立数据库的综合手册时，曾强调用顾客可以明白的语言写邮件是不够的，还需要在处理标题和形式时必须考虑顾客所在地的风俗习惯。①

电子邮件营销

与直函和邮寄印刷材料相比，电子邮件营销花费少。与直函广告相比，电子邮件广告得到的反馈更多，能更快地产生结果。

有意将电子邮件营销纳入销售沟通计划的公司应该在建立自己的电子邮件名单上多下功夫。通常情况下，这样的信息已经包括在各个公司的客户数据库里。销售部门、市场部门和顾客服务部门的记录也包含其中。这样做的结果是，顾客对电子邮件（或直函）广告的反馈会被集中的客户信息数据库捕捉并通知到公司里所有的有联系的员工（销售人员、呼叫中心工作人员和市场部经理），供他们进行检索。

互联网将营销沟通的方式从原来的单向变成现在的双向。营销人员和消费者之间的信息交流变得更加容易方便。在浏览的网站上选择他们心仪的产品，与销售人员进行网上沟通的过程中，消费者既得到了信息，同时也提供了信息。② 此外，销售人员可以利用这些信息为消费者提供更好的服务。例如：个性化的电子邮件和信息，个性化的服务解决方案，以及可以提供补充产品和服务的网络链接。

电话营销

长久以来，利用电话与商业客户建立联系是商业沟通的重要组成部分。销售人员通过打电话约客户见面，及时与顾客沟通。销售人员依靠电话和互联网为销售队伍提供支持。顾客打电话给销售办事处，进行询问或订购产品。那么是什么使电话营销成为一种独立和特殊的与顾客沟通的方式呢？下列情况下，利用电话与顾客能够进行有效的沟通：

- 被用来与顾客进行沟通的主要方式，例如：替代销售队伍。
- 作为销售队伍的补充，主动与客户保持联系，特别是那些数量不多，地处偏远地区，联系不太频繁的顾客。
- 为顾客在收到直函后订购产品提供方便。
- 促成和认定引导性销售。

---

① Graham R. Rhind, *Building and Maintaining a European Direct Marketing Database* (Hampshire, England: Gower Publishing, 1994).

② David W. Stewart, "From consumer Response to Active Consumer: Measuring the Effectiveness of Interactive Media", *Journal of the Academy of Marketing Science* 30 (fall 2002): 376 - 396.

- 进行市场调查。
- 进行顾客满意度调查。
- 提供产品服务信息。

电话销售、其他免费电话号码以及使用这些方式的人数的增加使得电话销售增长的总体趋势惊人。据估计，2006年，企业营销商在电话营销上面花费了近588亿美元。[①] 电话营销是所有与顾客沟通方式中发展最快的。这种快速的增长要求电话营销如果想取得理想的效果，必须进行良好的组织和管理。在许多情况下，这意味着必须有专业技术人员的参与，运用专业程序并仔细地结合其他营销手段。例如，某个电话营销方案计划为其现场销售力量提供帮助，将其在美国的所有销售人员集中。为了体现当地特色，被派往西海岸的电话营销人员甚至订阅当地报纸，以便在与顾客沟通时能有共同的话题。随着电话营销的增长，各方的协调很重要，这样才能避免出现下列问题：在电话营销中心不知情的情况下，公司就打出提供免费电话号码的广告；或者在没有销售人员知情和参与的情况下，促成引导性销售。

广告

广告是指任何由确定赞助商付费的非个人的关于想法、产品或服务的展示。广告利用多种媒体，像杂志、报纸、电视、广告牌等，但不包括直接的营销活动。有效利用广告的关键在于制定明确和详尽的目标。这通常包括以下几个方面：

- 向潜在客户介绍公司情况，为第一个销售电话铺路。
- 为那些销售人员无法接触到的或者不能及时联系到的拥有购买影响力的人员提供产品信息。
- 提升公司的形象，特别是其在拥有购买影响力的高层人员中的形象。
- 推出新产品以促成引导性销售。
- 直接征求客户的订单。

广告或其战略的制定首先要确定其目标。举一个典型的例子。给广告商的指示中可以明确说明公司希望广告能被一些观众接触到，能提升公司作为一个可靠的现代化供应商的整体形象，并将公司的产品定位为高档品牌。

---

① George E. Belch and Michael A. Belch, *Advertising and Promotion: An Integrative Marketing Communications Perspective* 6th ed. (New York: McGraw-Hill/Irwin, 2004), 224 - 226.

表 12.1 比较了工业营销商在设置广告预算时所采用的方法。

表 12.1 工业营销人士制定广告预算时使用的比较方法

方法	受访者使用每种方法的百分比 (n=64)[a]
定量	3
预期销售的百分比	16
竞争对手	21
单位销售	2
往年销售百分比	23
任意	13
目标与任务	74
可支付性	33

[a]由于多种因素，总数超过 100%

资料来源：Reprinted with permission from Marketing News, published by the American Marketing Association, "B-to-B", July 2,2001,16.

在理想的情况下，企业营销商会利用目标和任务法来指导广告支出。① 具体地说，就是量化广告。从经济的角度分析广告的支出和预计的收益。在广告推出前后，其效果将被衡量和评估。英国的一项研究表明，上述方法在欧洲被普遍采用。② 然而，这种方式也存在问题。广告的目的就是提升公司的形象、让公司的品牌更受欢迎以及向潜在的客户介绍公司情况。制定广告预算时，判断广告的收益时难免主观。衡量广告效果也不是很容易。在面对这些主观因素和困难时，许多公司采取拇指规则(rules of thumb)来决定广告支出，例如遵循以往的销售措施的比例或行业规范。更合适的方法是在制定广告预算时，将过去的支出和行业规范仅仅作为设立目标和预计收益的参考，而非决定因素，尽管这样做有难度。③

虽然广告的目的在于促成引导性销售或直接获得定单，但设立广告目标和检查广告效果要简单得多。广告引导消费的价值能被合理估计出来，

① George E. Belch and Michael A. Belch, *Advertising and Promotion: An Integrative Marketing Communications Perspective* 6th ed. (New York: McGraw-Hill/Irwin, 2004), 647.

② James E. Lynch and Graham J. Holley, "Industrial Advertising Budget Approaches in the U.K.", *Industrial Marketing Management*, 18 (November 1989): 266.

③ Theodore Levitt, *Industrial Purchasing Behavior: A Study in Communication Effects* (Boston: Division of Research, Harvard Graduate School of Business, 1965).

对某一广告的反馈数字也能被跟踪获取。这样有益于准确地估算成本效益。①

商业广告的显著特点是存在专门刊物。仅在美国，刊登商业广告的杂志多达2 700种。有些是纵向刊物，针对某一行业，如《电气世界》(*Electrical World*)。还有一些是横向刊物，服务于某一个功能，例如《采购》(*Purchasing*)。企业营销商面对的问题是如何在这些横向刊物和纵向刊物，以及像《华尔街日报》(*The Wall Street Journal*)和《财经时代》(*Financial Times*)这样的更普遍的商业出版物中作出选择。挑选合适的媒体的原则是不能违背广告的既定目标。

企业营销商不能忽视广播广告作为一种交流媒体的价值。例如，在底特律(Detroit)，每天早晨的交通高峰时段，许多汽车工程师和采购人员在车里都能收听到工业企业的广播信息。

最后，跨国公司面临的问题是选择适用于全球范围的还是针对某一具体市场的标准化信息。在某些情况下，答案是明确的。针对在德国的工程师的广告信息必须反映出他们对广泛的技术信息的需求。在其他国家，概念广告可能更适合。除了语言因素，企业营销的性质表明标准化信息适用于大多数情况。

促销

促销以前被销售商看做是一种短期诱惑性销售，为的是在个人销售、渠道中间商和企业顾客之间创造利益。今天，在许多公司，促销前景广阔，绝非昔日的只为创造一些短期的价值可比。它已经成为连接个人销售、广告和公关，并使之成为一种有意义的综合促销计划的推动力。尽管促销活动的种类繁多，企业销售商通常使用以下几种方式：展会和展览、奖励、竞赛、抽奖和游戏。

展会和展览

展会在公司制定沟通战略时往往被忽视，但实际上它是沟通组合中最重要的组成部分之一。它为买卖双方提供难得的机会，使得它们能汇聚一堂，

---

① "New Proof of Industrial Ad Values", *Marketing and Media Decisions* (February 1981): 64.

买主有机会寻找产品信息、新产品或新的供应渠道。①

许多行业每年都举行展会或展览，以展示本行业的进步和科技发展。在北美，参展企业每年为展览场地所付的费用超过100亿美元。② 通常，卖方在展台展示该企业的产品和服务，供感兴趣的行业成员参观。典型的展商会每小时联系4～5名展区内潜在的买家。例如，上海国际工业博览会每年11月举行。许多国内和国外的著名公司会在博览会期间展示自己的新科技和产品。据估计，签署的协议总额价值超过8亿美元。③

在北美以外的地方，展会吸引的潜在买家数量更多。每年在德国汉诺威(Hanover)举行的展会是世界上规模最大的，潜在买家超过40万个。

德国的北莱茵-威斯特法伦州(North Rhine-Westphalia)的科隆(Cologne)、杜塞尔多夫(Dusseldorf)、埃森(Essen)和多特蒙德(Dortmund)等城市每年举办超过90场展会，其中58场具有国际规模，40场是某特定行业世界最大规模的展会。美国外交与商务处为本国出口企业参加国际展会提供广泛的帮助，日本贸易振兴机构(Japan External Trade Organization, JETRO)也为日本企业参加展会提供大力支持。这些都说明展会在外贸中的重要性。

在美国之外的展会上，总会出现方法上的问题。在欧洲，制造商展示其展品的方式比美国制造商要保守。因此，当通用电气公司第一次在欧洲的展会上展示其工程塑胶时，很强调展示技巧，通用电气公司的竞争者都认为它这样做是犯了一个严重的错误。但最终结果表明，通用电气的方法非常有效，并使得该公司从此一跃成为欧洲市场的重量级成员之一。④

买家如何评价作为一流采购信息来源的展会的价值，有多少拥有购买影响力的重要人物出席展会，这些都会推动展会发展。研究表明，在一个合适的展会上完成产品销售所花费的电话费用比现场销售需要的少很多。

尽管展会用途广、支出高、采购商的评价好，其效果也有目共睹，但是行政主管们对参加展会还是心存疑虑。⑤ 他们中的有些人认为，参加展会是一件讨厌但是不得不做的事情，去参加的唯一原因是对手也参加。还有一些人

---

① Thomas V. Bonoma, "Get More Out of your Trade Shows", *Harvard Business Review* 6.

② Barbara Axelson, "How to Choose the Right Trade Show", *Business Marketing* 84 (April 1999): 14.

③ http://tt.cs.cn/Topic/shanghai/shanghai.htm.

④ Brad O'Hara, Fred Palumbo and Paul Herbig, "Industrial Trade Shows Abroad", *Industrial Marketing Management* 22 (August 1993): 235.

⑤ Srinath Gopalakrishna and others, "Do Trade Shows Pay Off?" *Journal of Marketing* 59 (July 1995): 75-83.

认为，展会只不过是为那些参加人员提供一个度假的机会，特别是展会的地点设在旅游胜地时。尤其是当缺乏证据表明展会的有效性，参展的费用又水涨船高时，参加与否的确成为一个问题。对企业营销商来说，这意味着参加展会时，要有明确的目标，仔细选择并配备合适的工作人员，还要衡量其效果。①

根据展览局和别的一些组织的统计，公司之所以参加展会，原因是多方面的。这其中包括：

- 创造交易机会。
- 产生合格的引导性消费。
- 加强对公司及其产品的宣传。
- 介绍一种新产品和服务。
- 吸引公众，使他们青睐公司及其产品。
- 为公司的产品和服务寻找新的分销商。
- 提供分销商服务。
- 测试样机，判断市场对新产品的反应。
- 开发现存产品的新用途。
- 招聘销售代表。
- 搜集竞争对手的情报。
- 为技术人员接触顾客提供机会。

根据潜在的客户对产品或行业的兴趣来对它们进行市场细分有助于公司选择参加合适的展会。至于销售情况以及参展商的水准问题与展会的定位有关，这些也是需要考虑的因素。有些展会更倾向于销售（例如在展会现场下订单），还有一些展会的目标是着眼于未来，定位更宽泛。有些可能会吸引兴趣广泛的高层经理，还有些会更受关心技术细节的技术人员的欢迎。

通常情况下，各个公司派往展会的人员级别不高、经验有限。这也反映出展会被看做是不想但不得不参加的活动。然而，通过仔细挑选展会并合理配备人员，展会还是能发挥很大作用的。在很多情况下，经精心策划而参加展会被视做是一种特权，有提高士气这样的额外收益。

依据某个特定展会的目标，有许多可以检测展会效果的方法。如果展会

---

① Srinath Gopalakrishna and Jerome D. Williams, "Planning and Performance Assessment of Industrial Trade Shows: An Exploratory Study", *International Journal of Research in Marketing* 9 (September 1992): 207 - 224.

是偏重销售的,统计销售额是一个直接又简单的方法。[1] 关于出席展会的人员的购买影响力和购买计划方面的信息,可以通过发放问卷调查获得。利用比较简单的跟踪系统可以获得引导性消费以及它所衍生的销售额方面的信息。虽然结果难免主观,但是要想知道顾客的想法以及参展单位工作人员的看法也并非办不到。

最后有一点,那就是展会的用途不仅仅限于产品介绍。例如,一位来自丹佛(Denver)的擅长设计运动中心的建筑师曾经在一次展会上展出自己的设计模型,被一家有意建造运动中心的日本公司看中,双方签订了合同。现在这名建筑师在日本的生意蒸蒸日上。

奖品、竞赛和样品

许多销售商采用奖金、竞赛、抽奖和游戏等手段来刺激买方的兴趣,吸引他们更频繁地购买产品。经常购买或一次性购买许多某公司产品的顾客可以得到像奖励和折扣这样的奖品。以下是关于如何充分利用奖品这种销售方式的一些建议:(1)一定要保证奖品仅限于那些购买了足够的公司产品的顾客,使奖励有利可图。(2)跟踪顾客的购买习惯和客户信息,以便建立高效和有吸引力的奖品计划。(3)给最好的客户特殊奖励以表示认可。[2]

利用竞赛值得特殊关注。对销售队伍来说,无论是制造商、代理商,还是分销商组织的竞赛,只要是精心设计的,都能在实质上加强销售工作。方案主要有两种。个人激励方案是指对那些在一定时间段超额完成销售任务,或超额销售了某种商品的销售人员,对他们进行奖励。使用这种方法的关键在于所有参加竞赛的人员获奖机会均等,而且获奖面要广。团队激励方案是指为销售人员设立特定目标,并奖励他们。许多公司发现这种方法可以有效地促进市场营销和销售人员之间的交流。

还可以在客户中进行竞赛。例如,一个压缩机制造商利用人们对高尔夫运动的兴趣,为它的承包商们邮寄一份关于高尔夫运动的测试题。答复的人都会收到一套高尔夫球和产品信息。竞赛获胜者的名单公布在后续的邮件中。较之更传统的方式,这个制造商相信这种刺激顾客对产品产生兴趣的方式效果更明显。

---

① Thomas V. Bonoma, "Get More Out of Trade Shows", 79.

② George E. Belch and Michael Belch, *Advertising and Promotion*, 546.

公共关系

公共关系是“指管理功能，其内容包括评估公众态度、从公众的角度确定个人或机构的政策和程序、执行配套的行动纲领以获得公众的理解和接受”。①通常，公共关系的目标不只是宣传，因为它的目的是在不同的公众群体中间建立和保持公司的正面形象。

公共关系利用宣传和其他许多手段提高某一机构的形象。这些手段包括：利用出版物、参加社区活动、筹款和赞助特别活动。

宣传

宣传也许是花钱最少的沟通形式，但却是沟通组合中有效的一部分。与贸易杂志的编辑搞好关系可以使关于公司或其产品的专题报道有更多的机会发表。通常，贸易杂志会报道甚至发表上面提到的技术论文。许多贸易杂志都有专门的版面留给新产品和人员。新闻稿件一般都是关于新产品介绍的，包括如何获得更多的新产品信息。这些报道会为以后销售活动中引导消费的生成产生积极影响。关于人员变更的新闻报道可以保持公司的公众知名度。②

研讨会、会议/技术论文

尽管在沟通组合中经常遭到冷遇，实际上，研讨会、会议和技术论文在企业营销中发挥很重要的作用。销售和工程/研发两方面的专业人员可以通过参加研讨会和会议，在开放和内容丰富的讨论中与具有购买影响力的人士进行互动。通常，供应商在会议上宣读的技术论文有许多是关于公司计划的内容。供应商通过这种方式和与会者交流产品的开发及利用。与正常的营销沟通方式相比，这种方式使人感觉偏见少一些。在有些行业，例如医疗器械，如果大学研究人员在论文中的测试结果对某一公司的产品有利，那么供应商关于产品性能的说明会更有信誉。这类论文经常会出现在贸易杂志上，或被用做直销宣传的一部分。

---

① H. Frazier Moore and Bertrand R. Canfield, *Public Relations: Principles, Cases, and Problems*, 7th ed. (Burr Ridge, IL: Irwin, 1997), 5.

② Jack Neff, “Ries' Thesis: Ads Don't Build Brands, PR Does”, *Advertising Age* (15 July 2002): 14-15.

沟通的支出

很显然,在制定和执行一套合适的沟通计划时,必须考虑费用支出。这一点很重要,特别是当公司重组、压缩规模或采取别的措施来提高生产力和应对竞争压力时。那么对公司来说,在沟通预算上花费多少才是"适当"的呢?企业营销商花费在媒体广告上的总支出超过5亿美元。表12.2列出的是位于前几位的广告客户。值得注意的是高科技企业在名单中所占的优势比例。

表12.2 顶级企业-企业广告客户

公　司	广告总支出(百万美元)
美国电话电报公司	385.7
IBM	303.4
微软	218.9
斯普林特(Sprint)	209.7
弗莱森电讯(Verizon Communications)	180.2
美国运通(American Express)	175.6
惠普(Hewlett-Packard)	168.4
第一联合银行(First Union)	161.4
奥特(Alltel)	127.9

资料来源:Reprinted with permission from *journal of Marketing*, published by the American Marketing Association, Blasko & Patti, vol. 56(Fall 1984), 106.

归根结底,沟通预算必须考虑各个公司的特殊情况。例如,处于生命周期早期的产品在沟通上的花费要多于那些处于成熟或消退阶段的产品的花费。至于我们在第九章讨论的价格问题,采用差异化战略的公司在沟通方面花费较少就可能实现收入目标。① 通常,简单的产品比复杂的产品花费少。因为必要的技能水平和人员供求情况不同,各行业之间人员的薪酬水平不一。沟通支出所带来的压力也反映了公司的盈利状况。不同情况下的各种变化也说明在沟通计划上的花费没有"正确"的量。但是,考虑预算过

① Philip Kotler, "Design: A Powerful but Neglected Strategic Tool", *Journal of Business Strategy* (fall 1984): 16-21.

程是如何完成的，以及参考别的公司或者别的行业的公司的经验总是有益的。

在前面，我们提到在制定广告支出时，建议使用目标和任务法。从概念上讲，同样的方法也适用于整套沟通计划。实质上，根据计划各个部分的目标以及完成这些目标所需要的资金来估计支出可以为整个预算的制定提供帮助。例如，可以估计为了达到收入目标，需要打多少销售电话。这些预估可以用来决定公司所需的销售队伍的规模和成本。往往，计划正在进行，去年的预算通常是下一年预算的起点，只不过目标和策略上有一些调整。无论是上述的哪种情况，了解行业规范可以帮助确定公司的预算是否合理。布拉斯科和帕蒂公司(Blasko and Patti)的研究表明，在工业营销上出现了转变，在制定预算时，公司抛弃主观武断的做法，而改为以目标和任务为导向。①

在这方面有大量现成的综合数据。例如，《销售和营销管理杂志》(*Sales and Marketing Management*)的研究表明，生产工业产品的公司在销售方面的支出比例是11%，广告和促销方面的比例是3%。与之相比，服务行业公司在销售和售后服务上的花费占总支出的比例是15.3%，在广告和其他促销上的花费占3.4%

但是很少有综合研究可以提供来自各行业的关于所有沟通部分的信息。② 有一项研究表明，在所有接受调查的行业中，直接的销售支出目前仍在整个沟通计划中占最大比例。这个结果与其他的更广泛的研究结果是一致的。③ 然而，问题的关键是各个行业在总销售支出上的差异很大。

使用这些数据时要谨慎。因为研究时进行抽样有困难，公司提交的数据方式各异，行业的研究性质表明报告中所列出的百分比只能被看做是一般指标。再者，报告中的百分比因行业不同和时间变化很有可能已经发生了变化。但是，这些报告，加上其他关于销售成本的报告以及从竞争对手的年度报告中收集来的数据，为制定和分析沟通预算提供了非常有用的背景材料。④

① Vincent J. Blasko and Charles H. Patti, "The Advertising Budgeting Practices of Industrial Marketers", *Journal of Marketing* (fall 1984): 104 - 109.

② Sales & Marketing Management, (28 June 1993): 65.

③ Harold C. Cash and W. J. E. Crissy, "Comparison of Advertising and Selling: The Salesman's Role in Marketing", *Psychology of Selling* 12 (1965): 56 - 75.

④ Wesley J. Johnson, "The Importance of Advertising and the Relative Lack of Research", *Journal of Business & Industrial Marketing* 9, no. 2 (1994): 3 - 4.

小结

对企业营销来说，许多沟通手段都可以被用来为直销和/或间接分销渠道提供帮助。通过直函、电子邮件、电话销售而进行的直销是最主要的方法。在制定沟通计划时要将下列方法全部考虑在内：参加会议和研讨会，利用竞赛、商品手册和目录，还有广告和公共关系。无论采用何种方法，各方的协调是必不可少的。对销售队伍没有用处的销售援助；在广告上请求顾客拨打电话，但是直拨电话的号码却未落实；提供给销售队伍的引导性消费信息没有事先验证；没有及时更新的网站，都是缺乏协调的表现。这些会造成经济上的浪费，在某些情况下，还会适得其反。

沟通计划的支出在整个营销费用中占主要部分。对大部分企业营销而言，个人销售的支出在整个沟通计划中占主要部分。严格控制这些费用以及将沟通计划中每部分的目标都考虑在内，这些都变得越发重要。尽管每个公司会根据自己独特的营销策略制定适用的预算计划，但行业数据对衡量公司的沟通支出的合理性有很大帮助。

延伸阅读

Susanne Craig, "E－TRADE to Cut Marketing Even as Its Losses Narrow", *Wall Street Journal*, 12 (April 2001), B13.

Susanne Craig, "Bank on It", *Brandweek* (11 December 2000).

Joel R. Evans and Vanessa E. King, "Business-to-Business Marketing and the World Wide Web: Planning, Managing and Assessing Web Sites", *Industrial Marketing Management* 28 (1999): 343－358.

Yoav Ganzach and Nili Karashi, "Message.Framing and Buying Behavior: A Field Experiment", *Journal of Business Research* (January 1995): 11－17.

Paul Herbig, Brad O'Hara and Fred Palumbo, "Measuring Trade Show Effectiveness", *Industrial Marketing Management* 23 (1994): 165－170.

Earl D. Honeycutt, Jr., Theresa B. Flaherty and Ken Benassi, "Marketing Industrial Products on the Internet", *Industrial Marketing Management* 27 (1998): 63－72.

Theodore Levitt, *Industrial Purchasing Behavior: A Study in Communication Effects* (Boston: Division Research, Harvard Business School, 1965).

Byron G. Quann, "How IBM Assesses Its Business-to-Business Advertising", *Business Marketing*, (January 1955).

Adrian Sargeant and Douglas C. West, *Direct and Interactive Marketing* (MA: Oxford University Press, 2001).

Don E. Schultz, "The Next Step in IMC?" *Marketing News* (15 August 1994): 8-9.

David Shipley and Paul Howard, "Brand-Naming Industrial Products", *Industrial Marketing Management* 22 (1993): 59-66.

第十三章

企业营销渠道管理

第十一、十二章主要从一个企业直接与客户做生意的角度探讨了企业与客户的沟通。然而，在现实中，多数企业至少都在一定程度上依赖中间商与客户进行沟通交流，并且行使许多其他必要的职责以满足客户需求。在本章中，我们会首先概述与营销渠道选择以及管理相关的主要问题。随后，我们会介绍一些最常见的中间商以及他们行使的职责，也会讨论在分销渠道中发生的重大变化。接下来，我们会讨论与中间商管理有关的渠道设计及相关问题。最后，我们会讨论物流和实物分销的作用。

分销管理中的问题

在企业营销经理们需要做的决策中，如何使用中间商是最重要的决策之一。在某些情况下，企业会选择直接分销。这些企业会通过他们自己的销售队伍，或者是通过一些直接营销形式与客户进行沟通。这些企业直接从客户手中接受订单，直接将货物从工厂或公司的仓库运送给客户，直接向客户收款，并且提供企业自己的售后服务。但是，大多数的企业会使用一些间接分销的形式，要么完全使用间接分销，或者是作为对直接分销的补充。

对于那些使用某种间接分销形式的企业，再怎么强调建立理想的分销模式以及企业与中间商关系的重要性也不过分。正如科里(Corey)所指出的：

> 一个分销系统是一种重要的外部资源。它包含了一些代理商、批发商和分销商。通常它需要数年才能形成，而且不会轻易改变。分销系统同一些关键的内部资源，如制造、科研、设计和现场销售人

员、设施处于同等重要的位置。它代表了对大量负责分销的独立企业的重要投入,以及对特定服务市场的投入。同时,它也代表了对一系列政策和实践的投入,在这些政策和实践的基础上交织着一个广泛的长期合作的关系网。①

上述表明,如何使用中间商的决策可分为两种不同的类型。在一个层次上,决策是战略性的,它涉及到分销的整体布局。这些决策集中在渠道的结构、生产商和客户之间的多个层次,以及分销的混合模式的使用。特别是,企业应该利用自己的直接销售队伍还是制造商的代理?应采用直接分销还是间接分销?这些决策一旦作出往往会延续很长时间并且很少改变。在另一个层面,这些决策更像是战术性的,涉及到渠道的管理。这些决策涉及到营销渠道成员如何沟通交流且与彼此相联系,并会考虑到合作努力、贸易优惠、库存水平、促销责任,信息共享,等等。尽管这些决策的基本模式可能会延续很长时间,但是相关的活动通常是实施年度营销计划时的重要组成部分。

企业分销渠道成员的种类

分销渠道这一术语本身就具有条理性,意味着货物以一种准确、方便描述的方式从生产商到达消费者。事实上,分销渠道是由一系列非常多样化且不断变化的中间商构成的。分销渠道的结构根据行业的不同而不同。在一个特定的行业,中间商的职能将有所不同,用来描述它们的术语也会不同。正如我们将随后讨论的,外部环境的力量正重新改变着许多分销渠道以及中间商的作用。然而,主要存在四大类渠道中间商及一些普遍的渠道流动模式。这些模式为考虑管理问题提供了一个框架。

渠道中间商基本上可分为四类。

1. 交易量为导向型合作伙伴。这些合作伙伴包含了企业中间商、大量分销商,以及其他将大批量产品出售给公司客户或者是其他分销商和中间商的分销商。

2. 价值为导向型合作伙伴。这些合作伙伴包括增值分销商和中间商、顾问和系统集成者,以及一些小的合作伙伴,比如制造商代表。

---

① E. Raymond Corey, Industrial Marketing: Cases and Concepts (Englewood Cliffs, NJ: Prentice-Hall, Inc., 4th ed. 1991), 1.

3. 服务和支持型合作伙伴。这些专门的合作伙伴并不负责销售，而是在销售交易后，为客户提供支持和服务。

4. 解决方案型合作伙伴。这些公司将多家的产品组合成一些综合的解决方案。

图 13.1 向我们展示了商业分销渠道的主要内容，并且还有渠道流通的一个普遍模式。虽然一些分销渠道的定义中包含了销售部门(即制造商的销售办事处和仓库)，将其看做是一个渠道成分，但我们认为将渠道中间商的含义限制在那些独立于生产商的成分更好一些。因此需要在不直接控制的情况下管理或施加影响。这些中间商行使以下一些或全部职能：

- 促销。
- 存货。
- 售前及售后服务。
- 市场调研。
- 销售融资。
- 各种增值活动。

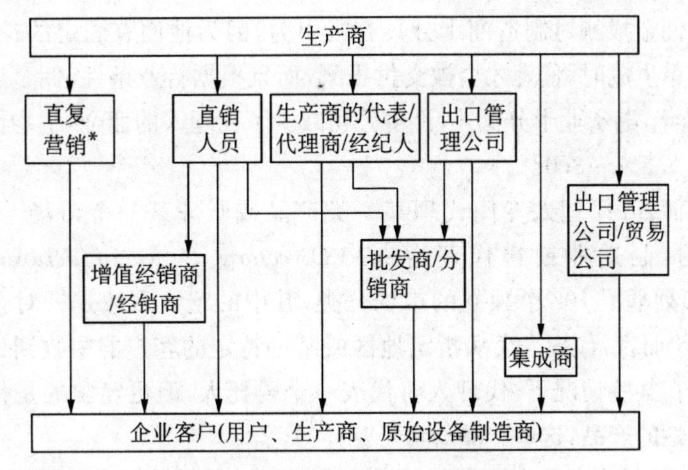

图 13.1 商业分销渠道的主要成分

* 通常不认为是一个中间商。

此外，根据是否拥有商品所有权，营销渠道成员可以被归为两类，即代理中间商与商人中间商(经销商)。代理中间商的主要职能是对制造商的产品或服务进行促销，但是没有商品所有权。而经销商行使更广泛的职能并拥有商品所有权。在这两大类型范围内，我们可以发现许多公司专门服务于各种市场。

代理中间商

代理中间商的关键特征是他们没有商品所有权。然而,它们在其他一些方面也有很大差异,这些方面既体现在它们行使的职能上,也体现在它们与委托人的关系性质上。对于企业营销人员来说,两个主要类型的代理中间商是制造商的代理人和出口管理公司。

制造商代理

在企业营销中,最常见的代理人形式是有正式协议的个人或公司,他们代表了某种产品或服务的生产商。正如我们在第十一章中讨论的,这样的代理人在许多方面类似于制造商的直接销售队伍,销售队伍的主要职能是促销产品,同时他们也广泛参与产品规划、市场调研,或制定营销战略。代理人可以是在有限的领域经营的个人,他们代理少数几家客户的少数几种产品。另外,代理人也可以是一家有大量销售人员的公司,代理更多的产品,而且负责一个大的地理区域,对很多客户都有销售责任。

代理通常以销售佣金的形式获得报酬。行业不同,销售工作的性质不同,佣金也不同。佣金通常是在选定产品销售的2%～8%之间。这种按百分比计算的佣金报酬对制造商十分具有吸引力,因为他们有固定的销售成本。只有在订单生成时,代理才会被支付报酬,而且根据行业条件,佣金还可以调整。2002年,电子业十分低迷,许多公司减少了代理人的佣金,平均佣金只有销售额的2.5%～3.0%。①

一般而言,代理人专门代理某一类产品或服务某一个市场。在美国,1995年的《制造业销售代理指南》(*Directory of Manufacturers' Sales Agencies*)列举了108个独立的市场分类,其中的绝大多数是针对企业市场的。② 一般而言,代理人会从指定地区或某一特定的客户群中收到订单而获得报酬。在某些情况下,代理人将代表一个委托人,但更经常的是代表着一些非竞争性的产品,这些产品通常是互补的。

在美国,制造商和代理商的关系通常由正式协议来决定,该协议规定了各方的责任。制造商和代理人经常争论的一点是,制造商通常可以不事先通知对方就中止协议,对于代理商开发一些特定的客户或者一个销售区域所做

---

① Laurie Sullivan, "Outsourcing Trend Test Survival Skills of Manufacturers' Reps", *Electronic Buyer's News* 29 (July 2002): 1.

② 《制造业销售代理指南》由总部位于加利福尼亚的美国制造业代理商协会出版。该协会在美国和加拿大有63 000个代理。

的工作不予承认。在美国以外的国家，制造商和代理商之间的协议终止往往会更加困难。在许多欧洲国家，有法律条款规定了在终止协议的情况下需要对代理人进行赔偿。在日本，长期的合作关系被看做是非常重要的，客户或者未来的代理人会把终止协议视为非常不好的现象。

出口管理公司

出口管理公司(EMC)的是一个专门的代理形式，它是一个专门的出口部门，主要职能是为几个联合的、非竞争性的制造商服务。因此，它以所代表的每个制造商的名义开展业务；以制造商的名义谈判，所有的报价和订单都要得到制造商的认可。一个出口管理公司会经常为其委托人做市场调研，在制定营销战略时可以发挥重要作用。①

这一基本模式有许多的变化形式。出口管理公司可以代表农业生产者，比如在挪威，三文鱼渔民加入了国际促销或分销产品的队伍；也可以代表一个行业，比如在丹麦，办公家具业有着广泛的合作分销组织。出口管理公司通常在佣金或定金的基础上获得报酬，它们购买产品并且获得产品所有权，在这种情况下，它们更像是商人中间商。

其他代理中间商

除了上述代理人之外，还有许多其他代理人，他们通常具有非常专门的性质。我们简要介绍一些比较常见的。经纪人是有着很广泛的人际联络网的代理人，他们通常在个人交易的基础上为买卖双方牵线搭桥，更多地强调对特定市场的认识，较少强调具体的产品。在二手设备交易市场，这种经纪人非常普遍。销售代理类似于制造商的代理人，但他们一般为自己的客户行使更广泛的职能，有时实际上的工作更像是委托人的营销部。代销商以托卖货物的方式收到货物，并以它们自己的名义进行销售谈判。采购代理商是专门代表买方的公司，它们一般只为少数客户服务，而且采购的也是有限的一组产品。

商人中间商

与其他代理商不同，商人中间商的一个显著特点是它们从生产商手中购买商品，拥有商品所有权，然后再将产品转售。与代理商一样，商人中间商之间也有所不同。一些主要是大量购买商品，然后将这些商品以小量转

① Svend Hollesen, Global Marketing: A Decision Oriented Approach 3rd ed. (Essex, England: Pearson Education Limited, 2004),295.

售，这种情况下几乎不需要促销活动或提供服务。其他一些商人中间商提供一系列广泛的服务，包括促销、保修和其他售后服务；而且，它们越来越多地开始从事各种增值活动。我们将会介绍企业市场中的四大类商人中间商。

经销商（或批发商）

商人中间商的最常见类型是行使全部功能或提供全方位服务的公司，人们通常将它们称为经销商。在最低程度上，经销商存储并转售货物，主要转售给用户或原始设备制造商，但也可能出售给其他的经销商。由于市场营销的性质，以及它对人员推销的依赖，大多数经销商将派自己的销售队伍来经销，并可能提供广泛的产品信息或使用指导。在一些行业，如机床行业，分销商还可以提供设备安装、保修以及其他形式的售后服务。

为了给客户创造更多的价值，许多大型经销商扩大了提供的服务范围。价值是通过不同的供应链和库存管理服务来传递的，这些管理服务包括自动补充、产品装配、厂内库存管理（IPS）以及设计服务。① 最广泛的服务包括帮助客户设计、施工，以及在某些情况下提供网络服务。其他增值活动包括合作伙伴关系，在这一关系中，经销商提供现场工程师，这些工程师在客户的地点工作，帮助为新产品设计筛选零部件。为了获得与这些重要的服务有关的利润，许多经销商都在为每项独特的服务收取单独的费用。

与代理商一样，经销商也专门经销某一类商品、服务某一个市场，或两者兼而有之，这些产品和服务的种类几乎无所不包，例如，磨料、建筑设备、电气设备、清洁设备和用品、维修项目、不间断电源系统，以及钻探设备，这只是其中的几个例子。在美国，分销商可能是当地的、区域的或国家的，可以是独立的，也可是受生产商控制的。以电器行业为例，格雷巴（Graybar）电气公司是一个全国性的独立分销商，以一系列产品服务于公共事业、承包人和制造业市场。另一方面，通用电气工业供应公司（General Electric Supply）也服务于同样的市场，该公司属于通用电气，而且既销售通用电气的产品也销售其他公司的产品。在美国，非独立的经销商似乎很难做到这一点。例如，美国西屋电气公司（Westinghouse）剥离了西屋电气供应（Westinghouse Electric Supply）。在中国，海信在进行结构重组时，也放弃了所有分销中心。另一方

① Jim Carbone, "Distributors See Slow Growth Ahead; Expect Electronics Distributors to Offer More Supply Chain and Inventory Services, But Be prepared to Pay for them", *Purchasing* 130 (May 16, 2002): 27.

面，在欧洲，纸张生产商一直雄心勃勃地获取独立的纸张商人(经销商的行业术语)的地位。

行业的专业化使得经销商越来越多地服务于国际市场。例如，美国美敦力公司(Medtronic)是医疗设备的大型制造商，该公司向全世界的医院销售其产品以及其他制造商的产品。挪威的优利多船舶设备公司(Unitor)为航运业提供专业的服务，它有一个全球网络，通过该网络，航海产品的制造商能够销售自己的设备。

增值经销商

增加价值一直是商人中间商的一个特点。例如，钢铁分销商从钢铁厂购买了多卷带钢，然后将带钢切割，来满足小客户的要求。增值经销商(VAR)这一术语来自计算机行业，曾用来描述中间商购买并且转售计算机硬件或软件并增加了专门的软件或者其他定制的性能。例如，美国莲花发展有限公司(Lotus Development Corporation)有大约 400 名销售人员，但却有 4 000 个商业合作伙伴，其中很多是增值经销商(其他的是分销商、顾问和系统集成商)，这些增值经销商为特定客户或细分市场购买并且定制莲花的 Notes 软件，以及其他产品。

与增值经销商这一概念密切相关的是增值物流。增值物流不仅仅是在合适的时间和地点提供商品，还包括在分销渠道对产品进行一定的改动以增加产品价值。在争取成为欧洲的分销中心时，荷兰一直主张建立增值的物流场所，在那里可以对产品进行改动然后再被运往欧洲其他国家。例如，计算机制造商存库的可能是没有电源插头的计算机，然后在仓库中添加插头，因为这可能是目的国要求的一项功能。

贸易公司

贸易公司是商人中间商的一种专门形式，一般参与进口/出口活动。虽然大多数工业化国家都有贸易公司，但是贸易公司发展成现在这样一个独特而令人钦佩的模式要归功于日本。

日本的大型综合贸易公司也被称为综合商社，如伊藤忠(C. Itoh)、三井(Mitsui)、三菱(Mitsubishi)。大型综合贸易公司从事更为广泛的商业活动，而不是简单的贸易和分销。它们在许多领域发挥着中心作用，这些领域包括航运、仓储、金融、技术转让、规划资源开发、建设和区域发展(例如交钥匙工程，即整套承包工程)、保险、咨询、房地产和一般的总体决策(包括设施投资和其他的合资企业)。[1] 它们已建立了全球销售网络，包括海外分支机构，或

---

① Svend Hollesen，Global Marketing：A Decision-oriented Approach，297.

全资子公司,而且还大量参与国内分销。许多日本大型贸易公司成功的一个关键因素是它们都隶属于经连会(keiretsu),这是一个独特的日本机构,经连会有许多密切联系的企业,这些企业有庞大的制造业以及充足的财政资源,在一定程度上的共同利益和协调下运作。例如,三井物产是三井集团的一部分,而三井集团最近吸收了大约2 300家企业成员。

受日本贸易公司成功的刺激,美国于1982年通过了《出口贸易公司法》(*Export Trading Company Act*),通过提供给出口商更多的保护而不受反托拉斯法的威胁,以及允许银行拥有并控制出口贸易公司,该法律旨在鼓励美国制造商出口其产品。随后成立了很多进出口贸易公司。其中有的失败了,或产生令人失望的结果,这使得人们开始怀疑这种类型的中间商对一般的美国出口商的需求是否合适。然而,贸易公司在世界各地的成功案例,包括许多美国的例子,说明在制定一项分销战略时,应认真考虑贸易公司。

办公用品零售商

办公用品在分销上的变化充分体现了分销的动态特质。这个领域曾经是以销售文具为主的小商店的天下,最近几年却见证了大型办公连锁店的迅猛发展。这些连锁店不仅卖文具,还销售商业机器和附件、计算机、打印机及其附件、办公家具和众多其他产品。销售对象包括大企业和小公司。

美国的欧迪办公用品公司(Office Depot)以及奥菲斯公司(OfficeMax)是这种典型的连锁店。这些公司拥有大约500个日常用品、软件、计算机、商业电子、家具的产品类别,经营范围横跨美国大陆。除了广泛的店内销售,这两家连锁公司还提供目录销售和直接运送到办公室的服务。企业特快公司(Corporate Express)是办公产品零售业中一个相对较新的企业,最近被荷兰的伯曼公司(Burhmann NV)收购。企业特快公司的做法已经偏离了传统的零售商店。该公司已经决定把重点放在大型企业上。它现在在美国和加拿大的110个城市中有35个仓库和办公室,并设想建立一个区域仓库的全国网络。通过该网络,所有公司可以向一家国内供应商订购产品,而且有可靠的次日服务。该公司已经在澳大利亚开展了业务,公司的创办人基尔卡·瑞萨维(Jirka Rysavy)认为这个概念在欧洲和拉丁美洲将是可行的。据瑞萨维说:"我们有竞争力,但我们并不真正销售产品。我们销售的是服务和关系。"①

---

① *Rocky Mountain News* (July 9,1995),114A.

企业分销不断变化的环境

很多分销渠道的特点是长期的合作关系，这意味着渠道的结构和中间商的职能是稳定不变的。事实上，外部环境的力量对世界各地的分销模式都产生了深远的影响。然而，令人担忧的是，许多制造商和分销商都在抵制适应这种变化的外部环境。至少，这是《面对2000年的变革力量：分销的新现实》(*Facing the Forces of Change* 2000：*The New Realities of Distribution*)所得出的结论，这是一项由美国全国批发商-分销商协会(NAW)的分销研究和教育基金资助的研究。[①] 这种抵制变化的原因包括：

- 坚持原始和传统的分销渠道。
- 对新角色以及对客户关系的需求缺乏了解。
- 无法和/或不愿评估新的经营替代品。
- 希望避免可能会威胁到市场地位的冲突。
- 对分销渠道变化是否由竞争对手引起，是否会替代现有渠道的担忧。

虽然该研究发现了企业对变化的抵制，但是它同样清楚地显示许多企业已经认识到这些变化的力量，并且成功地调整其分销战略以适应这些变化。

没有哪个行业可以像信息技术产业一样经历那么多的变化。在信息技术产业中，新技术、客户需求的转变、竞争力的提高以及关键企业发展方向的改变，迫使每一个信息技术供应商重新思考，并在许多情况下，从根本上改变其分销策略。几乎所有信息技术企业已经开始采用多渠道的方式进入市场。例如，IBM公司使用多个非传统渠道销售其硬件和软件。它的商业合作伙伴项目已经在全球范围内存在了30多年了。[②] 越来越多的公司通过中间商来销售个人电脑软件。目前，软件销售主要通过中间商进行，与20世纪80年代形成鲜明的对比，那时大量的软件都是直接销售给终端用户的。[③]

技术也改变着分销的性质。通信技术的快速发展使得企业与客户的沟

---

① John F. Monoky，“New Realities of Distribution”，*Journal of Industrial Distribution* 82，no. 6 (1993)：93.

② Tim Clark，“Marketing Alliances Starting to Pay Off”，*Journal of Business Marketing* 78，no. 5 (1993)：46.

③ Lee Levitt，“Why Software Companies Should Direct Market too”，*Brandweek* 34，no. 39 (1993)：93.

通更为直接。分销商能够与远距离的客户进行沟通，同时，现代物流中的变化、仓储自动化以及更好的库存控制程序也提高了分销商为较大的地理区域提供更多价值的能力。①

20世纪90年代末互联网繁荣时期，许多技术专家认为，制造商在网上的直接销售将淘汰中间渠道，“非中间商化”是用来描述制造商选择直接与最终客户交易而破坏中间商职能的现象。然而，中间渠道仍然在众多行业蓬勃发展，因为许多用户更喜欢与当地能够提供增值服务和解决方案的渠道伙伴合作。间接渠道在信息技术(产品和服务)销售起到了重要的作用，销售商和分销商的销售额占到了2003年该行业销售额1.1万亿美元的一半。②

美国的一个主要趋势是一些分销商通过兼并或收购不断扩大规模。对于较小的分销商而言，这构成了竞争威胁，它们的对策是组成联盟。统一供应商联盟(Integrated suppliers Alliance)是由8个为汽车工业服务的分销商组成的；联合分销商协会(Affiliated Distributors)的工业供应部是一个由50个工业和电子经销商组成的联盟，它们的年销售额达到45亿美元。在许多情况下，大分销商或联盟可以选择代表几个相互竞争的制造商，它们更像是客户的采购代理，而不是制造商代理。对制造商来说，这些变化以及由技术引起的分销商-客户关系的变化对它们与分销商的关系产生了深远的影响。

企业营销可以选择中间商和直接销售的各种组合。事实上，一个制造商可以选择利用多种渠道。这是因为有多种营销任务要执行，同时也反映了一个事实，即许多企业营销人员正力求设计出独特的营销渠道体系，以吸引各种客户利基市场。随着企业市场的发展，不断有新的渠道组合形成以针对每一个可识别的细分市场。富士施乐采用了一个复杂的渠道战略，其中包括零售商店、分销商或经销商，以及一个庞大的直销队伍。③ 每个渠道都是为服务于特定的细分市场而设计的。例如，零售商店这一渠道服务于一些办公室或小型企业客户，而企业销售队伍服务于大企业和政府客户。分销商覆盖了广大的、由各种各样的中型组织构成的中型市场。此外，中小型客户可以通过施乐网站在线购买施乐系统和用品。该公司还为它的最大客户开发了私人

---

① Steven Wheeler and Evan Hirsh, Channel Champions: How Leading Companies Build New Strategies to Serve Customers (San Francisco: Jossey-Bass Publishers, 1999), 192 - 195.

② Mitch Wagner, “IT Vendors Embrace Channel Partners”, *B to B* 87 (September 2002): 1.

③ Chad Kaydo, “Web Masters: You’ve Got Sales”, *Sales & Marketing Management* 151 (October 1999): 36 - 37.

外联网。这些客户可以通过使用该网站更改订单、检查交付状态并使用电子支付。销售人员继续与这些公司客户保持密切的联系,并且获得互联网销售的佣金。

世界贸易的不断增加以及区域贸易集团的出现也对分销渠道产生了很大的影响。我们已经提到了1982年的《出口贸易公司法》,美国制定该法案是希望它能够刺激在美国形成出口贸易公司。以前公司曾经需要在欧盟的25个国家分别拥有分销渠道,现在随着欧盟统一市场的建立,很多分销职能得以整合。北美自由贸易协定也有可能在美国、加拿大和墨西哥产生类似的影响。

在中国、东欧和拉丁美洲出现的新兴市场需要极大地关注分销问题。与较发达的市场相比,分销渠道在这些市场上发展还不完善。例如,在中国,进入多种市场的方法并不清晰。原因之一是,中国不是一个市场,而是几个大市场的组合。在这些市场中,存在着地区性的壁垒,歧视并阻止某些商品的分销。许多类型的中间商根本就不存在。此外,分销渠道的基础设施不发达,成为严重阻碍货物流动的瓶颈。上海英格索兰压缩机有限公司(SIRC)和上海施乐的经验表明这种情况是可以克服的。上海英格索兰压缩机有限公司和上海施乐选择建立自己的直接销售团队,充分利用中国本土人员,而不是尝试找到现成的代理人,这几乎是不可能实现的任务。

日本面临的情况又截然不同。日本有一个长期建立起来的、独特而复杂的分销系统,在许多情况下该分销系统被信誉卓越的国内制造商所控制。对于许多非日本公司来说,这一分销系统的性质以及开展业务的不同方式使它们很难打入日本市场。与日本企业,尤其是经连会的成员,进行合资、组成战略联盟,往往是在日本建立成功分销的关键。

正如我们前面提到的,许多企业营销人士在执行全球战略时被要求遵循客户的做法。奶普利乐食品公司(Leprino Foods)是给美国比萨连锁餐厅提供马苏里拉(Mozzarella)奶酪的一个主要供应商,该公司目前正在考虑给在欧洲经营的美国比萨饼连锁店分销其产品。该公司对在美国行之有效的分销模式需要进行修改以适应欧洲的分销结构。

在本节中,我们确认并讨论了影响分销渠道的许多因素中的几个,以及一些正在发生的变化。需要强调的是,对于市场营销人员来说,了解他们所在行业里影响营销渠道的因素,以及认识到正在发生的变化十分重要。

开发渠道结构

渠道的种类较多，可以将它们分为几个主要类型。这些类型是非常重要的，因为在一个特定的类型中的营销渠道倾向于既提供类似的好处也引起类似的问题。这三个主要类型是直销渠道、间接渠道与直复营销渠道(见表 13.1)。[①]

表 13.1 通向市场的三种渠道

	直销渠道 (销售人员)	间接渠道 (合作商)	直复营销渠道
目的	• 复杂销售 • 控制销售 • 关键客户的管理 • "高接触"服务	• 低成本销售 • 完整的"解决办法" • 本地客户的支持和关怀 • 扩大地域市场和纵向市场的范围	• 最低成本销售 • 最大的市场"覆盖"和渗透 • 通过现有客户为较简单项目和自动回购进行高效交易
主要种类	• 现场销售代表 全球客户经理(GAMs) 关键客户经理(KAMs) 公司客户经理(CAMs) 高级客户经理 客户经理 技术代表 等等	• 经销商 • 中间商 批量中间商 增值经销商 • 服务和支持合作伙伴 • 零售店(合作伙伴所有) • 大型商场 • 制造商的代理商、代表和经纪人 • 集成商和整合商	• 电话渠道 电话营销 电话销售 电话报道 • 互联网和电子商务 公众网站 专有网站(外联网、网络交换等) 电子市场 • 直接邮件(如目录) • 零售店(公司自有) • 零售商店(公司拥有)

资料来源：引自 Lawrence G. Friedman, *Go To Market Strategy: Advanced Techniques and Tools for Selling More Products, To More Customers, More Profitably*, Boston: Butterworth-Heinemann, 2002,158. 经艾斯维尔科学出版社(Elsevier Science)许可再版。

直接分销

直接分销或者使用现场销售队伍(参见第十一章)是不使用中间商的

① Lawrence G. Friedman, *Go-to-Market Strategy: Advanced Techniques and Tools for Selling More Products, to More Customers, More Profitably* (Boston: Butterworth-Heinemann 2002), 155 - 158.

一个渠道战略。该组织是公司拥有、公司支付报酬，直接向终端用户销售产品和服务。在企业营销中经常需要直接分销。直销渠道在四种情况下是可行的：(1)客户是大型的且明确界定的。(2)客户需要直销。(3)销售涉及广泛的谈判与管理。(4)作为完整的解决方案包的一部分，控制是必需的。①

一个直销团队在最复杂的销售情况下能够得到最好的利用。但是与过去相比，它的作用专业化程度正变得更加有限。使用一支高度集中的销售队伍来服务高端市场，并使用其他渠道的组合来服务于市场的其余部分，这是在企业对企业营销中新兴的最佳做法。②

间接分销

间接分销渠道使用至少一种类型的中间商，相对而言，企业营销渠道通常要比消费者的营销渠道包括较少种类的中间商。

在以下三种情况下，间接分销是首选：(1)市场是无条理的且广泛分散的。(2)小额交易盛行。(3)买家在一次交易中购买不同品牌的若干商品。③

间接渠道(商业合作伙伴)也具有覆盖并渗透到广泛的、分散的市场的能力，它比直接分销具有更广泛的覆盖特点。间接渠道对当地的市场条件及当地的客户渗透有所了解。

代理商与直销队伍

对于小企业来说，使用直销还是制造商的代表或代理商这个问题往往纯粹是一个经济问题。在企业的早期阶段，代理商或许是建立企业销售能力的唯一可行的方式。传统的观点认为，随着企业的发展，它应该在使用代理商的销售成本超过了使用直销队伍的成本的时候，过渡到利用直销队伍。但是，也有其他因素可使企业偏爱继续使用代理商：

- 使用代理商时，支付给它们的是佣金，可以确保销售成本是变化的。对

---

① Louis P. Bucklin, Venkatram Ramaswamy and Sumit K. Majumdar, "Analyzing Channel Structures of Business Markets via the Structure-Output Paradigm", *International Journal of Research in Marketing* 13, no. 1 (1996): 84.

② Friedman, Go to Market Strategy, 159.

③ E. Raymond Corey, Frank V. Cespedes and V. Kasturi Izangan, *Going to Market Distribution Systems for Industrial Products*, (Boston: Harvard University Press, 1989), 26.

于许多企业来说,这是一个与企业直销队伍产生固定成本相比较而言有吸引力的选择。进一步来说,在许多情况下,如果纯粹是从经济上考虑,那么可能表明应向直销队伍过渡,但仍有可能重新商定代理人的佣金率。

- 利用代理商避免了许多与企业直销队伍管理相关的复杂问题,对于很难有效地管理销售队伍的企业来说,这可能很有吸引力。
- 许多代理商有着不能被轻易复制的独特的技能,如市场知识,或强大的客户关系。
- 在某些情况下,代理商可以补充公司的销售队伍,可以通过将产品销售给小型客户,或者是在企业的销售队伍引进一种新产品后,代理商接管客户维护问题。
- 虽然没有受到直接控制的支配,但通过适当的程序可以有效地影响代理商,这些程序类似于拥有大量销售力量的大企业,在这些大型企业中,经理们没有对直销队伍进行直接控制。

直复营销渠道

我们在第十二章讨论了直复营销渠道,它是除了直接分销(直销队伍)或间接分销渠道(渠道合作伙伴)之外的渠道。直复营销渠道的三个好处是:(1)成本低。(2)覆盖范围广。(3)受企业客户的偏爱。

直复营销渠道的三个主要类型是:(1)电话营销。(2)互联网销售。(3)直接邮寄。这些渠道近年来增长迅速,现在超过了所有来自于其他渠道类型的收入增长。

直复营销与间接分销

还有一个问题是,使用其他间接渠道中间商(如商人中间商)还是直复营销。重要的是要明白:无论选择了哪一种形式,主要经营活动的运转必须围绕着其中的一种。因此,分析的出发点是确定一些必要的活动。一些总是需要完成的活动是:

- 在本地市场发起并保持与客户的联系。
- 通常由个人销售来促销产品。
- 预测销售并为库存而订购产品。
- 在当地库存中存货。
- 接收并处理客户的订单。

- 安排运输、保险和交付。
- 收集、分析并传播市场信息。
- 处理保修要求。

如果企业选择了直接分销战略，它基本上选择了执行所有必要的活动而使产品从生产到达客户。如果企业决定将使用间接渠道，它选择的就是将一些活动指定给中间商。关键是分销商能够比企业自身更能有效地完成这些指定活动。在这种情况下，重要的是要考虑到至少以下四个问题：

- 在所需的活动中，哪些是我们愿意(或有资格)在企业内部处理的?
- 依据我们想要覆盖的细分市场，这些活动有何不同?
- 需要多么广泛的分销活动?
- 我们对这些必要的活动完全控制有多重要?

另一个值得特别关注和考虑的是在非任务变量基础上的客户偏好问题。例如，一家大型计算机制造商确定了直接经销的所谓的"具有重要战略意义的"客户，其他客户均由分销商或增值经销商来处理。但是，一些客户当被告知它们不具有重要战略意义时会非常生气，尽管它们也将得到同样水平的服务。另一方面，规模较小的客户可能偏爱中间商而不是大型供应商，这仅仅是因为在相对权利明显不平衡的情况下，它们感到不自在。

在表 13.2 中，我们列举了一系列与决策有关的具体因素。

表 13.2 影响分销决策的因素

因 素	直 接	间 接
销售周期	长	短
需要的产品知识	广泛	适中
销售任务的性质	复杂	简单
个人关系	密切、长期	冷淡
产品线	广泛或者规模大	有限或者规模小
目标市场	同质的	分割的
客户位置	集中	分散
产品开发	广泛的终端用户参与	有限的终端用户参与
订单大小	大	小
定购	不频繁	频繁
售后服务	专业或者有限	广泛
管理资源	广泛	有限
财力资源	广泛	有限

分销的混合模式

一些企业采用了一种分销模式并且坚持长时间使用。托马斯 & 贝茨(Thomas & Betts)是一家美国的电器及电子连接器制造商，尽管该企业面临许多客户，其中还包括想直接做生意的美国政府的严重压力，但40多年来，该企业只通过电子产品分销商销售其产品。戴尔电脑公司，在尝试通过办公产品零售商来销售其产品后，现在也已经回到了最初的直接销售的战略。

然而，一直保持在一种分配模式的企业典范是美国卡特彼勒公司。卡特彼勒公司主导着世界各地的建筑行业市场。根据最近的一份报告，它的分销系统包含了多于65个美国的经销商以及122个外国的经销商，这一系统是该公司最重要的资产。① 事实上，卡特彼勒公司经常指出，其经销商的净资产超过了其本身，在1994年是45.7亿美元比20亿美元。除俄罗斯和其他一些根本不存在经销商的国家，卡特彼勒公司在必要时培育、发展并保护其经销商，使其经销商成为企业成功的一个主要手段。与许多企业嫉妒分销商经济上的成功形成鲜明对比的是，据报道，卡特彼勒公司的目标是使拥有该公司经销权的人成为富裕的个人。

卡特彼勒公司的例子以及其他例子表明了可以通过凭借中间商进入市场而获得成功。然而，除了那些选择只服务于仅仅一个单一的市场或者只有一条有限的产品线的企业外，对于大多数企业来说，这两种分销形式都可以采用；在许多情况下，还可以采用中间商的多种形式。例如，伊士曼·柯达公司(Eastman Kodak Co.)的影像系统公司已经为缩微胶片、用品、成像系统和软件的销售建立了多条渠道。② 这些渠道包括一个由直销代表、一系列独立的经纪人和分销商组成的团队，同时也包括一个给系统集成商和增值经销商销售系统零部件的营销组织。这些增值经销商负责更复杂的系统，比如柯达主机软件和光盘记录管理系统，以及销售周期长且需要丰富的产品知识和售后服务的产品。

一个混合分销模式的使用程度将受到在多大程度上可以避免直接和间接渠道之间的竞争的影响。通过与代理商协定能够明确规定其服务的客户

① Caterpillar, Inc., A CS First Boston report by John E. McGinty, June 21, 1995.

② Thomas E. Furguson, "Customers' Diverse Needs Require Diverse Channels", *Journal of Business Marketing* 77, no. 3 (1992), 64 - 66.

或区域，从而避免与制造商自己的销售队伍发生冲突。与分销商的协定是另一个问题。虽然可以基于服务的行业或地区选定分销商，但美国的反托拉斯法规定，一旦分销商从制造商手中购买一件产品，该分销商就可以随意将该产品销售给任何客户，不论客户的大小、行业或位置。因此，这增加了与制造商或其他分销商竞争的可能性。

渠道成员之间的竞争不能完全避免。但是，企业可以采取措施来降低冲突的可能性。分销商协议可以说明期望分销商服务于什么市场。正如待处理的产品线一样，分销商也可加以限制。例如，英格索兰公司(Ingersoll-Rand)直接销售公司生产的大型压缩机，但通过分销商来销售规模较小的压缩机。价格以销售数量为基础来确定，而不是依据产品的功能。这样，大客户可以与分销商享受相同的购买价格，这在钢铁行业是典型的做法。

分销混合模式的一个有趣变化是虚拟分销渠道。在此方法中，不同的分配运行活动与在一个专门的分销领域很有效的独立组织相分离。例如，一家公司可能会负责销售和接受订单。另一家公司来处理产品的物理移动，其中可能包括包装以及运输。第三家公司可能处理售后服务。

上述讨论表明，与分销有关的决策很复杂，并有可能变得越来越复杂。企业必须在寻找、选择、管理中间商的过程中予以充分的考虑。

寻找并选择代理商和分销商

寻找并选择合适的渠道中间商是营销策略成功的关键。遗憾的是，有太多麻烦事例说明了对这一问题缺乏足够的重视。例如，据一位国际采矿设备供应公司的高级官员所说：在公司位于世界各地 100 个分销商中，他的公司每年替换大约 30 个分销商，这不仅引起了公司对甄选过程的质疑，而且引起了对公司与分销商关系的质疑，以及这一更替对未来分销商的影响。

仅在美国，就有 40 多万个商业批发商和成千上万个的制造商的代理商，搜寻和选择的过程规模似乎过于庞大。但是，一个有条理的方法可以大大地优化这一过程。我们认为这涉及五个步骤：

1. 确定期望中间商做什么。我们先前已经列举了一些使产品从生产者到达消费者的必要活动。表 13.3 提供了一个更全面的目录，以帮助确定中间商的任务。

表 13.3　中间商的特点

• 会计系统	• 营销能力
• 售后服务	• 市场研究
• 银行关系	• 组织
• 托收	• 包装
• 承诺	• 物理设施
• 合作	• 定价战略
• 信用	• 产品处理
• 客户投诉	• 促销
• 客户	• 声誉
• 客户关系	• 风险承担
• 独家经营	• 销售队伍
• 经验	• 规模
• 地域覆盖面	• 专业化和重点
• 政府关系	• 存储要求
• 库存控制程序	• 技术服务
• 语言能力	• 跟踪记录
• 法律行动	• 运输

2. 确定潜在分销商。可以从多种来源确定潜在的国内、国际代理商和分销商。当前或潜在的顾客可以发现它们敬重的中间商。贸易协会和组织，如全国制造商代理商协会，能够提供代理商成员的名单，也能够为确保两者相匹配提供建议。贸易展览是一个极好的遇到并评估未来中间商的场所。在国际上，出口和贸易组织往往有助于确定潜在的候选中间商与分销商。在美国，商业部赞助了若干活动，这些活动是专门为美国企业与国际分销商进行联系而组织的。[①] 我们先前提到的日本贸易振兴机构，是帮助寻找在日本的代理商的宝贵资源。指南针系列指南（the Compass Series of directories）按国家编排发行，在大多数工业化国家都可以买到，它提供了关于潜在的代理商和分销商的大量细节。正如在美国，国际贸易展览是帮助确定潜在的分销商的极好来源，尤其是德国和日本的分销商也是如此。其他确定国际企业营销渠道的来源见表 13.4。

3. 依据设定的标准来审查并评估潜在的代理商或分销商，为方便进行私人面谈而将候选的代理商或分销商减少至三个或四个。

4. 进行私人面谈。私人面谈既是为了确保双方能够有一定程度的好感，

① Richard A. Powell, "64 Ways to Find an Overseas Trading Partner", *Agency Sales Magazine*, (March 1994): 28 - 32.

表 13.4　找到海外贸易伙伴的方法

- 就谁是最好的代表询问潜在客户。
- 审查贸易出版物。
- 与贸易展览会出席者谈论。
- 获取国际货运代理的帮助。
- 与目标市场成员列表中的贸易协会联系。
- 查阅世界贸易指数。
- 在当地报纸或贸易刊物中投放广告。
- 与外国使馆、领事馆、贸易办事处联系。
- 使用商务部的贸易机会计划。
- 使用商业部的代理商-经销商服务。
- 与海外商会联系。

资料来源：Richard A. Powell，"64 Ways to Find An Overseas Trading Partner"，*Agency Sales Magazine*，March 1994，pp. 28 - 32. 经《代理销售》(*Agency sales*)杂志许可再版。

表 13.5　分销协定包含的内容

I. 综述
- 确认缔约双方
- 协议的有效期
- 取消的条件
- 确定涵盖的产品
- 界定负责区域
- 唯一或专属权利
- 争端的仲裁或解决方案

II. 卖方的权利与义务
- 终止条件
- 对唯一、专属权利的保护
- 销售和技术支持
- 税务责任
- 销售条件
- 货物交付
- 价格
- 订单拒绝
- 对分销商账簿的检查
- 商标和专利
- 将提供给分销商的信息
- 广告和促销
- 对索赔和退货的责任
- 清单要求

III. 分销商的权利与责任
- 保护供应商的利益
- 付款安排
- 合同转让
- 寄售安排
- 竞争性条款
- 海关清关
- 遵守销售条件
- 清单要求
- 售后服务
- 提供给供应商的信息

也是为了确定双方协议以哪些主要层面为基础。

5. 选择最佳的候选代理商或分销商，与它们商议合适的协议。重要的是，这一协议既要尽可能的明确又要尽可能的详细。表 13.5 列出了这一协议的内容。

管理与中间商的关系

寻找、选择中间商并与它们商定协议是一个成功的分销战略的出发点。但是，分销渠道涉及在许多独立组织间的动态关系，这些独立组织有着不同的目标、相互冲突的动机、不同的经营特点和形式，通过有着诸多不同性格和文化背景的人来管理。那么，企业应如何在这种动态的关系中共同努力，最好地实现这一渠道中所有成员的共同目标呢？我们从两个方面来考虑这个问题。

从广义上讲，在一个分销渠道内部的关系可以从四个方面加以考虑：渠道领导、渠道控制、渠道冲突的解决、渠道合作。在大多数渠道中，成员会考虑采用实体来帮助管理渠道。领导者往往被称为渠道队长，它们被期望影响渠道的其他成员，使其成员的行动对渠道的所有成员都有利。领导者可能是一个制造商，如卡特彼勒公司；也可以是大型批发商，如美国格雷巴电器公司(Graybar)。在上述任何一种情况下，领导者有望于确定渠道成员之间关系的基本性质，以及大体确保有明确的行为规则，所有的参加人员都能遵守这些规则。例如，大型制造商可以通过仔细筛选中间商或者是制定与定价、服务要求等有关的政策，以尽量减少中间商之间的竞争。领导能力意味着对渠道成员行为的影响力或控制力。控制力的来源可能是经济的，也可能是非经济的。经济控制主要来自于对其他渠道成员提供的财政刺激。① 非经济控制更多的是与领导者的声誉有关，这些声誉主要依据过去的领导能力、卓越的产品和技术能力来判断。无论渠道领导人管理得有多么出色，依然有可能出现渠道冲突。渠道冲突的主要原因包括：竞争(如我们以前讨论的)、目标和方法的差异、观念的不同，以及渠道领导者和其他渠道成员之间的角色不明确。为了避免渠道冲突，渠道成员应建立正式的渠道合作模式。渠道合作可以通过行业协会来形成，并通过互惠互利的项目来实施。渠道成员可以选择行使领导权或跟随领导权，这取决于它们自身的情况，当它们认为无拘束地追求自身的利益将会比某种形式的合作更有助于服务于它们的利益时，它们也可以选择独立运作。

不考虑领导力的情况，单个的制造商面临着与每个渠道成员有效地处理关系的挑战。它们有效地处理关系的能力将在很大程度上取决于个体中间商的态度。有些中间商期望与供应商有密切的关系，并认为它们的利益可以通过积极地代表供应商来实现；而有些则在保持距离的基础上运营，认为它

① M. L. Emiliami, "The Inevitability of Conflict Between Buyers and Sellers", *Supply Chain Management* 8 (February 2003): 107 - 115.

们的最佳利益可以通过扮演其客户的采购代理角色来得以实现。大多数中间商属于第一类。此外,它们与供应商之间的关系,以及它们代表供应商的有效性,可以通过积极的支持项目得到极大的提高。表13.6列举了为创建一个有效的支持项目,供应商可以从事的一些活动。由于这类活动,派克汉尼汾公司(Parker-Hannifin),一个液压系统、机电控制以及相关元件的制造商,在美国被称为是能够与其分销商建立不寻常的融洽关系的公司。在合作关系中已经建立起信任的一个标志是派克汉尼汾公司的分销商与该公司共享企业产品月销售额的全部信息。然后,派克汉尼汾公司利用这些信息协助经销商制定更有效的销售战略。

表13.6 提高分销商成绩的因素

- 通过销售人员或管理部门进行频繁的个人联系。
- 通过电话或邮件频繁进行跟踪联系。
- 要求得到每月或每季度的销售、服务及竞争活动的报告。
- 分销人员对总部或生产设施的访问。
- 货币奖励或奖品的刺激活动。
- 表彰活动。
- 区域或国际分销商会议。
- 提供技术与业务支持的培训项目。
- 联合客户的拜访。
- 联合发展的目标。
- 分销商参与咨询委员会。

与传统物流有关的问题

在结束这一章之前,我们要简要讨论一下传统物流。传统物流曾经被认为是简单地将产品从工厂运送到客户手中,或者是从工厂到仓库重新装载再送给客户。现在,传统物流已经被认为是营销战略的一个主要部分,它有很大的创造竞争优势的潜力,作为可控成本的一个主要组成部分,它有很大的潜力提高企业的盈利能力。

本书无法对传统物流进行广泛讨论。企业营销人员在制定其分销战略时,需要考虑一些关键因素。①

考虑的出发点是要认识到需要平衡两个方面:一是物流成本,另一方面

① 对传统物流的详尽论述参见 James E. Johnson, and Donald F. Wood, Contemporary Physical Distribution and Logistics 6th ed. (Upper Saddle River: Prentice-Hall Inc., 1996).

是凭借高水平的交付能力获得的竞争优势。例如，铁路货运或低水平的库存，成本可能会比一些汽车货运和较高库存水平的形式要低一些，但是并不能达到客户服务的期望水平。另一方面，由广泛库存支持的空运可以提供卓越的客户服务，但是不能提供足够的竞争优势，使企业不得不将价格确定在收回其成本的水平上。理论上，这些权衡如图 13.2 所示。在所举的例子中，通过将服务水平从 74%提高到 85%而获得的销售额证明，额外支出的约 50 万美元是合理的。这种做法表明，在营销负责人估计的销售额方面的增加以及仓储和运输负责人所控制的成本方面，可以达到最佳服务水平。①

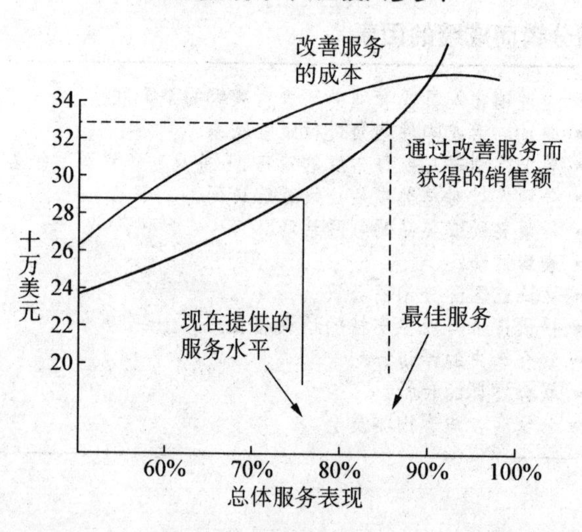

图 13.2 成本/服务关系

资料来源："Does Your Customer Service Program Stack Up?" *Traffic Management* (September 1982), 55.

虽然理论上很有吸引力，最佳服务水平容易估算，但它并非没有问题。竞争压力以及许多企业为达到准时生产而采取的行动迫使企业不断提高客户服务水平，从而提升企业的竞争力。在许多情况下，交通运输（如集装箱船）的改进、由行家提供的物流系统（如联邦快递公司）、改良的信息系统、与分销商更密切的工作关系，以及增值物流正使公司在没有增加成本或微薄成本的情况下提高客户服务水平。这样，服务水平往往是移动的目标，需要不

① "Does Your Customer Service Program Stack Up?" *Traffic Management* (September 1982), 55.

断的关注。

对于市场营销人员来说,关键问题是传统物流活动的参与程度以及有关客户服务水平的决定。传统物流活动的责任以及传统物流活动的定义,则根据企业的不同而不同。表 13.7 列出了一些较常见的物流活动。正如表 13.7 所指出的,这些活动的大部分都是在营销范围之外的。尽管如此,营销人员需要参与确定客户服务水平,还需要与渠道中间商密切合作,以确保他们适当参与传统物流活动。

表 13.7　主要的传统物流活动

• 生产规划 • 材料采购 • 入境运输 • 接收 • 厂内贮存 • 销售预测 • 分销计划 • 包装 • 出境运输	• 实地仓库 • 库存管理 • 订单处理 • 航运 • 保险 • 文件 • 海关清关 • 客户服务

小结

分销渠道的设计和管理是企业营销人员最重要的活动之一。在过去 10 年中,分销渠道已变得日益重要,因为越来越多的企业通过分销进入市场;在今后 10 年里,分销渠道会变得更加重要。与渠道设计有关的决策需要在直接与间接分销之间作出选择,而且应把需要的职能、中间商的种类及其所服务的市场,以及把企业能否找到中间商的问题考虑在内。与中间商管理有关的决策需要考虑到渠道成员之间的关系、它们的目标以及它们对供应商的态度。国际分销也需要考虑同样的基本因素,但由于它还涉及了不同的分销结构、不同的文化、不同的法律体系等而变得更复杂。商业渠道关系需要大量的管理资源来促使独立中间商的行动与企业营销人员的战略一致。寻找并选择中间商是一个重要的管理活动,它对成功的渠道战略有重大影响。企业营销人员必须参与到传统物流中,即使他们对传统物流活动并没有直接责任。或许对分销战略取得整体成功来说,最重要的是认识到分销渠道中发生的深刻变化,以及了解促使这些变化的驱动因素,并依据这些变化调整分销战略。

延伸阅读

Daniel C. Bello and Ritu Lohtia, "Export Channel Design: The Use of Foreign Distributors and Agents", *Journal of the Academy of Marketing Science* 23, no. 2 (spring 1995): 83 - 93.

James R. Brown, Chekitan S. Dev and Ng-Jin Lee, "Managing Marketing Channel Opportunism: The Efficiency of Alternative Governance Mechanisms", *Journal of Marketing* 64 (April 2001): 51 - 65.

Anne Coughlan, Erin Anderson, Louis W. Stern and Adel El-Ansary, "Marketing Channels", 6th ed. (Upper Saddle River, NJ: Prentice Hall, 2001).

John Fahey and Fuyuki Taguchi, "Reassessing the Japanese Distribution System", *Sloan Management Review* 36, no. 2 (winter 1995): 49 - 61.

Gary L. Frazier, "The Severity of Contract Enforcement in Interfirm Channel Relationships", *Journal of Marketing* 65 (October 2001): 67 - 81.

Jonathan D. Hibbard, Nirmalya Kumar and Louis W. Stern, "Examining the Impact of Destructive Acts in Marketing Channel Relationships", *Journal of Marketing* 38 (February 2001): 45 - 61.

James E. Johnson and Donald F. Wood, Contemporary Physical Distribution and Logistics 4th ed. (New York: Macmillan Publishing Company, 1990).

W. Benoy Joseph, John T. Gardner, Sharon Thach and Frances Vernon, "How Industrial Distributors View Distributor-Supplier Partnership Arrangements", *Industrial Marketing Management* 24, (1995): 27 - 36.

Leonard J. Kistner, C. Anthony di Benedetto and Sriraman Bhoovaraghavan, "An Integrated Approach to the Development of Channel Strategy", *Industrial Marketing Management* 23, no. 4 (October 1994): 315 - 322.

Fred Langerak, "Effect of Customers and Suppliers' Perceptions of the Market Orientation of Manufacturing Firms on Channel Relationships and Financial Performance", *Journal of Business-to-Business Marketing* 8, no. 2(2001).